Peter Pachel

Brennender Sommer

Peter Pachel

Brennender Sommer

Ägäis-Krimi

edition krimi

Griechenland-Krimi

Pachel, Peter: Brennender Sommer. Ein Ägäis-Krimi. Hamburg, edition krimi 2022

3. Auflage 2022
ISBN: 978-3-948972-02-8

Dieses Buch ist auch als eBook erhältlich und kann über den Handel oder den Verlag bezogen werden.
ePub: 978-3-948972-03-5

Lektorat: Sarah Weber
Satz: DocAlign GmbH, Berlin
Umschlaggestaltung: © Annelie Lamers, Hamburg
Umschlagmotiv: © pixabay.com

Bibliografische Information der Deutschen Nationalbibliothek: Die Deutsche Nationalbibliothek verzeichnet diese Publikation in der Deutschen Nationalbibliografie; detaillierte bibliografische Daten sind im Internet über https://www.dnb.de abrufbar.

Die edition krimi ist ein Imprint der Bedey und Thoms Media GmbH, Hermannstal 119k, 22119 Hamburg.
https://www.bedey-thoms-verlag.de

Für alle Langzeit-Griechenland-Begeisterten und alle, die es werden wollen.

Solange man trinken kann, läßt sich's noch glücklich sein.

Johann Wolfgang von Goethe

Handlungen, alle agierenden Personen und Namen der Lokalitäten und Unternehmen sind frei erfunden. Jede Ähnlichkeit mit realen Personen ist rein zufällig.

Frank Burger

Berlin, März 2018

Frank spürte, wie ihm der Schweiß seinen Körper hinunterlief. Sein Gesicht brannte von der griechischen Sonne, die er in den vergangenen Tagen zur Genüge abbekommen hatte. Die Ekstase der auch in dieser Nacht ausufernden Strandparty trieb ihm zusätzlich die Röte ins Gesicht. Er stöhnte, wollte etwas sagen, aber aus seinem Mund drang nur ein unverständliches Krächzen. Kurz kam er zu sich, schlug seine Augen auf, bemerkte das Poltern seines Herzens und fiel zurück in den Traum, der ihn schon die dritte Nacht in Folge nicht zur Ruhe kommen ließ. Er fühlte die Kühle des feuchten Sandes unter seinen nackten Füßen, mit denen er seit Stunden im Takt der dröhnenden Musik umherstampfte. Die Pet Shop Boys hämmerten *You are always on my mind* durch die knarrende Lautsprecherbox, untermalt durch die brodelnde Brandung der auslaufenden Dünung. Immer wieder suchten seine Augen Lisa, die engumschlungen mit ihm getanzt, sich aber plötzlich losgerissen hatte und zu Alex gelaufen war.

Aufgewühlt warf er sich auf die andere Seite seines Bettes. Ihm war furchtbar heiß, obwohl es kühl war in seiner beengten Wohnung im Herzen von Berlin.

In der nächsten Sekunde sah er sie im Schein des niederbrennenden Strandfeuers, ihre Köpfe eng aneinandergeschmiegt, sie küssten sich. Verdammt! Diese Nacht würde er wieder das Nachsehen haben. Ein wütendes Wimmern entfuhr ihm. »Fuck you, Alex«, schrie er in Richtung der nachtschwarzen See gewandt, seine aufsteigenden Tränen unterdrückend.

In seinem Unterbewusstsein erschien ihm Sylvia, die halb im Wasser stand und ihm aufmunternd zuzwinkerte. Ihm kam es vor, als wäre es erst gestern gewesen.

Sie wirkte beruhigend auf ihn. Für einen Moment hielt er inne, sein Herzschlag beruhigte sich. Sylvia, die Psychologiestudentin aus Wien, die ganz anders war als Lisa. Die Bilder verschwammen, weitere Personen aus jenem Sommer 1988 tauchten auf. Er schrie im Schlaf, wollte, dass es vorbei ist, doch da standen sie, seine ehemaligen Freunde, unverkennbar in ihrer jugendlichen Leichtigkeit. Sven, der athletische Sunnyboy, braungebrannt, wie er ihm zulächelte, neben ihm Jannis, den sie alle in ihr Herz geschlossen hatten.

Die Clique starrte ihn an. Er wollte weglaufen, ganz weit weg. Doch irgendetwas hielt ihn zurück. Er wimmerte im Schlaf, japste nach Luft, aber es gab kein Entrinnen. Mit seinen Armen wirbelte er durch das zerwühlte Bettzeug.

»Lisa«, stammelte er unverständlich. Mit einem Ruck war er hellwach. Keuchend öffnete er seine Augen, lag schweißnass auf der Matratze und versuchte sich zu sammeln. Wie aus dem Nichts war alles wieder da, fast dreißig Jahre hatte er es verdrängt. Diese schreckliche Geschichte mit Lisa damals. In dieser Nacht hatte sich die ausgelassene Urlaubsstimmung in einen Albtraum verwandelt. Traumatisiert waren sie wenige Tage danach nach Hause zurückgekehrt. Die Lust auf unbeschwerte Ferien war ihnen vergangen. Der Kontakt zueinander war nach und nach abgeebbt. Bei den wenigen Telefonaten, die noch folgten, hatten sie vermieden, über Lisa zu sprechen, als wollten sie die verhängnisvolle Nacht in der Bucht auf Paros aus ihrem Leben streichen.

Frank quälte sich aus seinem Bett, seine Kehle war wie ausgedörrt. Er lief in die Küche, um sich eine Flasche Wasser zu holen. Unverzüglich streiften seine Augen den Brief, der schon seit ein paar Tagen auf seinem Küchentisch lag. Er war der Auslöser seiner Träume. Er musste sich dringend zurückmelden, so wie es in der Einladung beschrieben war.

Filippos Panos

Parikia, Paros, Südliche Ägäis, 3 Monate später, Juni 2018

Filippos Panos drückte Irini zum Abschied einen Kuss auf die Wange und schlich sich aus der Wohnung, darauf bedacht, seinen Sohn Dimitri nicht zu wecken. Er hatte keine Lust an diesem Morgen, sich auf nicht endende Diskussionen einzulassen, warum er nicht mit in die Polizeistation nach Parikia fahren durfte. Der kleine Racker war mit seinen fast drei Jahren beharrlich und ließ nicht locker, wenn es darum ging, seinen Willen durchzusetzen. Irini hatte später immer alle Hände voll zu tun, seine Aufmerksamkeit auf ein anderes Thema zu lenken. Auch wenn Dimitri noch nicht alle Zusammenhänge verstand, war ihm bewusst, dass sein Vater eine wichtige Aufgabe auf der beliebten Kykladeninsel zu erledigen hatte. Er erzählte das überschwänglich allen Freunden in seiner Spielgruppe. Vieles hatte er von seiner Mutter aufgeschnappt, die immer noch mit Stolz die neue Rolle ihres Mannes zum Besten gab. Vor knapp zwei Jahren hatte Filippos die Leitung der Polizeidienststelle in Parikia übernommen.

Es hatte einige Zeit gedauert, bis er seine neue Aufgabe in seiner vollen Funktion ausüben konnte. Es war ein hartes Stück Arbeit, gleichermaßen für Katharina, seiner langjährigen Chefin, wie auch für Filippos. Nach und nach hatte die erfahrene Kriminal-Hauptkommissarin die Zügel gelockert und Filippos freie Hand gelassen. Stück für Stück hatten sie ihre Rollen getauscht. Jetzt war Filippos ihr Chef und sie stand ihm als geschätzte Beraterin und Freundin in brenzligen Situationen mit Rat und Tat zur Seite.

Auch seine Frau Irini war der Meinung, an dem Gelingen dieses Projekts einen erheblichen Beitrag geleistet zu haben. Ohne eine tatkräftige Frau im Rücken könne kein Mann erfolgreich seinen Job machen, so ihre Worte. In der Tat war ihr Interesse an Filippos' Arbeit, seitdem er die Führung übernommen hatte, gestiegen. Ihre Neugier an der kriminalistischen Arbeit ihres Mannes brachte den Kommissar manchmal in Bedrängnis. Er musste aufpassen, nicht zu viel preiszugeben, wenn es um sensible Ermittlungen ging. Als wäre ein unentdecktes Potential mit einem Schlag freigesetzt worden, beurteilte Filippos ihren Tatendrang, an der Aufklärung von Straftaten mitwirken zu wollen. Mittlerweile hatten die beiden einen gesunden Weg gefunden und Irini, als *eine* von der Insel, konnte manch hilfreichen Hinweis zusteuern. Auch in Filippos' Team war Irinis Eifer aufgefallen und Xenia, die zweite Frau in seiner Truppe, hatte ihr den Spitznamen Miss Marple verpasst. Irini verbuchte das als Erfolg und belohnte die Mannschaft regelmäßig mit selbstgemachten Spezialitäten. Als Frau des Chefs war das für sie eine Selbstverständlichkeit.

Die Bezirksregierung in Ermoupoli hatte den Führungswechsel mit Skepsis verfolgt. Es war ein Ansporn für das erfahrene Kriminalisten-Duo, diesen Veränderungsprozess erfolgreich zu Ende zu bringen. Zugestimmt hatten die hohen Herren aus der Behörde nur, nachdem der routinierte Kriminalbeamte zugesagt hatte, zwanzig Prozent seiner Arbeitszeit für eine neu ins

Leben gerufene Sondereinsatztruppe zur Verfügung zu stellen. Diese hatte man im Athener Polizeipräsidium gegründet, um bei zunehmenden Einsätzen auf den kleineren Inseln Unterstützung aus der Zentrale anbieten zu können. Filippos, der vor seinem Wechsel nach Paros mehrere Jahre in der Mordkommission in Athen gearbeitet hatte, gehörte neben weiteren Kollegen zu diesem Team.

Katharina passte diese Maßnahme nicht. Sofort nach Bekanntwerden hatte sie ihre Bedenken schriftlich eingereicht. Schließlich musste sie in der Polizeistation in Parikia schon länger mit einem Mann weniger auskommen. Ihre Befürchtung war, dass sie wieder stärkerer Arbeitsbelastung ausgesetzt sein würde. Mit äußerster Hartnäckigkeit kämpfte sie seitdem um eine weitere Stelle.

Zum Glück war der Wechsel reibungslos verlaufen. Wenn sie auch nie darüber gesprochen hatten, kannten beide das Erfolgsrezept ihrer gemeinsamen Arbeit. Ohne die Vertrautheit, die sie pflegten, wäre das ehrgeizige Projekt wahrscheinlich gescheitert.

Inzwischen fühlte sich jeder wohl in seiner neuen Funktion und das Team, bestehend aus Konstantinos, Spyros und Xenia, stand hinter ihm. Katharina musste lernen, mit der geringeren Verantwortung umzugehen, was ihr anfangs schwergefallen war. Dawid, der Mann an ihrer Seite, hatte es eingefordert. Jetzt in der zweiten Reihe genoss sie die neu gewonnene Freiheit.

Nun war zum Glück auch Filippos' gewohnte Lockerheit zurück, die zu Beginn etwas auf der Strecke geblieben war. Selbstverständlich war er morgens der Erste in der Dienststelle. Meist sogar vor Xenia, der seit vielen Jahren die Leitung des Sekretariats oblag. An diesem

Morgen begrüßte sie ihn mit einer ungewohnt ernsten Miene und einem frisch zubereiteten Kaffee Metrio.

»Gut, dass du kommst«, erklärte sie und stellte ihm die Tasse Kaffee auf den Schreibtisch.

»Was gibt's so früh?« Filippos überlegte, ob er gestern etwas Wichtiges vergessen hatte.

»Ein Unfall! Mich hat gerade der Anruf erreicht. Es muss auf der Strecke von Marpissa nach Drios passiert sein.« Xenia griff nach einem Zettel und reichte ihn ihrem Chef.

»Gibt es Personenschäden und …«, er überflog die wenigen Zeilen,»… hast du die Ambulanz informiert?«

»Ist wohl nicht mehr nötig, es muss furchtbar aussehen.«

Filippos hob seine Augenbrauen. »Erzähl!«

»Ein Taxifahrer hat ihn gefunden. Ein Mann liegt im Straßengraben, muss überfahren worden sein.« Xenia verzog angewidert ihren Mund.

»Was ist mit dem Mann? Ist er tot?«

»So berichtete es der Taxifahrer. Der Arme war vollkommen fertig. Ich habe ihm gesagt, dass er auf dich warten soll.«

Filippos nickte. »Was ist mit dem Fahrer des Unfallfahrzeugs?«

»Von einem Auto keine Spur. Der muss geflüchtet sein.«

Filippos' Miene verfinsterte sich, während er sein Handy zückte. »Ich werde Konstantinos zur Unfallstelle bestellen und ruf du Dr. Spanopoulos an. Ein Arzt muss den Tod bestätigen.«

»Jawohl Herr Oberlehrer, aber das weiß ich. Ich bin schon länger bei der Polizei.« Xenia schüttelte ungläubig ihren Kopf. »Spanopoulos ist schon auf dem Weg.«

Seitdem Filippos die Leitung der Dienststelle übernommen hatte, war Xenia wesentlich forscher geworden. Eine neue Allianz zwischen ihr und Katharina hatte sich positiv entwickelt und die beiden Frauen waren enger zusammengerückt. So band Katharina ihre Kollegin öfter mit in ihre kriminalistische Arbeit ein, im Gegensatz zu früher. Als sie noch die Chefin gewesen war, hatte sie sich die Sekretärin eher auf Distanz gehalten. Für den neuen Polizeichef war das nicht immer ganz einfach, mittlerweile wusste er das Damen-Duett aber durchaus zu schätzen.

»Gut so«, antwortete er und griff nach seinem Autoschlüssel. Auf Spanopoulos, den erfahrenen Inselarzt, war Verlass. Mit seinen 68 Jahren war er immer noch im Dienst und, wenn die Polizei seine Hilfe benötigte, stets zur Stelle.

Der Ruf ging durch, Konstantinos war auf dem Weg nach Parikia, als Filippos ihn zur Unfallstelle beorderte. Filippos folgte mit einem der neuen Dienstfahrzeuge, die sie bekommen hatten. Die Bezirksregierung in Ermoupoli hatte sich für ein Modell der Marke KIA entschieden. Er schaltete sein Blaulicht ein, um schneller aus der Stadt herauszukommen, vermied es jedoch, die Sirene einzusetzen. Zügig legte er die Strecke bis nach Naoussa zurück und bog auf die Umgehungsstraße in Richtung Marpissa. Als er den Abzweig nach Drios erreichte, drosselte er die Geschwindigkeit. Schon von Weitem konnte er die Fahrzeugkolonne am Unfallort erkennen.

Ein graues Taxi parkte neben den Fahrzeugen von Konstantinos sowie Dr. Spanopoulos. Der junge Polizist holte gerade ein Absperrband aus dem Kofferraum, Spanopoulos hielt Schaulustige davon ab, zu nahe an den Leichnam zu gelangen. Filippos parkte am Straßenrand und sprang aus dem Fahrzeug.

»Der muss sofort tot gewesen sein«, begrüßte ihn der Arzt. »Volle Breitseite, sieht schlimm aus.«

Er deutete auf den Graben neben der Fahrbahndecke. Dort glänzte eine circa zweimal ein Meter große Kältefolie, die der Mediziner über den Toten ausgebreitet hatte. Filippos zögerte nicht lange, stieg hinunter und hob die goldfarbene Folie etwas an. Es war kein schöner Anblick, sodass er sich zwingen musste hinzusehen. Der gesamte Kopf war nur noch eine breiige, blutige Masse, dazwischen stachen grau-schwarz die Haare des Mannes hervor. Bruchstücke einer zersplitterten Brille steckten in dem übel zugerichteten Gesicht.

»Wissen wir schon, wer es ist?« Filippos hob die Folie weiter an. Ein Arm hing nur noch an ein paar Sehnen, der ganze Oberkörper schien zerschmettert zu sein.

»Wir haben zumindest einen Namen.« Konstantinos war neben seinen Chef getreten. Seine Hände steckten in Gummihandschuhen, in der rechten Hand hielt er eine Geldbörse, darin befanden sich Kreditkarten und ein Führerschein.

»Xenia soll prüfen, ob man den Mann als vermisst gemeldet hat«, erwiderte Filippos und zu Spanopoulos gewandt sagte er: »Wie lange ist der Mann schon tot?«

Der Arzt zuckte mit den Schultern. »Genau kann ich es nicht bestimmen, aber die Totenstarre ist bereits stark ausgeprägt. Ich schätze, der Mann wurde vor acht bis neun Stunden überfahren.«

Filippos schaute auf seine Uhr, es war kurz vor acht in der Früh. »Das bedeutet gegen Mitternacht. Was hat er um diese Zeit hier gemacht?« Die Unfallstelle lag einige hundert Meter hinter dem Abzweig nach Drios.

Auf der gesamten Strecke bis zum Ortseingang gab es nur ein paar verstreute Häuser.

»Vielleicht war er auf dem Heimweg und hat in Drios gewohnt«, gab Konstantinos zu bedenken.

»Auch das soll Xenia prüfen.« Filippos zückte eine Kamera und begann, den Unfallort von allen Seiten zu fotografieren. »Merkwürdig, es gibt keinerlei Bremsspuren«, stellte er erstaunt fest, während er die Straße ablief. »Ich sehe keine Straßenbeleuchtung in der Nähe. Das heißt, es muss ziemlich dunkel gewesen sein.« Er streifte sich auch ein Paar Gummihandschuhe über und bückte sich nach einem Stück Kunststoff. »Sieht nach einem zersplitterten Blinklicht aus.« Er betrachtete das orangefarbene Fragment aus der Nähe. Das circa zwei mal drei Zentimeter messende Bruchstück zeigte eine Seriennummer, die jedoch nicht vollständig war. Außerdem waren an einer scharfkantigen Ecke Reste der Lackierung zu erkennen.

»Der Aufprall muss enorm gewesen sein, so wie der Tote ausschaut«, bemerkte Konstantinos und begann akribisch, die Straße nach weiteren Spuren abzusuchen. Winzige Scherben lagen verstreut im Straßengraben.

»Die Plastikteile müssen in die KTU nach Athen. Die sollen ermitteln, von welchem Fahrzeug sie stammen.«

Der Polizist holte einen Plastikbeutel aus seinem Kofferraum, in dem er sie verstaute.

»Die müssen heute noch raus. Wenn wir den Fahrzeugtyp kennen, können wir gezielt nach dem Unfallwagen fahnden«, bemerkte Konstantinos zutreffend.

»Nicht nur die Plastiksplitter. Der Tote muss auch in die Gerichtsmedizin«, ergänzte Filippos scharf. »So sind die Vorschriften bei Tod durch Fremdeinwirkung. Es handelt sich um Fahrerflucht.«

Konstantinos nickte zustimmend, auch er kannte die Regeln.

Mittlerweile hatte sich von beiden Seiten eine lange Schlange von Fahrzeugen gebildet. Ungeduldig warteten die Fahrer auf die Freigabe der Straße. Die beiden Polizisten ließen sich jedoch nicht aus der Ruhe bringen. Erst nachdem sie mehrfach den Streckenabschnitt abgeschritten waren, gaben sie den Verkehr wieder frei. Spanopoulos kümmerte sich um den Abtransport der Leiche. Sie sollte auf sofortigem Weg zum Flughafen gebracht werden. Die Polizeibeamten würden sich um den Flug nach Athen kümmern.

»Wie kann ich ein Unfallopfer einfach so im Straßengraben liegen lassen?« Filippos stellte die Frage.

»Vielleicht war Alkohol im Spiel? Das wäre nicht der erste Fall von Fahrerflucht, bei dem der Verursacher stark betrunken war.« Konstantions zählte ein paar Fälle aus den vergangenen Jahren auf. Bis auf wenige Ausnahmen war es ihnen immer gelungen, die Verantwortlichen zur Rechenschaft zu ziehen. Er war sich sicher, dass es ihnen auch diesmal gelingen würde, den Fahrer des Unfallfahrzeugs dingfest zu machen.

Sylvia Kerner

Wien, März 2018

Sylvia atmete tief durch, ihre letzte Patientin für den heutigen Tag hatte sie soeben verabschiedet. Es war ein hoffnungsloser Fall von schwerer Alkoholsucht. Die Anzahl der Rückfälle konnte sie nicht mehr zählen. Es war die Frau eines angesehenen Kommunalpolitikers. Die Sitzungen mit ihr hinterließen bei Sylvia stets ein Gefühl von Ohnmacht, da sie trotz der vielen Gespräche keine positive Entwicklung erkennen konnte. Schon mehrere Jahre suchte die Frau Hilfe bei ihr, immer dann, wenn ihr Trinkverhalten eine nicht mehr zu kontrollierende Dynamik angenommen hatte und die Reißleine gezogen werden musste. Sylvia war der rettende Anker und sie verdiente gutes Geld damit. Aber die Hilflosigkeit der Patientin gegenüber, genau zu wissen, dass sie wieder rückfällig werden würde, machte sie traurig.

Nachdenklich klappte sie ihren Laptop zu und verschloss den Stahlschrank mit den Krankenakten. Unmittelbar kreisten ihre Gedanken zurück zu dem Brief, den sie vor drei Tagen in ihrem Postkasten gefunden hatte. Ohne eine Ankündigung war er bei ihr eingetrudelt, völlig überraschend. Sie hatte zwei Tage darüber gegrübelt, wie sie reagieren sollte. Gestern Abend hatte sie sich schließlich dagegen entschieden, die Einladung anzunehmen und ihn zerknüllt in den Papierkorb geschmissen. Jetzt kippte sie den ganzen Inhalt des Drahtkorbes auf den Parkettboden, suchte nervös nach dem Schriftstück und strich es glatt. Sylvia hatte ihre Meinung geändert. Die Neugier in ihr hatte die Oberhand gewonnen. Schon ihr Beruf forderte es ein, dieser Einladung nachzugehen.

Bereits in der Mittagspause war es ihr gelungen, die Telefonnummer von Alex ausfindig zu machen. Svens Nummer hatte sie in ihrem abgegriffenen Notizbuch gefunden. Ob sie noch stimmte, wusste sie nicht. Was wohl aus den Personen ihrer ehemaligen Griechenland-Clique geworden war? Alleine das herauszufinden, trieb ihre Spannung enorm in die Höhe. Das seit einer Woche extrem schlechte Wetter in ihrer Heimatstadt hatte zusätzlich ihren Entschluss beflügelt, einem Wiedersehen nach dreißig Jahren auf der beliebten griechischen Insel zuzustimmen.

Ob Lisas Mutter auch kommen würde? Eine Ulrike Wagner, den Namen hatte sie noch im Kopf. Ob sie überhaupt noch lebte? Wohl kaum, sie war 1988 schon über fünfzig und gesundheitlich stark angeschlagen gewesen.

Augenblicklich hatte sie das Gesicht der verzweifelten Frau vor Augen, die zur Beerdigung ihrer Tochter nach Paros angereist war. Ein fürchterlicher Tag, den sie nie vergessen würde. Sie hatte sich oft gefragt, warum man Lisa nicht nach Deutschland überführt hatte. Aber dazu fehlten der alleinerziehenden Mutter wohl die finanziellen Mittel. Wie gelähmt war die gesamte Clique zur Trauerfeier erschienen, nachdem die Polizei kein Fremdverschulden hatte feststellen können und als Todesursache exzessiven Alkohol- und Drogenkonsum bescheinigt hatte.

Kleine Schweißperlen bildeten sich auf ihrer Stirn, wenn sie an die stundenlangen Verhöre zurückdachte in dem kargen Büro in Parikia, in denen die extra aus Athen zugezogenen Beamten versucht hatten, die Nacht zu rekonstruieren.

Traumatisiert waren sie abgereist, ohne jegliches Bestreben, diese dramatische Nacht am Monastiri Strand gemeinsam aufzuarbeiten. Sie selbst hatte es wenigstens versucht, mit Ansätzen aus den ersten Semestern ihres Psychologiestudiums. Die Ablehnung der übrigen Mitglieder war jedoch zu groß gewesen, zu stark war das Erlebte noch präsent. Nur mit Sven hatte sie Wochen später darüber geredet. Er war der Einzige, mit dem sie nach ihrer Rückkehr noch mehrfach telefoniert hatte, aber mittlerweile waren fast dreißig Jahre vergangen.

Sylvia griff nach einem Stück Papier und notierte die Telefonnummern ihrer ehemaligen Freunde, hinter Frank setzte sie ein Fragezeichen. Es kribbelte in ihr, als sie versuchte, sich die einzelnen Gesichter in Erinnerung zu rufen, dabei kam ihr ein Gedanke.

In einem alten Schuhkarton verwahrte sie Bilder der vergangenen Jahre auf, aufgenommen zu Zeiten, in denen es noch keine Digitalkameras gab. Darunter mussten auch welche aus dem Sommer 1988 vergraben sein, von jenem Paros-Aufenthalt mit der Clique, die sich zufällig gefunden und unbeschwerte Wochen miteinander verbracht hatte. In den ersten Tagen ihrer Zusammenkunft wohnten sie verstreut in verschiedenen Privatzimmern. Nach und nach waren sie in die einfache Pension umgezogen, um möglichst viel Zeit gemeinsam verbringen zu können. Dort hatten sie auch zum ersten Mal die griechische Küche schätzen gelernt, als die Pensionswirtin abends für alle gekocht hatte.

Plötzlich verspürte Sylvia ein unbändiges Verlangen, in die verdrängten Erinnerungen einzutauchen.

Mit dem Brief in der Hand ging sie in ihre Wohnung, die direkt neben ihrer Praxis lag. Hier wohnte und arbeitete sie bereits seit 19 Jahren. Die Wohnung samt Praxis lag im 14. Bezirk. Hier fühlte sie sich wohl und Sylvia konnte von sich behaupten, ihre innere Mitte gefunden zu haben. Es gab einen festen Mann in ihrem Leben, nach vielen Jahren mit häufig wechselnden Partnern. Auch wenn sie es vorgezogen hatten, getrennte Wohnungen zu behalten, sprach sie von einer funktionierenden Beziehung.

Sylvia holte eine kleine Trittleiter aus ihrer Abstellkammer, um an das Sammelsurium auf ihrem Kleiderschrank zu gelangen. Im Laufe der Jahre hatte sich dort allerlei Krimskrams angesammelt, sodass es höchste Zeit wurde, gründlich aufzuräumen. Sie streckte ihren Arm weit nach hinten und zog den verstaubten Karton mit der Fotosammlung hervor. Ihr Herz pochte, als sie ihn mit in ihr Wohnzimmer nahm. Ein wohliges Gefühl ergriff sie, wenn sie an die wilden Nächte auf Paros zurückdachte. Besonders an diesen attraktiven Griechen, der von Anfang an immer mit dabei gewesen war, erinnerte sie sich gerne. Mehrfach hatten sie Sex gehabt, auch wenn sie später erkennen musste, dass er es mehr auf Lisa abgesehen hatte, so wie alle Männer in der Clique. Bis auf einen.

Sven machte sich nichts aus der bezaubernden Düsseldorferin, die im Handumdrehen jeden Mann um den Verstand brachte. Erst später hatte sie erfahren, warum. Er stand halt nicht auf Frauen. Wie unbekümmert ihr diese Wochen auf Paros in jenem Sommer vorkamen. Sehnsucht kam auf bei den zurückfliegenden Gedanken. Angestrengt versuchte sie, sich den Namen des Griechen ins Gedächtnis zu rufen, der die Clique mit Spirituosen versorgt hatte, aber er fiel ihr beim besten Willen nicht ein. In großen Plastikflaschen hatte er das Gesöff mit an den Strand gebracht. Abends versammelten sich alle in der Bucht nahe Naoussa und er pries den hochprozentigen Trunk als *griechischen Grappa* an. Lisa hatte ihn mitgebracht. Sie verweilte bereits einige Wochen auf Paros, als sich die Truppe zusammenfand, und war mit ihm deswegen sehr vertraut. Sein Vater betrieb auf einer Nachbarinsel eine Brennerei, die neben anderen Inseln auch Paros mit hochprozentigen Getränken versorgte. Eine unerschöpfliche Quelle, die sie damals mit ihren schmalen Geldbeuteln gerne angezapft hatten. Das Zeug hatte es in sich.

Ungern erinnerte sie sich an den Vollrausch. Zwei Tage hatte es gedauert, bis sie diesen Blackout überwunden hatte. Danach war sie umsichtiger mit dem klaren Brand umgegangen, dem Rest der Clique schienen die Nachwirkungen des Trunks weniger ausgemacht zu haben. Viel Alkohol war im Spiel gewesen, fast jeden Abend, wenn sie bei Sonnenuntergang zum Strand aufgebrochen und bis zum Morgengrauen gefeiert hatten. Völlig losgelöst hatten sie Party gemacht, oft bis es hell wurde, ohne auch nur einen Gedanken an den nächsten Tag zu verschwenden. In Sylvias Kopf erschienen viele bunte Bilder, die sie drei Jahrzehnte ausgeblendet hatte. Fast konnte sie das Rauschen der Brandung hören. Dass auch Drogen konsumiert wurden, war ihr verborgen geblieben, obwohl sie sich öfter über Lisas exzessives Verhalten gewundert hatte.

Sie glaubte damals, es wäre dem intensiven Zuspruch des Soumas zuzuschreiben, wie der griechische Grappa auf Paros genannt wurde. Die Polizei hatte sie alle mit den Drogen konfrontiert, nachdem sie bei Lisa den Stoff gefunden hatten und bei jedem von ihnen eine Durchsuchung ihrer Zimmer veranlasst. In Lisas Zimmer war man auf weitere Drogen gestoßen, damit stand die Todesursache für die Polizisten schnell fest.

Immer wieder hatte Sylvia sich gefragt, warum ihr nichts aufgefallen war. Sie war die Älteste und Reifste in der Clique gewesen und wurde öfter wegen ihrer analytischen Art von ihren Freunden aufgezogen. Besonders ihr griechischer Freund erwischte sie gerne, wenn sie zu später Stunde mehr zur Beobachterin der ausschweifenden Partys wurde.

»You think too much – Du denkst zu viel«, hatte er sie angelacht, meist mit einem Glas Souma in der Hand. »Enjoy your life and don't think about tomorrow – Genieße dein Leben und denke nicht an morgen.«

Als wäre es erst gestern gewesen, erinnerte sie sich an seine sanften, dunklen, braunen Augen und sein pechschwarzes Haar. Und jetzt fiel ihr auch sein Name wieder ein. Jannis hieß er. Jannis, der Mann mit dem Souma.

Sophia Petridis

Naxos, Südliche Ägäis, Juni 2018

Sophia Petridis sortierte die Post, so wie sie es jeden Morgen tat und bildete drei kleine Stapel. Die erste Ablage galt den eingegangenen Rechnungen, die zweite war für Bestellungen gedacht und die letzte Sammlung für alles Sonstige, was heute noch in Papierform verschickt wurde. Das Prozedere hatte sie von ihrem Mann übernommen, der meistens die Post entgegennahm und sie seiner Frau zur weiteren Bearbeitung auf den Schreibtisch legte. Die schriftlichen Aufträge waren in den letzten Jahren zurückgegangen, da die meisten ihrer Kunden ihre Bedarfsanforderungen mittlerweile per Mail verschickten. Diese hatte sie schon in aller Früh erfasst.

Erfreulicherweise waren die Kundeneingänge in den letzten vier Wochen angestiegen. Die Hauptferiensaison stand kurz vor der Tür und die zahlreichen Restaurants hatten schon geöffnet und füllten ihre Spirituosenlager auf. Die lange Durststrecke des Winters war vorbei, der Versand war auf das Sommergeschäft vorbereitet.

Es war heiß an diesem Tag und Sophia hatte die Fenster ihres vollgestopften Büros weit aufgerissen. Aus dem noch kühlen Innenhof ihres kleinen Familienbetriebs strömte eine frische Brise in den Raum und verwirbelte die abgestandene Luft des Vortages. Ihr Arbeitsplatz lag direkt neben der Probierstube, in der fein sortiert nach ansteigendem Alkoholgehalt die Flaschen ihrer aktuellen Produktion zur Verkostung bereitstanden. Ab zehn Uhr musste sie mit ersten Touristen rechnen, die sich den Traditionsbetrieb genauer ansehen wollten. Seitdem sie in vielen Reiseführern erwähnt wurden, war der Besucherstrom stetig gewachsen. Bis auf wenige Ausnahmen nahmen fast alle Gäste eine Flasche ihrer Brände oder Liköre mit zurück in ihre Heimat. Ein willkommenes Mitbringsel, um sich nach dem Urlaub das ein oder andere Erlebnis bei einem kleinen Schnäpschen wieder in Erinnerung zu rufen.

Während der Sommermonate, wenn genügend Urlauber auf der Kykladeninsel ihre Ferien verbrachten, hatten sie täglich geöffnet und Sophia kümmerte sich persönlich um die eintreffenden Besucher.

Der mittlerweile in der vierten Generation bestehende Betrieb liegt mitten in Chalki, einem Dorf, welches sich im Zentrum der Tragéa befindet, jener mit zahlreichen Olivenhainen bepflanzten Hochebene im Herzen von Naxos. Dies ist eine Landschaft, die gerne von Wanderern besucht wird und wegen ihrer zerklüfteten Gegend an Kreta erinnert. Eine Besonderheit dieses Dörfchens sind seine gut erhaltenen, neoklassizistischen Häuser, noch aus Zeiten der venezianischen Herrschaft auf Naxos. Die vielfach liebevoll renovierten Anwesen haben mit den sonst typisch weißgetünchten Gebäuden auf den Kykladen nicht viel gemein. Man kann es als ein reizvolles Dorf bezeichnen, welches sich seine Schönheit erhalten hat und sogar einmal die Hautstadt der Insel war.

Sophia lugte auf ihre Uhr und hoffte, dass heute nicht zu viele Gäste erscheinen würden. Bis auf zwei

Angestellte, die sich um das Lager kümmerten, war sie alleine und hatte noch einiges zu erledigen, bevor sie den Laden für Fremde öffnen würde. Für die fröhliche, schwarzhaarige Griechin war der Kontakt zu Menschen aus allen Ländern in den Sommermonaten eine willkommene Abwechslung. Ihre Englischkenntnisse hatte sie dafür schon vor Jahren aufgefrischt und ihr Fachwissen war enorm. Im Herbst und im Winter waren fast nur Einheimische im Ort anzutreffen.

Aufgewachsen in Chalki hatte sie den Herstellungsprozess der einzelnen Spirituosen von Klein auf miterlebt und sich schon als Kind, meist nach der Schule, in der Manufaktur ein paar Drachmen verdient. Hier hatte sie auch ihren späteren Mann kennengelernt. Der Verkaufsschlager des Ladens war seit jeher ein Likör, der aus den Blättern des Zitronat-Zitronenbaums, selten auch als Zedratbaum bezeichnet, hergestellte *Kitron.* Dieser war nachweislich schon vor zwei Jahrhunderten auf der Insel produziert worden. Im Laufe der Zeit waren weitere Brände dazugekommen, die in den Kneipen und Restaurants der umliegenden Inseln, aber auch im Export ihre Abnehmer fanden. Ab Oktober bis Februar startete jedes Jahr die Ernte der Blätter des Zitronat-Zitronenbaums. Eine nicht ganz einfache Aufgabe, da neben dem starken Wind und dem häufigen Regen zu dieser Jahreszeit auch noch die spitzen Dornen des Baumes eine Ernte erheblich erschwerten.

Wesentlich einfacher stellte sich da die Destillation des aus der vorhergegangenen Weinernte gewonnenen Tresters dar, dessen Resultat auf den Kykladen bei keiner Mahlzeit fehlen durfte. Ein Raki, auf Paros auch Souma genannt, gehörte in jeden Haushalt und fast alle Bewohner auf den Inseln, die ihren eigenen Wein anbauten, brachten nach der Pressung ihren Trester zu einer zugelassenen Kazani. Jenen Destillen, die eine Lizenz zur Schnapsherstellung besaßen. Mit einem großen Fest wurde im Kreise der Dorfbewohner die hochprozentige Ausbeute gefeiert, um später stolz den eigenen Schnaps mit nach Hause zu nehmen. Wollte man den Brand etwas veredeln, erfolgte eine zweite Destillation, die als Tsipouro verkauft wurde. Auf Kreta wird diese Variante als Tsikoudia bezeichnet.

Sophia verließ ihr Büro, brachte noch ein paar Gläser in die Probierstube und legte ihre Broschüren auf den Tisch. Da es fast zehn Uhr war, schloss sie die blaue Eingangstür auf, bereit, den ersten neugierigen Touristen die Kunst der Schnapsbrennerei näherzubringen. Inzwischen war das Routine für die Chefin. Die Führungen durch den Betrieb übernahm sie selbst, die Verkostung mit den dazu passenden Geschichten überließ sie ihrem Mann. Heute würde sie allerdings den Umtrunk übernehmen müssen. Ihr Gatte war schon seit Tagen auf einer Auslieferungstour und würde noch zwei weitere Tage bleiben, wie er ihr am gestrigen Abend telefonisch mitgeteilt hatte. Sophia hatte sich gewundert.

Länger als zwei Nächte blieb er selten weg, meistens nur, wenn er Auslieferungen auf dem Festland zu erledigen hatte. Diesmal war er lediglich nach Paros geschippert, ein Klacks und in 45 Minuten mit der Fähre zu schaffen. Daher war es ihr im ersten Moment seltsam vorgekommen. Er wolle ein paar neue Hotels abfahren, hatte er ihr als Begründung genannt und schnell ihre Verwunderung zerstreut. Ab Juli, mit dem Start in die Hauptferienzeit, war an solche Aktionen nicht mehr zu denken. Da wurde sein voller Einsatz im Betrieb erwartet.

Sophia betrachtete sich ein letztes Mal im Spiegel, frisierte ihre schwarze Mähne und korrigierte ihr Make-up. Sie war sehr darauf bedacht, nicht wie ein altes Mütterchen auf ihre Kunden zu wirken. Vielmehr lag ihr der moderne Auftritt einer Geschäftsfrau am Herzen, auch wenn es nur eine kleine Manufaktur war. Sie war stolz auf ihren kleinen Familienbetrieb und das verkörperte sie mit ihrem gesamten Auftreten. Für eine Frau Anfang fünfzig sah sie blendend aus.

Seitdem der Tourismus in Griechenland wieder boomte, kamen Menschen aus der ganzen Welt in das beschauliche Dorf. Ein Grund mehr für sie, einen fortschrittlichen Eindruck bei den Besuchern zu hinterlassen. In ihrem Kopf spielte sie eine Verkostung durch, rief sich ein paar Geschichten ihres Mannes in Erinnerung, da bemerkte sie die fehlenden Preislisten. Diese waren gerade überarbeitet und aus der Druckerei frisch angeliefert worden. Ein Karton stand ungeöffnet auf ihrem Schreibtisch.

Flink lief sie zurück und riss die Verpackung auf, dabei fielen ein paar Dokumente von ihrem Sekretär auf den Fußboden. Sophia bückte sich, um die Papiere zurück auf das Pult zu legen, als sie innehielt. Zwischen den Schriftstücken, die sich wild zerstreut auf dem Boden verteilt hatten, befand sich eine Klarsichthülle mit Versandadressen. Ein hellblauer Briefumschlag war aus der Hülle herausgerutscht und wirkte wie ein Fremdkörper zwischen den übrigen Standardbelegen. Intuitiv griff sie nach dem Umschlag, wollte trotz ihrer Eile wissen, was es mit dem Brief auf sich hatte.

Auf der Vorderseite bemerkte sie einen Adressaufkleber mit dem Namen ihres Mannes. Neugierig fingerte sie das Schriftstück aus dem geöffneten Umschlag. Sie strich den Din-A4-Bogen glatt und überflog mehrfach den Inhalt. Es war eine Einladung, ganz eindeutig. Der Brief musste schon vor einiger Zeit bei ihnen eingetroffen sein. Ein knapper Text in englischer Sprache, darunter ein Foto mit mehreren jungen Leuten drauf. Ihr verunsicherter Blick richtete sich auf einen Kalender, die Einladung war auf diese Woche datiert. Ihr Gehirn rotierte. Warum hatte ihr Mann ihr nichts davon erzählt? Irritiert wählte sie seine Handynummer, doch der Anruf landete auf seiner Mailbox.

Just in diesem Moment betraten die ersten Touristen ihren Betrieb.

Filippos Panos

Parikia, Paros, Juni 2018

Filippos war, gleich nachdem die Leiche zum Flughafen transportiert worden war, zurück in die Dienststelle nach Parikia gefahren, Konstantinos blieb noch vor Ort. Er sollte sich bei den wenigen Häusern rund um die Unfallstelle umhören. Vielleicht war jemandem in der Nacht etwas aufgefallen, was zur Aufklärung des Unfalls beitragen konnte.

Katharina erwartete ihren Chef bereits mit ernster Miene.

»Und? War es wirklich so schlimm?«, begrüßte sie ihn. Xenia hatte sie schon in den morgendlichen Einsatz eingeweiht.

»Kein schöner Anblick, und das auf nüchternen Magen.« Er ging in die Küche und schenkte sich einen Kaffee ein.

»Verstehe! Unfallopfer sind immer scheußlich. Gibt es Zeugen? Xenia sprach von Unfallflucht.« Die Sekretärin nickte.

»Bisher nicht, aber Konstantinos hört sich um. Viele Gebäude gibt es auf der Strecke nicht, aber wir wollen nichts unversucht lassen, dieses Schwein zu fassen.« Er nahm einen kräftigen Schluck von seinem Kaffee.

»Ich habe mit dem Namen, den du mir gegeben hast, bei der Telefonauskunft gesucht, leider Fehlanzeige«, meldete sich Xenia zu Wort. »Weder in Parikia noch in

Drios gibt es zu dem Namen einen Eintrag. Da werde ich umfangreicher suchen müssen.«

»Drios war meine erste Idee, weil der Mann zu Fuß unterwegs war. Wo wollte er hin zu dieser Zeit?« Filippos schaute fragend in die Runde. »Vielleicht bringt Konstantinos etwas Licht ins Dunkel, wenn er mit den Anliegern gesprochen hat.« Er gähnte.

»Was ist mit Spuren am Unfallort?«, wollte die Kommissarin wissen.

»Bis auf ein paar Splitter, wahrscheinlich von einem zerbrochenen Blinker, haben wir nichts gefunden.« Der Kriminalbeamte hielt den Beutel mit den Kunststoffteilen in die Höhe.

»Die müssen schnellstens nach Athen in die KTU, damit wir wissen, nach welchem Fahrzeugtyp wir suchen müssen.«

»Wird gleich erledigt.« Xenia griff nach der Tüte und legte sie auf ihren Schreibtisch.

»Spyros soll sie umgehend zum Flughafen bringen«, überlegte sie laut und wählte seine Nummer.

»Und ruf die ›Neue‹ besser vorher an, damit sie vorbereitet ist. Neben den Beweisstücken bekommt sie auch noch eine Leiche. Ansonsten gibt es wieder Theater. Der Tote wartet schon auf seinen Abflug.«

Die Kommissarin grinste, sie wusste sofort, von wem er sprach.

»Wird nicht deine neue Freundin … diese Kinka?«, fragte sie provozierend.

»Bestimmt nicht! Mit Angeliki war das schön unkompliziert. Musste die sich unbedingt in einen Holländer verlieben?«

»Das muss ich wohl auf meine Kappe nehmen. Aber wo die Liebe so hinfällt …«, war Katharinas Kommentar. Sie hatte die frühere Chefin der Athener Gerichtsmedizin mit ihrem späteren Lebenspartner, einem Kriminalbeamten aus Holland, zusammengebracht. »Aber wir werden uns wohl mit der ›Neuen‹, wie du sie nennst, arrangieren müssen.«

»Ist diese Kinka wirklich so furchtbar?«, wollte Xenia wissen. »Du hast doch sonst keine Probleme mit Frauen? Ich erinnere mich an Zeiten, da hast du jedem weiblichen Wesen im Handumdrehen den Kopf verdreht.« Sie blinzelte ihm lasziv zu.

»Absolut nicht mein Beuteraster und die Zeiten sind lange vorbei.« Er schüttelte seinen Kopf. »Die ist halt anders. Sie will für alles einen schriftlichen Antrag haben und ihre Art gefällt mir überhaupt nicht.« Filippos verzog verächtlich seinen Mund.

Die Kommissarin ersparte sich einen Kommentar, auch sie vermisste die langjährige Zusammenarbeit mit der erfahrenen Medizinerin. Nachdem ihre Freundin und ehemalige Kollegin Angeliki ihren Job gekündigt und nach Holland umgezogen war, hatte Kinka die Abteilung übernommen. Eine resolute, ehrgeizige Frau, die sich mit ihren jungen Jahren noch behaupten musste. Fast zwei Jahre war das nun schon her. Zum Glück hatten sie mit der Abteilung in Athen immer nur zu tun, wenn es Schwerverbrechen aufzuklären gab. Das kam nicht so häufig vor. Einen ersten Eindruck hatten sie von ihr bekommen, als Angeliki die Kollegin kurz vor ihrem Abschied nach Paros geschickt hatte, um bei den Untersuchungen zu einem Mord an einem Arbeiter aus dem Kraftwerk mitzuhelfen. Dieser erste Auftritt hatte sich bei dem jungen Polizeichef eingeprägt.

»Die Kleine hat es nicht einfach. Sie ist ein schweres Erbe angetreten und glaube mir, ich weiß, wovon ich rede.« Katharina nahm sie in Schutz. Sie erinnerte sich noch daran, wie sie nach ihrer Ausbildung bei der Athener Mordkommission angefangen hatte und in der ersten Zeit belächelt wurde. »Das braucht Jahre, bis du dir als Frau in diesem Apparat Respekt verschafft hast. Leider hat sich daran nichts geändert.«

»Da brauchst du dir bei ihr keine Sorgen machen, nach ihrem ersten Einsatz bei uns im Spätsommer 2016. Schon ihr Outfit machte einem Angst.«

»Wie? Erzähl!« Xenia war furchtbar neugierig. Sie hatte die Frau noch nicht persönlich kennengelernt.

»Unzählige Tattoos, grauselige Motive und kurzgeschorene Haare, von den Piercings ganz zu schweigen. Schwarzer Gürtel in Karate und passionierte Triathletin. Sie bewegt sich wie ein Raubtier auf Beutezug.« Filippos ließ an der neuen Kollegin kein gutes Haar.

»Ich wusste gar nicht, dass du so intolerant sein kannst. Das ist die neue, junge Generation. Schluss jetzt mit dem Gemecker«, beendete Katharina die Diskussion. »Ich werde Kinka anrufen und ihr unser Anliegen schildern. Auch wenn sie nicht deinem typischen Frauenbild entspricht, wir müssen mit ihr klarkommen. Wir sind auf die Hilfe aus Athen angewiesen.«

Filippos stimmte mürrisch zu, war aber froh, dass Katharina das Gespräch übernehmen wollte.

Wenig später war Athen informiert und ein Platz in einer Nachmittagsmaschine für das Unfallopfer reserviert. Nach Zusendung eines Auftragsformulars an die Rechtsmedizin stand einer Untersuchung nichts mehr im Weg. Die Kommissarin wusste ihre frühere Position als Chefin der Mordkommission geschickt einzusetzen,

Kinka hatte ihr einen Obduktionsbericht sowie die Ergebnisse zu dem zerbrochenen Blinker innerhalb der nächsten zwei Tage zugesichert.

»Jetzt müssen wir schleunigst wissen, wo der Tote gewohnt hat, damit wir die Angehörigen informieren können.« Filippos war zu Xenia ins Büro getreten. In der Hand hielt er den Kunststoffbeutel mit der Geldbörse des Unfallopfers. »Vielleicht haben wir hier noch Hinweise, wo der Mann zuhause war«, sondierte er die zahlreichen Kreditkartenschlitze nach versteckten Informationen. Am Unfallort hatte Konstantinos zunächst nur nach dem Namen des Mannes gesucht. »Da hätte ich auch früher draufkommen können«, erklärte er und fummelte eine abgegriffene Visitenkarte aus einem der Fächer. Xenia schaute ihm dabei gespannt über die Schulter.

»Das sieht doch vielversprechend aus. Der Tote scheint der Inhaber dieses Geschäftes zu sein.« Er überreichte die Karte seiner Kollegin. »Der Name passt zum Führerschein und wir haben eine Adresse.« Xenia nickte stumm und gab ihm die Visitenkarte zurück.

»Das musst du aber selber regeln«, sagte sie entschlossen. »Im Überbringen von Todesnachrichten bin ich ganz schlecht.« Schon bei dem Gedanken daran begann ihr Magen zu revoltieren.

»Ich werde mich gleich darum kümmern.« Filippos stöhnte auf. Auch für ihn war das jedes Mal eine extrem belastende Angelegenheit.

»Der Betrieb ist auf Naxos. Hoffentlich erreiche ich dort jemanden. Lieber würde ich persönlich vorbeifahren, aber dazu haben wir keine Zeit. Wir brauchen zunächst Gewissheit.«

Mit Herzklopfen zog er sich in sein Büro zurück, vor ihm die vermeintliche Visitenkarte des Unfallopfers.

Er machte einen tiefen Seufzer und wählte die Nummer.

Alex Gräfe

Hamburg, März 2018

Alex hasste die Enge seiner Zweizimmerwohnung, in der seit einem halben Jahr lebte. Er war die letzten Jahre Größeres gewohnt gewesen, aber nach der Scheidung hatte ihm seine Ex klar zu verstehen gegeben, dass er das gemeinsame Haus schnellstens zu verlassen hatte. Rückendeckung bekam sie dabei von ihrem Vater, der ihnen nach der Heirat mit einer großzügigen Geldsumme erst die Möglichkeit für dieses Einfamilienhaus geboten hatte. Ihm blieben zwei Wochen Zeit, sich um eine neue Bleibe zu kümmern, eine nahezu unmögliche Herausforderung bei dem knappen Wohnungsangebot in Hamburg. Er hatte es selbst verbockt und nachdem seine Frau hinter die langjährige Affäre mit seiner Sekretärin gekommen war, hatte sie alle Register gezogen. Es war nicht sein erster Fehltritt gewesen in den vielen Jahren seiner Ehe. Jetzt wohnte er beschränkt auf lediglich 60 Quadratmetern und selbst die Miete für die bescheidene Wohnung lag schon über seinem Budget. Er verdiente zwar nicht schlecht als Vertriebsingenieur in einer großen Firma, aber seine beiden Kinder befanden sich noch mitten im Studium und da war finanzielle Unterstützung angesagt. Seine Ex hatte ihm das ohne Umschweife klargemacht.

Ein einziger Lichtblick in der verfahrenen Situation war sein Sexualleben, das seit seinem Auszug um einiges bunter geworden war. Je länger er jedoch darüber nachdachte, kamen ihm Zweifel, ob das tatsächlich der Weg war, den er für den Rest seines Lebens gehen wollte. Allerdings war es jetzt zu spät für Reue. Umso erfreulicher hatte er die Einladung begrüßt, die vor ein paar Tagen bei ihm eingegangen war.

Viele schöne Erinnerungen schwirrten ihm fortan durch den Kopf, von jenem Sommer Ende der Achtziger in Griechenland mit Sex, Drugs und Rock 'n' Roll. Und natürlich Lisa, mit der er rückwirkend betrachtet den besten Sex in seinem Leben gehabt hatte. Wäre da nicht dieses furchtbare Erwachen gewesen nach einer unvergesslichen Nacht am Strand auf Paros. Tagelang war keiner imstande gewesen, einen klaren Gedanken zu fassen. Sie wollten nur noch weg nach diesem schrecklichen Erlebnis. Aber die Polizei hatte ihnen untersagt, die Insel zu verlassen, bis man einen genauen Ablauf der besagten Nacht skizziert hatte. Zusammen mit Sven, einem ehemaligen Kommilitonen, den er in diesem Sommer von einer anderen Seite kennengelernt hatte, war er abgereist. Was wohl aus ihm geworden war?

Sie wohnten zu jener Zeit im selben Studentenwohnheim und kannten sich von einigen Partys. Auf einer dieser Zusammenkünfte war auch der gemeinsame Trip nach Griechenland besiegelt worden. Alex musste schmunzeln bei dem Gedanken, wie naiv er damals gewesen war. Dass Sven sich von dem Urlaub mit ihm mehr versprochen hatte, war ihm erst später klar geworden. Es musste eine herbe Enttäuschung für ihn gewesen sein.

Nach ihrer Rückkehr traf man sich immer seltener, man sah sich zwangsläufig hin und wieder in der Uni, aber Sven war kurze Zeit später nach Köln umgezogen. Seitdem hatten sie sich aus den Augen verloren.

Alex brannte darauf, die einzelnen Mitglieder der Clique noch einmal wiederzusehen. Es kam gerade recht nach der ganzen Schlammschlacht der vergangenen Monate. Daher hatte er auch keine Sekunde gezögert und sofort Urlaub eingereicht. Er konnte es kaum erwarten, noch einmal nach Paros aufzubrechen. Sie würden sogar in derselben Pension wohnen, so stand es in der Einladung. Zwecks Reservierung der Zimmer wurde um eine kurze Bestätigung gebeten.

Noch am gleichen Abend hatte er angerufen. Der Besitzer des Christianos hatte ihm bestätigt, dass bereits zwei Mitglieder der Clique zugesagt hätten. Ob das immer noch der Mann war, bei dem sie damals gewohnt hatten? Er wusste es nicht.

Seitdem fieberte er den freien Tagen entgegen. Er war mehr als urlaubsreif und nach dreißig Jahren noch einmal in Erinnerungen zu schwelgen, war eine wunderbare Vorstellung.

Der Pensionswirt hatte ihm sogar die Namen derjenigen genannt, mit denen er in drei Monaten ein paar unbeschwerte Tage auf der Kykladeninsel verbringen würde. Daraufhin hatte er sich von Frank und Sylvia schon die Telefonnummern besorgt. Ob denn auch die vierte Person kommen würde, wollte der Betreiber des Gästehauses wissen, Alex hatte jedoch keine Ahnung.

Einen kurzen Augenblick war er geneigt gewesen, Sven anzurufen und ihn danach zu fragen. Aber dreißig Jahre waren eine lange Zeit und da rief man nicht mal eben so an.

Er versuchte sich die einzelnen Gesichter in Erinnerung zu rufen, versuchte sich vorzustellen, wie sie sich verändert hatten. Ob alle noch gesundheitlich auf der Höhe waren, auch das ging ihm durch den Kopf. Die Fünfzig hatten sie alle überschritten, da musste man schon mit dem ein oder anderen Tiefschlag rechnen. Schnell verwarf er den Gedanken wieder. Selbst wenn nicht alle der Einladung folgen sollten, würde er sich ein paar schöne Tage machen.

Ob ein Wiedersehen nach drei Jahrzehnten überhaupt funktionieren konnte? Er hatte keine Antwort darauf. So unbeschwert wie damals würde es bestimmt nicht werden, da machte er sich keine Illusionen. Aber alleine die Geschichten zu hören, was alles in der Zwischenzeit passiert war, interessierte ihn brennend. Seit er die Einladung in seinem Briefkasten vorgefunden hatte, versuchte er, sich jene Tage in Erinnerung zu rufen.

Ob Frank wohl immer noch sauer auf ihn sein würde, nachdem Lisa sich für ihn entschieden hatte? Der Schreiner aus Frankfurt war total verknallt in die flippige Kunststudentin gewesen. Er hätte alles dafür getan, sie für sich zu gewinnen. Es musste hart für den Handwerker in den schwülen Nächten auf Paros gewesen sein, ständig vom Liebesrausch seines Rivalen mit seiner Angebeteten konfrontiert worden zu sein. Frank war am Strand mehrfach ausgerastet. Sylvia konnte gerade noch eine Prügelei zwischen den Männern verhindern.

Die alte Quasseltante mit ihrem Psychotrip hatte es immer verstanden, bei Streitigkeiten zu schlichten und die Clique zusammenzuhalten. Nie würde er vergessen, wie sie versucht hatte, die Todesnacht von Lisa zu rekonstruieren. Sie hatte alle angefleht, das Geschehene aufzuarbeiten. So wie die Polizei es auch versucht hatte, nur im Kreise enger Freunde. Keiner war darauf eingegangen, traumatisiert hatten sie dagesessen und darauf gewartet, endlich die Insel verlassen zu dürfen.

Ihn hatten sie sogar zwei Tage in der Gefängniszelle in Parikia festgehalten. Es war ein furchtbares Erlebnis gewesen, das ihm zugesetzt hatte. Aber was konnte er dafür, dass Lisa sich ständig Drogen reingezogen hat, war sein trotziger Kommentar gewesen. Geahnt hatte er es schon, aber nie darüber gesprochen. Für ihn zählte an erster Stelle der Sex mit ihr und da war die Kleine einfach unschlagbar. Erst nachdem man in seinem Zimmer keinerlei Drogen gefunden hatte, wurde der Arrest aufgehoben.

Danach hatte er sogar kurz überlegt, seinen Aufenthalt auf Paros fortzusetzen. Sven konnte es nicht fassen und hatte ihm fehlende Empathie vorgeworfen. Wortkarg waren sie mit der Fähre nach Piräus zurückgekehrt. Sven hatte sich von ihm zurückgezogen und das nicht nur wegen seines fehlenden Einfühlungsvermögens. Nach seiner Abfuhr, die er ihm erteilt hatte, war es ihm peinlich, wie sich im Nachhinein herausstellte. Bei ein paar Bieren wenige Wochen später hatten sie die Angelegenheit geklärt. Da konnten sie darüber lachen, auch wenn Sven immer noch daran zu knabbern hatte. Aber er war nun mal nicht schwul und stand absolut auf Frauen. Es war ihm rätselhaft, in was Sven sich da verrannt hatte.

Vielleicht sollte er ihn doch anrufen, überlegte er. Aber wie sollte er anfangen, den zerrissenen Faden wiederaufzunehmen?

Sophia Petridis

Naxos, Juni 2018

Sophia Petridis hatte souverän eine Führung durch ihren Betrieb beendet. Eine siebenköpfige Reisegruppe aus Frankreich war kurz nach Öffnung des Ladens bei ihr aufgetaucht. Jetzt verstauten sie die frisch erworbenen Spirituosen in ihren zahlreichen Rucksäcken. Ungeduldig wartete Sophia darauf, dass die Truppe aufbrach. Schon dreimal hatte ihr Handy geklingelt, doch sie war zu beschäftigt gewesen, den Anruf entgegenzunehmen. Eilig schloss sie die Eingangstür ab und hängte ein Schild mit der Aufschrift – *I'm back in a few minutes – Ich bin in ein paar Minuten zurück* – ins Fenster. Bestimmt hatte ihr Mann versucht, sie zu erreichen, nachdem er ihre Nummer mehrfach in seiner Telefonliste vorgefunden hatte. Die Vorwahl stimmte, der Anruf kam aus Parikia. Aufgrund ihrer vielfältigen Geschäftskontakte waren Sophia die meisten Vorwahlnummern geläufig. Nur der Rest passte nicht zu der Telefonnummer ihres Gatten. Neugierig tippte sie auf die Liste.

Es erwischte sie wie aus dem Nichts, als hätte man ihr den Boden unter den Füßen weggezogen. Ihr wurde schwarz vor Augen, strauchelnd suchte sie nach einem Stuhl und sank darin zusammen.

»Überfahren?«, stammelte sie überwältigt.

»Wir haben ihn heute früh nahe Drios gefunden«, wiederholte der Polizist einfühlsam. »Wir müssten dringend mit Ihnen reden. Können Sie nach Parikia kommen?« Filippos wusste, dass sich das für die Frau wie ein Überfallkommando anhören musste, aber er brauchte einen nahen Angehörigen zur Identifizierung der Leiche, denn am späten Nachmittag sollte der Tote bereits nach Athen geflogen werden. Dann würde es der Frau nicht erspart bleiben, nach Athen zu reisen, um den Tod ihres Mannes zu bestätigen.

Sophia versuchte, sich zu konzentrieren. Der Schock war so groß, dass sich eine Leere in ihr einstellte. Erst als Filippos seine Frage wiederholte, reagierte sie.

»Ich komme«, stotterte sie mühsam. »Ich komme so schnell wie möglich.« Filippos spürte die Verzweiflung der Frau in ihrer Stimme.

»Melden Sie sich, wenn Sie auf der Fähre sind. Wir holen Sie am Anleger ab. Wir warten in einem Polizeifahrzeug auf Sie.«

Langsam begriff Sophia Petridis die bittere Nachricht. Von einer auf die andere Sekunde hatte sich ihr Leben in einen Albtraum verwandelt. Stoisch wählte sie die Nummer ihrer Schwester, die in der Nähe des Betriebes wohnte. Ein Schrei schallte durchs Telefon, als diese vom Tode ihres Schwagers erfuhr. Wenige Minuten später war sie zur Stelle. Sie hatte alles stehen und liegen lassen, um Sophia zur Seite zu stehen und würde sie auf ihrer Überfahrt nach Paros begleiten.

Filippos war schweren Herzens zum Hafen gelaufen, nachdem Sophias Schwester ihn von der Fähre angerufen hatte. Er suchte nach den richtigen Worten, wie immer, wenn es nach einem Todesfall zu einem ersten Treffen naher Angehöriger mit der Polizei kam. Konnte man überhaupt die richtigen Worte finden? Er hatte für sich entschieden, dass sachliche Routinearbeit am geeignetsten war, mit solch einer Situation fertig zu werden. Er plante, direkt zum Flughafen zu fahren, damit Sophia Petridis ihren Mann identifizieren konnte. Auf der Dienststelle warteten eine Menge Fragen auf sie.

Schweigend, und mit einer Faust im Magen, legte der Polizist die Strecke nach Pounta zurück, die beiden Schwestern verstört auf seiner Rückbank sitzend. Er ahnte, was in wenigen Minuten auf ihn zukommen würde, wenn die Witwe den schrecklich zugerichteten Körper ihres Mannes sehen sollte.

Das Flughafengebäude schmorte in der nachmittäglichen Hitze, als ein Angestellter sie zu einem fensterlosen Raum im hinteren Bereich des Gebäudes führte. Sophia Petridis' Atem ging stoßweise und ein Stöhnen entwich ihr, als sie den schwarzen Leichensack auf einem Tisch zwischen allerlei Transportkisten erblickte. Zum Glück war es angenehm kühl in dem Verschlag, es war nicht die erste Leiche, die hier auf ihren Abtransport in die Gerichtsmedizin nach Athen wartete. Sophia war einem Zusammenbruch nahe, gestützt durch ihre Schwester wartete sie auf das Unausweichliche. Filippos konnte ihr den Anblick nicht ersparen, ein stummes Nicken bestätigte ihm, dass es sich bei dem Unfallopfer um Jannis Petridis handelte.

»Warum kann ich meinen Mann nicht mit nach Hause nehmen?«, fragte Sophia überrascht.

»Wir haben den Unfallfahrer noch nicht. Fahrerflucht!«, bemerkte Filippos leise. »Sie wollen doch bestimmt, dass wir den Schuldigen finden?«

Sophia nickte abwesend.

Zurück in Parikia wartete Katharina auf ihren Chef samt Begleitung. Nach ihren Beileidsbekundungen stellte sie die erste Frage.

»Was hat Ihr Mann so spät in der Nacht in Drios gewollt?«, fragte sie sanft. »Wie ist er überhaupt dort hingekommen?»

Sophia schaute sie ungläubig an.

»Ich wünschte, ich könnte Ihnen antworten, aber ich weiß es nicht. Er hätte eigentlich längst zurück sein sollen von seiner Tour. Erst gestern hat er mir eine Nachricht hinterlassen, in der er angekündigt hat, zwei weitere Tage auf Paros verbringen zu wollen. Akquise von neuen Kunden.« Sie schnäuzte in ein Taschentuch.

»Wo genau und mit wem?«, hakte Filippos nach.

»Keine Ahnung, aber vielleicht waren das Adressen in Drios?« Sophias Schwester, die bisher nur zugehört hatte, streichelte Sophia zärtlich.

»Was ist mit dieser Einladung, von der du mir erzählst hast?«, mischte sie sich jetzt ein.

Sophia berichtet von dem Umschlag, den sie zwischen den Versandadressen gefunden hatte.

»Und Ihr Mann hat Ihnen nichts erzählt?« Katharina war hellhörig geworden.

»Kein Wort. Ich habe mich auch darüber gewundert. Vielleicht hat er es einfach vergessen.« Sophia konnte ihre Tränen nicht mehr unterdrücken.

»Haben Sie die Einladung dabei?« Filippos wollte sich das Dokument genauer ansehen.

»Nach dieser Hiobsbotschaft sind wir direkt aufgebrochen. Ich weiß nur, dass es eine Einladung zu einem Wiedersehen nach dreißig Jahren war.«

Sie schüttelte ihren Kopf. »Ich kann mich nicht erinnern, dass Jannis ein Wort darüber verloren hat. Das

Treffen sollte in einer Pension in Naoussa stattfinden, Christian oder Christine.«

»Christianos, die kenn ich«, korrigierte Katharina. »Ein Gästehaus, das es schon ewig im Zentrum von Naoussa gibt.« Schon suchte sie auf ihrem Handy nach der Telefonnummer.

»Mehr wissen Sie nicht?«

»Es war eine Auslieferungstour, so wie immer. Wenn ich die Einladung nicht zufällig gefunden hätte ...«, sie wischte sich ihre Tränen ab. »... dann hätte ich vielleicht nie davon erfahren.«

»Sie glauben, Ihr Mann hätte es Ihnen bewusst verschwiegen?« Filippos stellte die Frage. Ein zorniger Blick von Sophias Schwester traf ihn postwendend.

»Das habe ich nicht gesagt. Aber die Einladung muss schon seit drei Monaten bei uns liegen und dann spricht man doch darüber.« Der Frau aus Chalki versagte die Stimme.

»Ich rufe jetzt im Christianos an. Vielleicht können die uns was zum Verbleib Ihres Mannes in den letzten Tagen sagen.« Katharina verließ den Besprechungsraum und wählte die Nummer der Pension in Naoussa. Sie erreichte eine der Angestellten, die ihr jedoch keine Auskünfte über die Gäste geben wollte. Ohne lange zu überlegen, machte sie sich zusammen mit Filippos auf den Weg dorthin.

Sven Lindner

Köln, März 2018

Vorsichtig wagte Sven einen Blick nach draußen, in der Hoffnung, dass das Wetter heute gnädiger gestimmt war. Die Nacht hindurch hatte es pausenlos geschüttet, wie schon in den Tagen zuvor. Der Regen wurde von heftigen Windböen gegen sein frisch gereinigtes Panoramafenster gepeitscht. Ärgerlich, denn erst gestern war seine Reinigungskraft stundenlang damit beschäftigt gewesen, alle Fenster seiner Wohnung streifenfrei auf Hochglanz zu bringen. Er hatte darauf bestanden, obwohl sie mehrfach auf das schlechte Wetter hingewiesen hatte. Sie wären einfach fällig, hatte er ihre Bedenken ignoriert, denn er hasste jede Art von Schmutz in seiner Wohnung. So war es nicht verwunderlich, dass sein minimalistisch eingerichtetes Appartement mehr einem frisch desinfizierten Operationssaal glich als einer gemütlichen Wohnung. Die schicke Behausung, welche er sein Eigen nennen konnte, befand sich im dritten Stock eines vor dreizehn Jahren errichteten Gebäudes in einem ehemaligen Hafengebiet, direkt am Rhein gelegen. Lange Zeit fristete die Gegend ein eher unbeachtetes Dasein, bis ein paar clevere Investoren das Potential erkannt und mit der Sanierung und Vermarktung begonnen hatten. Mittlerweile zählte der Rheinauhafen zu einer der teuersten Wohngegenden von Köln. Ein Glücksgriff, wie sich schnell herausgestellt hatte. Nachdem in den letzten Jahren die Immobilienpreise explodiert waren, hatte man ihm schon das Vielfache für das Objekt geboten.

Das Umfeld stimmte, man grüßte sich, blieb aber stets auf Distanz, bevor es zu persönlich wurde. Keiner interessierte sich füreinander. Wenn er Lust auf Menschen hatte, standen genügend Kneipen und Brauhäuser bereit. In seiner Freizeit besuchte er aber meistens eine der zahlreichen Schwulenbars, mit denen Köln reichlich aufwarten konnte.

Es gab keinen Fetisch, der nicht in einem der zahlreichen Clubs bedient werden konnte.

Sven schälte sich aus seinem Bett. Sein erster Blick galt seinem immer noch recht ansehnlichen Körper. Ein großer Spiegel in seinem Schlafzimmer nahm die halbe Wand ein. Kritisch musterte er sich von oben bis unten, schaute genau nach, ob die Liaison mit dem gut gebauten Südländer letzte Nacht Spuren hinterlassen hatte. Der Bursche war nicht schlecht gewesen, vielleicht ein bisschen zu grob und mindestens zwanzig Jahre jünger als er selbst. Er verbuchte es als einen persönlichen Erfolg.

Trotz eines Gefühls von Stolz konnte er einen Anflug von Ärger nicht verdrängen. Ärger über sich selbst, dass er schon wieder in diesem Schuppen gelandet war. Etwas zu häufig in der letzten Zeit. Er nahm sich fest vor, seinen Trieb besser in den Griff zu bekommen. Es war halt so bequem, wenn man Lust auf schnellen Sex verspürte. Dating-Portale, die viele seiner jüngeren Bekannten bevorzugten, lagen ihm nicht. Damit hatte er keine guten Erfahrungen gemacht. Zu sehr kaufte man dort die Katze im Sack, war seine feste Meinung. Außerdem war die Wirklichkeit meistens meilenweit von den vielfachen Versprechungen entfernt. Aufgemotzte Profilbilder und falsche Altersangaben waren da an der Tagesordnung. Auch sein Profil war leicht geschönt, mit Anfang fünfzig musste man schließlich in die Trickkiste greifen. Das peinliche Gerede vor und nach der Nummer kam erschwerend hinzu, obwohl Sven es vermied, seine Sexpartner mit zu sich nach Hause zu nehmen. Jeder Fremde in seiner Luxuswohnung stellte für ihn einen Fremdkörper dar, der nur Unordnung und Schmutz in sein akribisch sortiertes Leben brachte.

Draußen hatte es wieder zu regnen begonnen, eine Nachreinigung seiner Fenster machte heute keinen Sinn. Er sehnte sich nach Sonne, Strand und braungebrannten Männerkörpern. Ein wohliger Schauer ereilte ihn, wenn er darüber nachdachte.

In drei Monaten sollte er genug davon bekommen. Mit seinem Hotel auf Mykonos, in dem er regelmäßig ein paar Tage im Jahr verbrachte, hatte er schon alles geregelt. Jetzt musste er nur den Abstecher nach Paros klarmachen, so wie es in der Einladung geschrieben stand.

Er hatte keine Sekunde gezögert, auch wenn er sich beim besten Willen nicht vorstellen konnte, was man sich nach dreißig Jahren noch zu sagen hatte.

Von Mykonos aus war es nur ein Katzensprung bis nach Paros, falls das Treffen aus dem Ruder laufen sollte, konnte er die nächste Fähre auf seine Lieblingsinsel nehmen.

Im ersten Moment hatte er einen Anflug von Wut verspürt, nachdem er die Zeilen mehrfach überflogen hatte. Wut auf Alex, wegen dem er sich damals überhaupt auf diese Reise eingelassen hatte. Als eine fürchterliche Demütigung war ihm die Abfuhr in jenem Sommer 88 im Gedächtnis geblieben und selbst nach so langer Zeit nagte das stark an seinem Ego.

Wie er wohl aussehen würde? Der tolle Mann, von dem er sich in jenem Sommer so viel mehr versprochen hatte.

Leichte Verlegenheit kam auf, als er an Sylvia dachte. Sie hatte ihn überraschend einige Wochen nach ihrer Rückkehr eines Abends angerufen und geschickt die ganze Misere mit Alex aus ihm herausgekitzelt, mit ihrem ganzen Handwerkszeug aus dem Psychologie-Baukasten. Zu dumm von ihm, dass er es erst viel zu spät gecheckt hatte. Heute, mit weitaus mehr Weitblick, kam ihm das Verhalten der Wienerin seltsam vor, mit ihren dauernden Analysen, so als wäre der Urlaubstrip auf die Kykladen ein Praxissemester für ihr Studium gewesen.

Ob sie wohl noch mit Frank in Kontakt stand? Ihm womöglich seine Beichte brühwarm zum Besten gegeben hatte? Durchaus vorstellbar, denn sie war die Bezugsperson des Berliners gewesen, nachdem ihn Wut und Trauer um den Verlust an Lisa aus der Bahn geworfen hatten. Fragen über Fragen, so langsam bekam er Lust auf ein Treffen mit dem Haufen.

Filippos Panos

Parikia, Paros, Juni 2018

Die familiengeführte Pension liegt mitten im Zentrum von Naoussa. Man erreicht sie, wenn man von der Platia aus in Richtung der Dorfkirche läuft, vorbei am Spielplatz und dann am Takimi halblinks in die Gasse abbiegt. Von dort führt eine weitere Gasse rechts hoch zur Pension, die letzten Meter sind mühsam, da es steil nach oben geht. Wer viel Gepäck hat, sollte es von der anderen Seite versuchen, obwohl die Straße schmal und oft mit Anwohnerfahrzeugen versperrt ist. Die beiden Polizisten hatten Glück und parkten ihren Dienstwagen direkt vor der Herberge.

Über ein zweiflügeliges, dunkelbraunes Holztor betraten sie den begrünten Innenhof des Gästehauses, die einzelnen Zimmer waren im Halbkreis vom Garten aus zu erreichen.

»Sie haben fast nur Stammgäste, die jedes Jahr kommen«, wusste Katharina noch aus der Zeit, zu der sie als Urlauberin auf Paros war. Mit einigen dieser Touristen verband sie eine langjährige Freundschaft.

»Kennst du den Besitzer persönlich?«, wollte ihr Chef wissen.

»Nur vom Sehen, wenn er die Anlage nicht verkauft hat.« Sie deutete auf ein neues Boutique-Hotel gegenüber, wo im vorigen Jahr noch ein normales Wohnhaus gestanden hatte. »Hier wird alles aufgekauft, was zu kriegen ist, danach teuer renoviert und wenn du anschließend die Preise aufrufst, wird dir schwindelig.« Die Kommissarin war über die jüngste Entwicklung alles andere als erfreut. »Da freut man sich über jede bezahlbare Pension.« Das Christianos gehörte ihrer Meinung nach zu dieser Kategorie an Unterkünften.

Sie waren durch den Garten zu der Rezeption vorgegangen. Die Tür stand offen und man hörte, wie jemand lautstark telefonierte. Zwischen den Arrangements unterschiedlichster Bepflanzung standen kleine Tischchen, an denen die Gäste frühstücken oder ein Glas Wein genießen konnten. Alles war aufgeräumt.

»Frau Kommissarin, was verschafft mir die Ehre? Meine Kollegin hat mich nach Ihrem Anruf direkt unterrichtet. Ich bin schon gespannt, was ich verbrochen habe.« Der Mann, der sich als Manolis Theodorakis vorstellte, hatte sein Gespräch beendet und reichte Katharina die Hand.

»Keine Sorge, wir brauchen nur ein paar Informationen von Ihnen«, erwiderte sie seinen Händedruck und lächelte. »Kennen Sie diesen Mann?« Sie zeigte ihm die Visitenkarte von Jannis Petridis.

»Klar kenne ich Jannis, unseren Souma Mann. Der hat uns schon beliefert, als mein Vater noch die Pension geführt hat.«

Filippos hatte sich bisher nicht geäußert, mit Katharinas Insiderwissen konnte er nicht mithalten.

»Hat er hier übernachtet?«, schaltete er sich jetzt ein.

Der Pensionswirt schaute ihn verunsichert an.

»Entschuldigung, der Leiter der Dienststelle«, stellte die Kommissarin schnell ihren Chef vor.

»Nein, aber er war gestern Abend da. Jannis hat sich mit anderen Gästen getroffen.«

»Mit wem?«, wollten die beiden Polizisten gleichzeitig wissen.

»Mit ein paar Leuten, die sich vor dreißig Jahren kennengelernt haben. So eine Art Wiedersehensfeier.«

»Und Jannis war dabei?«

»Sagte ich doch. Der war mit eingeladen, muss mit der Truppe damals viel unterwegs gewesen sein. Er wohnt aber in einem anderen Hotel, wenn er Auslieferungen auf Paros macht.« Er blickte unsicher in die Runde.

»Warum wollen Sie das alles wissen?«

»Er wurde heute Morgen tot in der Nähe von Drios gefunden.« Filippos vermied es, von einem Unfall zu sprechen. »Seine Frau hat ihn eindeutig identifiziert. Von ihr haben wir von dieser Zusammenkunft erfahren.«

Der Pensionswirt wurde leichenblass. Stotternd suchte er nach den richtigen Worten. »Jannis tot?«, stammelte er.

»Wissen Sie, ob diese Leute nach Drios gefahren sind?«, hakte der Polizist nach, ohne auf die Frage einzugehen.

»Ich habe nur mitbekommen, dass er sich mit der Gruppe getroffen hat und danach sind sie zu einem gemeinsamen Abendessen losgezogen.« Er starrte ins Leere, die Nachricht hatte ihn zutiefst getroffen.

»Wo finden wir die Leute, mit denen er sich getroffen hat?«

»Die sind alle ausgeflogen, unterwegs. Ich nehme an am Strand.«

»Dann schreiben Sie mir alle Namen auf. Wir werden mit jedem ein Gespräch führen. Und rufen Sie uns umgehend an, wenn sie zurück in der Pension sind.« Filippos reichte dem Besitzer des Christianos seine Visitenkarte. »Und noch was. Kein Wort über Jannis' Tod. Das übernehmen wir. Verstanden?«

Der Wirt nickte, suchte in seinem Computer nach den vier Namen und überreichte dem Kommissar einen Ausdruck.

Auf dem Weg zurück nach Parikia unterrichteten sie Sophia Petridis von ihrem Besuch und fragten nach der Adresse des Hotels, in dem ihr Mann bei seinen Besuchen auf Paros übernachtet hatte. Auch dort wollten die Kriminalbeamten später vorsprechen. Mit der Bitte, sich weiter zur Verfügung zu halten, entließen sie die gebrochene Frau. Im Moment könne sie nichts weiter tun.

»Warum hat er seiner Frau nichts erzählt? Ein Wiedersehen mit alten Freunden, was ist daran verwerflich?« Katharina kam die ganze Angelegenheit sehr seltsam vor.

»Vielleicht ist eine alte Liebschaft dabei, von der seine Frau nichts erfahren sollte?« Filippos spekulierte wild drauf los.

»Ich bitte dich, das ist dreißig Jahre her.« Katharina hielt diese These für äußerst unwahrscheinlich.

»Würde ich auch so sehen, aber bei euch Frauen weiß man ja nie.« Filippos blieb bei seiner Annahme.

»Na, du verstehst ja was von Frauen.« Katharina glaubte es nicht. »Mich würde vielmehr interessieren, von wem dieses Treffen initiiert wurde. Wir müssen uns unbedingt diese Einladung anschauen. Im Moment können wir nur warten, bis die Jubiläumstruppe zurück in ihr Nest kommt.«

Da waren sich die beiden einig.

Xenia konnte berichten, dass die Leiche nebst Beweisstücken in Athen gut gelandet und auf dem Weg in die Gerichtsmedizin war. Kinka hatte für den nächsten Tag ein erstes Ergebnis zugesagt. Mit einem frischen Frappé zeichnete sich endlich etwas Entspannung ab, nach den aufreibenden Stunden seit dem Fund des Unfallopfers. Eine gelungene Abkühlung für Kopf und Geist. Am späten Nachmittag meldete sich schließlich das Christianos, alle vier Gäste waren zurück in der Pension.

Pension Christianos

Naoussa, Paros, Juni 2018, 1 Tag zuvor

Manolis Theodorakis wartete gespannt auf das Eintreffen der Jubiläumsgruppe. Vier Einzelzimmer verteilt auf die gesamte Anlage waren seit März reserviert, nachdem alle Mitglieder ihr Kommen schriftlich bestätigt hatten. Zum Glück waren die Rückmeldungen früh genug bei ihm eingegangen, sodass die Zimmer noch frei waren. Anfang Juni war stets noch etwas Luft. Nur wenige Tage später waren alle Kontingente für seine Stammgäste reserviert, die zum Teil sogar zweimal im Jahr bei ihm wohnten. Eine immer wiederkehrende Touristen-Familie aus ganz Europa, die ihm und auch schon seinem Vater teilweise über dreißig Jahre die Treue hielt.

Freudig hatte er seinem alten Herrn von der Idee des Wiedersehenstreffens erzählt. Er hatte es zwar registriert, aber mit seinen 88 Jahren interessierte er sich immer weniger für sein ehemaliges Lebenswerk.

Die Zimmer waren insgesamt für eine Woche gebucht. Drei der Gäste hatten das in ihrer Rückmeldung so bestätigt, einer von ihnen plante, lediglich vier Tage zu bleiben.

Vielleicht ließe sich dieses Treffen sogar positiv für sein Gästehaus ausschlachten, war ihm erst neulich in den Sinn gekommen.

Als Erster traf der Mann aus Hamburg ein, Manolis musterte den Ankömmling aus der Ferne. Sein geschulter Blick täuschte ihn selten. Der erste Eindruck verriet viel über die unterschiedlichen Gäste aus der ganzen Welt. Sofort öffnete sich ein Schublädchen, in das er Alex einsortierte, in der Regel lag er damit richtig. Etwas zu jugendlich kam er daher, entschied Manolis schnell, obwohl er sich für Mitte fünfzig gut gehalten hatte.

Die persönlichen Daten der vier waren ihm seit der Reservierungsbestätigung bekannt und er hatte sie auch nach ihren ungefähren Ankunftszeiten gefragt. Die weißen Slipper und der teure Rimowa-Koffer erinnerten ihn eher an einen weltgewandten Geschäftsmann, der auf einer Südamerika-Reise war, als an einen typischen Griechenland-Touristen. Dazu passte der Hut, den er trug. Manolis glaubte einen originalen Panamahut zu erkennen, der sich eindeutig von den billigen Touristenkopien abhob.

Lächelnd ging er dem Hamburger entgegen.

»Sie machen den Anfang«, begrüßte er Alex in passablem Englisch und bat ihn zur Rezeption.

»Dann steht mir auch das beste Zimmer zu«, entgegnete dieser forsch. »Ich würde mir sie gerne ansehen.«

Manolis bat um den Pass des Hamburgers und wartete einen Moment, bevor er antwortete.

»Wie war die Anreise?«, fragte er, während er eine Kopie des Ausweises anfertigte. »Sind Sie zwischenzeitlich noch einmal auf Paros gewesen?« Der Wirt reichte Alex seinen Personalausweis zurück.

»War ich nicht. Könnte ich die Zimmer sehen?«, wiederholte der Hamburger ungeduldig.

»Siga, Siga – Immer mit der Ruhe. Sie haben Urlaub und außerdem gibt es da keine Unterschiede. Alle Einzelzimmer haben bei uns den gleichen Standard.« Manolis goss ein kaltes Glas Wasser ein, bevor er weitersprach, und reichte es Alex. »Aber natürlich kann ich Ihnen die einzelnen Zimmer zeigen, dann können Sie sich selbst davon überzeugen.«

Er drehte sich um, griff nach vier Schlüsseln und machte Anstalten zu gehen.

»Kommen Sie, bevor weitere Gäste aus Ihrer Truppe anrücken und Ihnen zuvorkommen.« Der Pensionswirt konnte sich ein Grinsen nicht verkneifen. Alex warf ihm einen beleidigten Blick zu.

»Recht spartanisch«, war entsprechend der Kommentar des Hamburgers, nachdem der Wirt das erste Zimmer geöffnet hatte.

»Das sind unsere Standardzimmer, wie gesagt. Aber wenn Sie mehr Luxus brauchen …«, er drehte sich zu dem Hamburger um und hob seine Schultern, »… davon haben wir genug hier in Naoussa.«

»Nein, nein, so habe ich das nicht gemeint«, lenkte Alex ein. »Nur, der frühe Vogel fängt den Wurm«, lächelte er verkniffen und versuchte, die Situation aufzulockern.

»Ich kann mich kaum noch an die Anlage erinnern, ist schon so lange her«, wechselte er das Thema. Erst jetzt nahm er den gepflegten Garten wahr, der mit unzähligen Oleanderbüschen und duftendem Jasmin aufwarten konnte. »Nur an das gute Essen. Gibt's das immer noch bei Ihnen?«

»Leider nein, das hat meine Mutter früher den Gästen angeboten, aber das machen wir schon lange nicht mehr«, antwortete Manolis. »Es gibt mittlerweile unzählige Restaurants für alle Geschmäcker, die gab es damals noch nicht«, ergänzte er noch. »Sie werden Naoussa nicht mehr wiedererkennen.« Ein wenig Wehmut lag in seiner Stimme.

»Und wo findet man die heißesten Girls?«, wollte Alex wissen.

»Na ja, Bars haben wir genug, mehr als uns lieb ist, aber das müssen Sie schon selber herausfinden. Naoussa ist international. Am besten fragen Sie Jannis, der kommt ja heute Abend auch. Er kennt jede Location auf Paros.«

»Der Jannis.« Alex erinnerte sich sofort. Sylvia hatte ihn außerdem in einem Telefonat kurz vor der Abreise erwähnt und ihn als den Organisator dieses Treffens vermutet.

»Der Mann mit dem Schnaps. Ob ich den noch wiedererkenne? Aber danke für den Tipp, ich werde ihn danach fragen.«

Manolis war zu dem nächsten Zimmer gegangen und öffnete es. »Sehen Sie? Genau die gleiche Ausstattung und die anderen sehen genauso aus.« Alex entschied sich für ein Zimmer weit weg von der Straße und verschwand mit seinem Koffer.

Kurz darauf hörte Manolis, wie ein Taxi vorfuhr und sich eine weibliche Stimme mit dem Fahrer unterhielt. Das musste die Dame aus Wien sein.

Minutenlang stand sie vor dem Eingangstor und fixierte die nähere Umgebung. Dann kramte sie in ihrer übergroßen Umhängetasche und holte eine Mappe hervor, auf die sie schaute.

»Kann ich Ihnen helfen?« Manolis war der Frau entgegengegangen. Ihre Augen strahlten ihm entgegen.

»Das können Sie bestimmt, ich versuche mich gerade zu orientieren. Ich war das letzte Mal vor dreißig Jahren hier.« Sie hielt ihm ein vergilbtes Foto vor die Nase, auf dem der Eingang zur Pension abgelichtet war. »Ist ja ganz schön viel gebaut worden?« Die Frau deutete auf einen Rohbau aus rotem Ziegelstein, den man der Pension direkt vor die Nase gesetzt hatte. »Übrigens, mein Name ist Sylvia Kerner. Sind Sie der Besitzer?« Sie klappte die Mappe zu und steckte sie zurück in ihre Handtasche.

»Dachte ich mir schon. Ein Kollege von Ihnen ist schon da und ja, ich bin der Eigentümer der Pension. Wir haben telefoniert.« Manolis lag mit seiner Vermutung richtig, bei den Jubilaren war nur eine Frau dabei.

»Und? Wer ist es denn?« Die Frau musterte ihren Gesprächspartner von oben bis unten.

»Der Mann aus Hamburg, ist aber auch gerade erst angekommen.« Irgendetwas faszinierte den Pensionsbesitzer an der Wienerin.

»Schau an, der Alex.« Sylvia lächelte süffisant und strich sich eine Strähne ihres brünetten Haarschopfes aus dem Gesicht. »Der wollte damals schon immer der Erste sein. Da scheint sich nichts geändert zu haben.« Sie blinzelte Manolis zu.

»Dann müssen Sie der Sohn des damaligen Besitzers sein?« Sylvia holte erneut ihre Mappe hervor und schlug eine Seite in dem Fotoalbum auf. »Ist das Ihr Vater?« Ihre Augen wanderten mehrfach von dem Bild zu dem Gesicht des Wirtes.

Manolis nahm das Album in die Hand und seine Augen begannen zu leuchten.

»Eindeutig, und meine Mutter ist auch mit auf dem Foto. Das sind schöne Erinnerungen, die muss ich meinem Vater zeigen.«

»Erinnern Sie sich noch an mich?« Sylvia zeigte auf eine Aufnahme aus jenem Sommer 1988, auf der sie zusammen mit den Wirtsleuten zu sehen war. »Hier ist auch Alex, der Hamburger.«

Manolis musterte intensiv das alte Bild, schließlich schüttelte er verneinend den Kopf.

»Da war ich zwölf, das ist zu lange her«, erklärte er schließlich.

»Jetzt könnte ich einen Kaffee gebrauchen. Wir haben später noch genügend Zeit, in den alten Erinnerungen zu schwelgen.« Sie machte Anstalten, in den Garten zu gehen. Manolis griff nach ihrem Koffer und folgte ihr.

»Wie wäre es mit einem Frappé?«

»Den habe ich damals schon literweise getrunken.« Sylvia steuerte auf die Rezeption zu und setzte sich an einen der Tische vor dem Eingang.

Manolis ließ sich den Personalausweis der Wienerin geben und verschwand in sein Büro. Sylvia hörte, wie er mehrere Eiswürfel in einen Mixer warf.

»Wer hatte eigentlich die Idee zu diesem Treffen?«, hörte sie den Pensionswirt rufen.

Eine Frage, die auch sie beschäftigt hatte.

»Es muss wohl Jannis, unser Freund von Naxos, gewesen sein«, rief sie laut zurück. »Der Brief war in Athen abgestempelt. Da kommt eigentlich nur Jannis in Frage. Alex war es jedenfalls nicht, das hat er mir bei unserem Telefonat bestätigt.«

»Das stimmt«, schallte es aus dem hinteren Teil des Gartens, sodass sich Sylvia voller Erwartung umdrehte. Alex kam schnellen Schrittes zu ihr gelaufen, seine Arme weit ausgestreckt für eine herzliche Begrüßung. »Schön, dich zu sehen, nach so langer Zeit.« Sie betrachteten sich eine ganze Weile gegenseitig. »Dreißig Jahre, fast ein halbes Leben«, brach Sylvia schließlich das Schweigen. »Wer hätte das gedacht, dass wir nochmal zusammenkommen?« Ihr Blick schweifte in die Ferne. »Ich bin schon gespannt auf Frank und Sven.«

»Und auf den Souma Mann«, ergänzte Alex und fing an zu lachen. »Der kommt ja auch, zumindest heute Abend, so hat mir Manolis berichtet.«

Sylvia schaute mit glänzenden Augen auf, eine leichte Röte stieg ihr ins Gesicht. Ob er wohl immer noch so gut aussah? Verlegen dachte sie an die gemeinsamen Nächte, die sie zusammen verbracht hatten.

»Dass der sich noch an uns erinnert hat …«, bemerkte sie mehr beiläufig.

Manolis brachte den Frappé, er hatte für Alex gleich einen mitgemacht.

»Wir denken beide, dass Jannis die Idee mit dem Treffen hatte«, wiederholte sie.

»Aber sicher sind wir uns nicht.« Der Hamburger nippte an seinem Kaltgetränk, dabei kam ihm eine Idee.

»Wer hat denn die Anfrage bei Ihnen gestellt? Sie müssen doch mit jemandem gesprochen oder zumindest eine E-Mail-Adresse haben?«, fragte er den Pensionswirt. Manolis nickte zustimmend.

»Gesprochen habe ich mit keinem, die Anfrage kam per Mail. Aber wegen der Adresse kann ich im Computer nachsehen.« Schon war er zurück in seinem Büro und suchte in seiner elektronischen Ablage nach dem Absender. Draußen hörte man, wie ein Drucker ratterte.

»Hier habe ich die Adresse, sie lautet Paros1988@gmx.de.« Er reichte den beiden den Ausdruck. Während sie den kurzen Inhalt überflogen, hielt ein Taxi. Sylvia sprang sogleich aufgeregt auf. Es musste ein weiteres Mitglied ihrer ehemaligen Clique sein. Zwei Männer verließen das Taxi, die unterschiedlicher nicht hätten sein können. Sven mit einem eleganten Rollkoffer nebst passendem Rucksack und Frank mit einer abgewetzten Reisetasche in der Hand. Auch zwischen der Auswahl ihrer Kleidung klafften Welten. Während Sven Ton in Ton wie aus dem Ei gepellt war, kam Frank mit einer abgeschnittenen Jeans und einem verwaschenen Kapuzenpulli daher. Sie hatten gemeinsam ein Taxi genommen.

»Wir hatten den gleichen Flieger von Athen«, stellte Sven gleich klar, als er in die erstaunten Augen von Sylvia blickte. Es folgte eine freudige Umarmung. Alex tat sich schwer, gab sich aber Mühe, es sich nicht anmerken zu lassen. »Gut siehst du aus, Köln scheint dir gut zu bekommen«, versuchte er einen lockeren Spruch.

»Und wie ist es dir ergangen?«, wandte er sich Frank zu, der nervös hinter Sven stand und unsicher und fahrig wirkte. Sylvia bemerkte es sofort.

»Dich hätte ich nicht wiedererkannt«, umarmte sie den Ankömmling aus Berlin, bevor er Alex antworten konnte. »Schön, dich wiederzusehen, und schön, dass du es auch geschafft hast, Jannis' Einladung zu folgen«, ergänzte sie noch.

»Du denkst, Jannis hat das organisiert?«, fragte Frank.

»Das haben Alex und ich uns so überlegt, wegen des Absenders. Oder war es doch Sven? « Sie zwinkerte dem Kölner zu. »Du warst doch regelmäßig auf Mykonos und bestimmt auch in Athen?«

»Das stimmt, aber ich war das nicht. Auf den Gedanken wäre ich nie gekommen.«

Eine Weile schauten sich alle ratlos an.

»Wenn es von uns keiner war, dann kann es nur der Souma Mann gewesen sein«, löste Alex die Starre und orderte für alle ein kaltes Bier. »Der kommt ja heute Abend, dann können wir ihn fragen.«

Bei dem einen Bier blieb es nicht und langsam wich die anfängliche Scheu nach so langer Zeit des Wiedersehens einer aufkommenden Neugier. Als schließlich Jannis Petridis bei ihnen eintraf, waren alle schon leicht angesäuselt. Er wurde euphorisch empfangen und hatte zur Feier des Tages einen Vorrat seiner aktuellen Spirituosensammlung dabei. Eine Flasche Souma wurde sogleich geöffnet und man stieß auf die vergangenen dreißig Jahre an.

Manolis verfolgte das ausufernde Gelage mit einem Lächeln. Zum Glück waren zu dieser Zeit die anderen Gäste noch unterwegs, sodass er dem Treiben nichts entgegenzusetzen hatte. Jannis hatte für den ersten Abend einen Tisch im Minoli bestellt. Da waren sie auch 1988 häufig eingekehrt und das Restaurant gab es immer noch.

Die Stimmung war auf dem Höhepunkt, alte Geschichten wurden aufgetischt und Sylvia steuerte aus ihrer Mappe die entsprechenden Bilder bei. Als Sylvia jedoch nach dem Verbleib von Lisas Mutter fragte, wurde es totenstill. Bislang hatte keiner den Namen auch nur erwähnt. Jetzt stand das Trauma von vor dreißig Jahren plötzlich wieder im Raum. Bis auf verunsicherte Blicke blieb man ihr eine Antwort schuldig.

»Hast du was von ihr gehört? Du hast doch die Einladungen verschickt?«

Sylvia sprach direkt zu Jannis gewandt.

»Ich? Wie kommst du denn darauf?« Er schüttelte energisch seinen Kopf.

»Du bleibst als Einziger noch übrig. Alle anderen haben es bereits verneint und die Briefe wurden in Athen abgestempelt.« Ratlos schauten sich die fünf an, schließlich ergriff Alex das Wort.

»Schon komisch, aber das wird sich schon noch klären. Ich habe jetzt Hunger. Lasst uns zu dem Restaurant aufbrechen.« Er bekam spontan große Zustimmung. Sylvias Frage hingegen blieb unbeantwortet, genauso wie die Frage nach dem Initiator des Jubiläumstreffens.

Im Minoli kehrte die fröhliche Stimmung schnell zurück, Sylvia vermied es, weiter nachzubohren, und nach einem fröhlichen Parea begann sich die Gruppe schließlich aufzulösen.

»Bevor ihr alle verschwindet, schlage ich einen gemeinsamen Besuch an Lisas Grab vor«, griff Sylvia das unliebsame Thema noch einmal auf. »Das sind wir ihr schuldig, danach können wir das Thema abhaken.« Ihre Stimme klang so resolut, dass keiner einen Widerspruch wagte.

So trafen sich die einstigen Freunde am darauffolgenden Morgen und brachen zu dem nahegelegenen Friedhof auf. Jannis wollte von seinem Hotel aus direkt zu Lisas Grabstätte kommen.

Verkatert und wortkarg liefen sie bis zur Panagia Kirche. Der Friedhof lag seitlich unmittelbar neben dem Gotteshaus. Ein kleiner Torbogen grenzte die letzte Ruhestätte von der majestätischen Kirche ab. Mit einem flauen Gefühl im Magen betraten sie das friedvolle Areal, Ausschau haltend nach Jannis.

»Jannis scheint noch nicht da zu sein«, stellte Alex fest, nachdem sie das gesamte Gelände überblickt hatten. »Er hat es hoffentlich nicht vergessen. Wisst ihr noch, wo sich das Grab befindet?«

»Es muss dahinten links gewesen sein«, war Frank sich ziemlich sicher. Schweißperlen säumten seine Stirn. »Wenn es überhaupt noch existiert? Ich habe gelesen, in

Griechenland werden die Gräber nach ein paar Jahren frei gemacht für weitere Beerdigungen.« Seine Stimme bebte, man spürte, dass ihm die Aktion zusetzte.

»Wo Jannis nur bleibt?« Sylvia war genervt von der Warterei. Er war bereits eine halbe Stunde über der Zeit. Sie machte Anstalten, in den von Frank beschriebenen Bereich des Friedhofes zu gehen, der Rest der Gruppe folgte zögerlich.

Obwohl die Sonne schon ihre ganze Energie entfacht hatte, war es dunkel und kühl auf der Begräbnisstätte. Hohe Tamarisken schotteten jeden Lichtstrahl ab, so als wollten sie die Toten in ihrem Schlaf vor dem grellen Licht der Sonne schützen.

»Hier muss es sein.« Frank war zu Sylvia getreten, bückte sich zu einer verwahrlosten Grabstätte herunter und legte loses Astwerk beiseite, um den Namen zu erkennen.

Plötzlich sprang er auf, ein Stöhnen entwich seiner Kehle. Mit aufgerissenen Augen warteten die übrigen auf eine Erklärung.

Sylvia glaubte den Grund zu kennen, sie starrte wie gebannt auf das Grab. Auf der steinernen Grabplatte lag ein Foto, eingeschweißt in einer Folie. Zitternd griff sie danach und zeigte es wortlos ihren Begleitern.

Filippos Panos

Parikia, Paros, Juni 2018

Filippos Panos stieß einen lauten Seufzer der Erleichterung aus. Ungeduldig hatte er auf den Anruf des Pensionsbesitzers gewartet. Endlich klingelte sein Telefon. Die vier Urlauber waren soeben zurück im Gästehaus eingetroffen. Unmissverständlich gab er Manolis Theodorakis ein zweites Mal zu verstehen, auf keinen Fall vom Tod des Brennereibesitzers zu berichten. Das wollte der Kriminalbeamte selbst erledigen, um die Reaktionen der Gäste aus nächster Nähe zu beobachten. Seit dem Auffinden der Leiche war in dem Polizisten mehr und mehr der Verdacht gewachsen, dass hier etwas nicht stimmte. Er konnte es nicht begründen, aber alleine die Tatsache, dass es keinerlei Bremsspuren gab, erschien dem Leiter der Dienststelle äußerst suspekt.

Er wies den Wirt an, die Truppe unter einem Vorwand festzuhalten, bis er mit Katharina eintreffen würde. Wie er das anstellen sollte, überließ er Manolis.

So machten sich die beiden Beamten erneut auf den Weg nach Naoussa, in der Hoffnung, ein paar offene Fragen zum Tode von Jannis Petridis zu erhalten.

»Ich hatte einen Anruf von der Polizei«, begrüßte Manolis seine Gäste, als sie sich zu einem Drink in seinem

Garten niederließen. »Die suchen Zeugen zu einem Unfall und möchten dringend mit euch reden«, duzte er jetzt die Urlauber und vermied jeglichen Augenkontakt mit den vieren. »Die sind in ein paar Minuten hier und es dauert auch nicht lange«, ergänzte er noch und brachte ein paar Flaschen Bier in den Garten.

»Wie kommen die auf uns? Ich habe keinen Unfall gesehen.« Sylvia machte Andeutungen, in ihr Zimmer zu gehen.

»Keine Ahnung, ich musste der Polizei nur versprechen, euch bis zu deren Eintreffen festzuhalten.«

»Das fängt ja gut an. Kaum sind wir hier, will die Polizei mit uns sprechen. Da kommen bei mir böse Erinnerungen hoch.« Alex sprach aus, was alle in diesem Moment dachten. »Hat sich Jannis eigentlich bei dir gemeldet?«, fragte er Manolis.

»Hat er nicht«, erwiderte der Wirt und verschwand in seinem Büro.

Eine lautstarke Diskussion begann. Alle waren gespannt, was die Polizei mit ihnen Dringendes zu besprechen hatte.

Das Schlagen von Autotüren kündigte nur wenig später das Eintreffen der Beamten an. Filippos erschien kurz darauf am Eingangstor, Katharina folgte ihm schnellen Schrittes.

»Entschuldigen Sie die Störung, aber wir haben ein paar Fragen.« Filippos zückte seinen Dienstausweis und hielt ihn hoch. »Das ist meine Kollegin Katharina Waldmann«, stellte er die Kommissarin vor. »Sie sind gestern zusammen mit Jannis Petridis unterwegs gewesen?«, fragte er ohne Umschweife in die Runde.

»Wir waren essen. Was ist mit Jannis?« Sylvia war aufgesprungen und wurde ganz blass um die Nase.

»Wo waren Sie genau und um welche Uhrzeit sind Sie dort gewesen?«, wollte Filippos wissen, ohne die Frage zu beantworten.

»Wir sind gegen sieben los ins Minoli und hatten ganz schön was getrunken.« Alex schilderte ihr Ankommen im Gästehaus und ihren Begrüßungsumtrunk.

»Und dann? Sind Sie zusammen nach Drios gefahren?« Katharina bohrte nach.

»Nach Drios? Wir sind bis gegen zehn im Minoli sitzen geblieben. Jannis ist früher weg.« Sven hatte sich eingemischt.

»Wann ist er weg und wohin wollte er? Ist er vielleicht nach Drios gefahren? Und war er allein?«

»Fahren konnte der bestimmt nicht mehr, wir haben in dem Restaurant unser Wiedersehen weitergefeiert. Er hätte noch eine Verabredung, hat er erwähnt.« Sylvia wusste das zu berichten. »Aber warum wollen Sie das alles wissen? Was ist mit Jannis los? Wir waren heute Morgen verabredet und er ist nicht erschienen. Wir haben ihn auch telefonisch nicht erreicht.«

»Das konnten Sie auch nicht. Jannis ist tot. Überfahren worden in der Nähe von Drios. Jetzt sind wir auf der Suche nach dem Unfallfahrer.« Filippos konfrontierte die Urlauber unverhohlen mit der traurigen Nachricht.

»Fahrerflucht? Wie schrecklich.« Sylvia sank in ihren Stuhl zusammen. Den restlichen dreien hatte es die Sprache verschlagen, bis Sven plötzlich wild mit seinen Armen zu fuchteln begann.

»Zeig ihm das Foto. Du musst ihm das Foto zeigen«, schrie er Frank an, der das eingeschweißte Bild vom Friedhof an sich genommen hatte.

»Welches Foto? Wovon reden Sie?« Katharina wollte es genau wissen.

Frank starrte mit offenem Mund ins Leere. Svens Gefühlsausbruch hatte ihn völlig überrascht. Dann kramte er in seinem Rucksack und reichte die Aufnahme wortlos der Kommissarin.

Intensiv studierte sie zusammen mit Filippos das Foto.

»Sind Sie das?« Ihr Blick wanderte zu jedem der Urlauber auf der Suche nach Ähnlichkeiten. »Wann wurde das aufgenommen?«

»Vor dreißig Jahren und das haben wir heute Morgen auf dem Friedhof gefunden.« Sylvia versagte die Stimme. Stotternd berichtete sie von dem Treffen an dem vermuteten Grab von Lisa, zu dem Jannis nicht erschienen war. »Das alles ist uns sehr komisch vorgekommen. Wir haben zunächst an einen üblen Scherz geglaubt. Nachdem wir unseren griechischen Freund nicht erreicht haben, sind wir zum Strand aufgebrochen und wollten es am Abend noch einmal versuchen.«

»Das ist alles mehr als merkwürdig.« Filippos betrachtete erneut das Bild. Eine gelungene Gruppenaufnahme, darauf sechs fröhliche, junge Menschen, die in die Kamera lachten. Wäre da nicht eine nachträglich eingetragene Markierung vorgenommen worden, die dem Bild eine makabre Note gab. Über den Köpfen von zwei Personen war dick ein schwarzes Kreuz gezeichnet worden. Über dem Kopf von Lisa und dem von Jannis. »Und Sie haben keinen Fremden am Grab beobachtet, der das Foto abgelegt hat?« Filippos ließ das Bild nicht los.

»Außer uns war nur noch eine alte, ganz in schwarz gekleidete Frau auf dem Friedhof. Das Gelände ist nicht sehr groß und weitere Personen wären uns aufgefallen«, bemerkte Sven.

»Wer ist die Frau mit dem Kreuz?«, wollte Filippos wissen.

»Ein Mitglied aus unserer früheren Clique. Sie ist damals hier auf Paros ums Leben gekommen«, schluchzte Sylvia.

Die Kommissarin schaute wie elektrisiert auf.

»Lisa hieß sie.« Der Wienerin liefen die Tränen die Wangen hinunter. »Und jetzt Jannis!« Sie schnäuzte in ein Taschentuch. »Was hat das alles zu bedeuten?«

»Das würden wir auch gerne wissen.« Filippos' Aussage war klar und deutlich. Seine anfängliche Vermutung, dass hier etwas nicht stimmte, verstärkte sich mit jeder Sekunde.

»Ich möchte von jedem eine genaue Beschreibung, was Sie gestern Abend, nachdem Jannis das Lokal verlassen hat, noch gemacht haben. Schreiben Sie es am besten auf. Lückenlos und wenn möglich mit Angabe von Zeugen.« Seine Ansage war unmissverständlich.

Alex war aufgesprungen. Er fixierte den Kommissar, als verstände er die Welt nicht mehr. »Was wird das hier? Ich will Urlaub machen. Dürfen Sie das überhaupt?« Er war außer sich.

»Das dürfen wir! Wir suchen einen flüchtigen Unfallverursacher und so wie es aussieht, waren Sie die Letzten, mit denen Jannis Petridis zusammen war. Und bis wir den gefunden haben, möchte ich Sie bitten, sich zu unserer Verfügung zu halten.« Filippos überreichte jedem der vier seine Visitenkarte. »Falls Ihnen zu dem Abend noch etwas einfällt ... Ich komme morgen früh, um Ihre Aufzeichnungen zu besprechen«, verabschiedete er sich.

Stille! Mit versteinerten Gesichtern verharrten alle eine Weile, bis Alex abrupt aufsprang.

»Verflucht, wenn ich das gewusst hätte …«, schrie er und trat voller Wut gegen einen Stuhl. Erschrocken beobachtete die Clique seine Empörung und auch die Kommissarin registrierte es mit Unbehagen auf dem Weg zu ihrem Wagen.

»Dieser Alex gefällt mir nicht, wie aggressiv er sich verhält«, stellte sie fest, als sie zurück in ihrem Dienstwagen saßen. »Ein Freund kommt ums Leben. Da muss ich doch an einer Aufklärung interessiert sein oder sehe ich das falsch?«

Filippos überlegte angestrengt, bevor er antwortete. Katharina bemerkte, dass ihn die Angelegenheit stark beschäftigte.

»Sind das wirklich Freunde? Oder ist das mehr eine lockere Gruppe von Leuten, die einer Einladung gefolgt sind?«

»Wie meinst du das?«

»Wie enge Freunde kamen sie mir nicht vor. Wenn du ein solches Foto gefunden hättest und dann noch Jannis nicht erreichbar gewesen wäre, was hättest du gemacht? Wärest du in aller Seelenruhe zum Strand gefahren?«

Die Kommissarin wurde nachdenklich. »Wahrscheinlich nicht. Ich hätte alles darangesetzt, herauszufinden, was mit ihm los ist.«

»Genau, das hätte ich auch getan.« Filippos startete den Wagen. »Wir müssen mehr über die vier in Erfahrung bringen und mich würde wahnsinnig interessieren, was da vor 30 Jahren genau passiert ist.«

»Daran habe ich auch schon gedacht, aber das wird schwierig. Ist verdammt lange her. Da kann uns wahrscheinlich nur mein Vorgänger Adonis Georgidis helfen.« Katharina dachte an den früheren Polizeichef von Paros, mit dem sie eine langjährige Freundschaft pflegte und der nun schon viele Jahre seinen Ruhestand genoss.

»Und da sind noch viele weitere Fragen, die ich habe. Wer hat die Einladung verschickt?« Jetzt fiel ihm ein, dass er ganz vergessen hatte, sich den Brief zeigen zu lassen. »Denke bitte mit daran, dass wir uns dieses Einladungsschreiben zeigen lassen. Vielleicht ergeben sich daraus ein paar Hinweise«, überlegte er an Katharina gewandt, während er das Polizeifahrzeug aus Naoussa heraus in Richtung Parikia lenkte. »Und wer hat das Foto auf dem Friedhof abgelegt? Mal sehen, was die Aufzeichnungen der vier ergeben und außerdem erwarten wir noch die Ergebnisse der Gerichtsmedizin. Das wird ein spannender Tag morgen.« Die Kommissarin spürte einmal mehr die Angespanntheit ihres Vorgesetzten.

Sophia Petridis

Naxos, Juni 2018

Sophia Petridis war mit dem nächsten Schiff zurück nach Naxos gefahren. Am Hafen warteten weitere nahe Angehörige auf sie. Alle begleiteten die Witwe mit zu ihrem Haus und boten ihre Hilfe an. Es war ein kleiner Trost, in dieser schweren Zeit nicht alleingelassen zu werden. Die meisten waren sehr vertraut mit der Familie, die in dem kleinen Ort ein hohes Ansehen genoss.

Ihr Betrieb war eine Institution auf der Insel und Kitron von Petridis war das berühmteste Exportprodukt von Naxos. Laut einer Verordnung des Europäischen Parlaments durfte nur dort der Likör produziert werden. Das half natürlich bei der Vermarktung dieser besonderen Spirituose. Über die Jahre hatten sie drei Varianten des Likörs entwickelt, die sich anhand zugesetzter Lebensmittelfarbstoffe voneinander unterschieden. Der Kitron mit dem höchsten Alkoholgehalt war gelb gefärbt und kam mit seinen 36% schon einem Schnaps gleich, die farblose Variante war süßer und mit 33% nicht ganz so stark und die grün gefärbte Sorte hatte 30%, ein fruchtiger Likör, der besonders von den Damen äußerst gern getrunken wurde.

Viele Anwohner halfen schon seit Jahren in der Brennerei aus, meistens während der Erntezeit der Blätter des Zitronat-Zitronenbaums im Herbst jeden Jahres. Die Möglichkeit, in der traditionsreichen Manufaktur mit anpacken zu dürfen, schaffte eine besondere Verbundenheit unter den Dörflern. Der Betrieb sorgte für bescheidenen Wohlstand, denn gerade in den letzten Jahren kamen immer mehr Touristen, um sich die Herstellung dieses geschätzten Brandes anzuschauen. Davon profitierte nicht nur die Familie Petridis, davon profitierte die gesamte Region.

Sophia spürte das Bemühen der Leute und ihre fürsorgliche Anteilnahme, aber sie wollte jetzt alleine sein. Der Tag hatte einiges von ihr abverlangt und jetzt, wo sie zurück in ihrer heimischen Umgebung war, bemerkte sie, welche Kraftanstrengung sie in den vergangenen Stunden geleistet hatte. Sie war einem Zusammenbruch nahe und in ihrem Kopf herrschte ein völliges Chaos. Er drohte ihr auseinanderzuspringen. Es gab so viele Fragen, die sich ihr stellten und auf die sie keine Antworten hatte. Fragen, die den Tod ihres Mannes betrafen, aber auch Fragen, die den Betrieb angingen. Dazu kam dieses schwer zu beschreibende Gefühl einer Ohnmacht, was sie so noch nie erlebt hatte. Sie war immer der Meinung gewesen, mit ihrer Ehe sei alles in Ordnung und jetzt das.

Warum hatte ihr Mann nichts von diesem Treffen erzählt? Immer und immer wieder suchte sie nach einem Grund. Sie hatte sich bei der Vernehmung zwar nichts anmerken lassen, doch dass Jannis ihr hier etwas verschwiegen hatte, war für sie sofort klar gewesen. Spätestens bei seiner Ankündigung, noch zwei weitere Tage auf Paros zu bleiben, hätte er ihr davon berichten müssen. Diese Tatsache war für sie am schlimmsten zu ertragen. Da waren die offenen Fragen, wie sie den Betrieb aufrechterhalten sollte, zweitrangig.

Vor ihrer Abfahrt zurück nach Naxos hatte sie kurz in Erwägung gezogen, zu dieser Pension zu fahren, um mehr über das Wiedersehenstreffen zu erfahren. Ihre Schwester hatte ihr davon abgeraten.

»Komm erst mal zur Ruhe. Wir müssen die Beerdigung organisieren«, hatte sie ganz pragmatisch reagiert. »Außerdem musst du im Betrieb einiges regeln, damit du dich um alles andere kümmern kannst.« Sie war zu müde gewesen, um etwas dagegenzuhalten.

»Wer weiß, wann ich Jannis nach Hause holen kann«, hatte sie in einem Weinkrampf gestottert. »Ich will mir nicht vorstellen, was die in Athen alles mit ihm anstellen.« Ihre Schwester hatte sie tröstend in den Arm genommen und sie zur Anlegestelle bugsiert.

Mit letzter Kraft schickte sie die Trauergemeinde nach Hause, bis auf ein paar Familienmitglieder und engste Betriebsangehörige, die in den nächsten Tagen ihre Vertretung übernehmen sollten. Die Aufgaben waren schnell verteilt. Die Besichtigungen der Produktion mit anschließender Verkostung strich sie für die nächste Zeit. Zumindest, bis sie Jannis beerdigt hatten. Sie hoffte auf das Verständnis der extra angereisten Urlauber. Flink wurde ein Schild in die Eingangstür gehangen mit der Aufschrift: *Closed due to bereavement – Wegen Trauerfall geschlossen*. Dann zog sie sich in ihr Schlafzimmer zurück, mit ihr, der nur durch einen Zufall aufgefundenen Einladung.

Mehrfach überflog sie die wenigen Zeilen und versuchte zu verstehen, warum sie darüber nicht informiert worden war. Ihr fiel partout nichts dazu ein. Lediglich die Aufforderung einer Rückmeldung an die Pension wegen der Reservierung der Zimmer registrierte sie als einen ersten Hinweis. Sophia nahm sich fest vor, am nächsten Morgen im Christianos anzurufen.

Pension Christianos

Naoussa, Paros, Juni 2018

»Was machen wir denn jetzt? Wenn ich das gewusst hätte. Die können uns doch hier nicht einfach festsetzen.« Alex bebte vor Wut und löste mit seiner Frage die übrigen Mitglieder der Clique aus ihrer Betroffenheit.

»Wir sollen uns zur Verfügung halten, hat der Polizist gesagt. Das bedeutet ja nicht, dass wir uns nicht frei bewegen können«, stellte Sylvia ihre Sichtweise dar.

»Und was ist, wenn das Ganze länger dauert? Wenn die den Fahrer nicht finden?« Sven dachte besorgt an seine Reservierung auf Mykonos. »Dann fühle ich mich schon festgesetzt.«

»Vielleicht sind wir in der Obhut der Polizei ganz gut aufgehoben?«, merkte Sylvia an.

»Wie meinst du das?«

»Na ja, mir läuft jetzt noch ein kalter Schauer den Rücken herunter, wenn ich an das Bild denke.« Sie schüttelte sich. »Wer kommt auf solch eine Idee? Wer hat überhaupt davon gewusst, dass wir uns auf dem Friedhof treffen wollten?«

Sven wurde leichenblass. »Du glaubst an einen Zusammenhang zwischen dem Foto und dem Unfall?«

»Du etwa nicht? Denk doch mal nach. Zwei schwarze Kreuze über den Personen, die nun tot sind. Das macht mir richtig Angst.«

»Typisch Psychotante! Nun dramatisiere mal nicht wieder alles. Keiner weiß, was es mit dem Unfall auf sich hat. Das mit dem Bild finde ich zwar auch seltsam, aber da gibt es bestimmt eine Erklärung.« Alex hatte sich wieder etwas beruhigt.

»Was erwartest du für eine Erklärung? Selbst wenn sich jemand einen üblen Streich erlaubt hat, ist das aber sehr makaber.« Sylvia blieb bei ihrer Sicht der Dinge. »Ich habe Angst und das werde ich der Polizei auch morgen sagen. Und was mich außerdem bewegt, wer hat die Einladungen verschickt? Von uns vieren war es angeblich keiner. Wir dachten, es wäre Jannis gewesen, aber auch der hat es verneint. Was bedeutet das?« Mit jedem Satz war die Wienerin lauter geworden. Man spürte förmlich ihre Erregung.

»Was meinst du mit ›angeblich‹?« Frank, der bisher geschwiegen hatte, mischte sich ein. Seine Stimme hatte einen bedrohlichen Unterton angenommen. »Unterstellst du uns, dass wir lügen?«, schrie er Sylvia an. Er zitterte und schwitzte außergewöhnlich stark.

»Jetzt hört auf!«, ging Sven dazwischen. »Gegenseitige Vorwürfe helfen uns nicht weiter. Lasst uns abwarten, was die Polizei herausfindet. Wir wollten ein paar schöne Tage gemeinsam verbringen, das sollten wir uns nicht verderben lassen.«

Franks Frage blieb unbeantwortet und er schien sich nicht zu trauen, Sylvias Anspielung weiter auszudiskutieren. Mit grimmigem Blick verschwand er in sein Zimmer.

»Und macht schön alle eure Hausaufgaben, so wie es der Polizist gefordert hat«, rief Alex ihm noch hinterher, bevor auch er zu seinem Rundgang durch Naoussa startete.

Sylvia und Sven saßen schweigend im Garten, dann nahm der Kölner den Faden nochmal auf.

»Ich hatte von Anfang an ein komisches Gefühl, herzukommen. Wiedersehensfreude nach dreißig Jahren? Und das, obwohl außer uns beiden anscheinend keiner Funkkontakt gehalten hat? Besser hätte ich auf meine innere Stimme gehört«, resümierte er. »Am liebsten würde ich meine Sachen packen und rüber nach Mykonos schippern.«

»Ich habe auch erst überlegt, ob ich komme. Aber es waren die Neugier und das beschissene Wetter, die mich letztendlich zu der Reise getrieben haben und ...«, die Wienerin überlegte einen Augenblick, bevor sie weitersprach. »... da sind noch einige Fragen offen von vor dreißig Jahren. Das hat mich zusätzlich bewogen, dem Trip zuzustimmen.«

Sven blickte sie erwartungsvoll an. »Welche Fragen?«

»Es ist bis heute nicht geklärt, was in der Nacht passiert ist. Wir alle waren damals nicht bereit, darüber zu sprechen. Kannst du dich da nicht mehr dran erinnern? Ich habe mehrfach versucht, die Nacht zu rekonstruieren, aber du hast es ja gerade selbst erlebt, dann heißt es gleich: ›typisch Psychotante‹.« Sylvia zog ihre Stirn in Falten. »Und selbst nach dreißig Jahren kochen die Emotionen hoch.«

»Was ist los mit Frank? Er war furchtbar aufgeregt wegen der Einladung. Er wirkt insgesamt sehr angespannt«, befand Sven.

»Allerdings. Mit dem stimmt was nicht, das spüre ich. Schon auf dem Friedhof kam er mir sehr merkwürdig vor. Er ist nur widerwillig mitgegangen.«

»Und was ziehst du für Schlüsse daraus?«

»Gar keine. Nur ist dir nicht aufgefallen, wie verkrampft er sich Alex gegenüber verhält? Die haben im Minoli kaum ein Wort miteinander geredet.«

»Was du alles bemerkst. Aber da hast du uns einiges voraus. Er ist allgemein sehr wortkarg geworden. Das war er damals nicht, da hatte er eine ziemlich große Klappe.«

»Genau! Bis zu der verhängnisvollen Nacht. Das muss für ihn ein einschneidendes Ereignis gewesen sein. Erst spannt ihm Alex seine Freundin aus und dann findet man Lisa morgens tot am Strand. Ich war heilfroh, dass er Alex nichts angetan hat und habe ständig versucht, ihn zu beruhigen.«

Sven wirkte überrascht. »Dass du dich um ihn gekümmert hast, war mir bewusst, aber davon hast du nie erzählt.«

»Ich habe es versucht, aber ihr wart alle so mit euch selbst beschäftigt und wolltet nur noch weg, was unter heutigen Gesichtspunkten durchaus verständlich war.« Sylvia legte eine versöhnliche Miene auf. »Und du hattest genug mit deiner Abfuhr zu kämpfen. Hattest dir mehr von diesem Urlaub versprochen, oder?«

Sven wurde rot, weil Sylvia kein Blatt vor den Mund nahm.

»So was ist mir danach nie wieder passiert. Ich hatte mich in etwas verrannt, was es nicht gab und das war schon eine herbe Enttäuschung.«

»Und trauerst du diesem Macho immer noch hinterher?«

Ein gekünsteltes Lachen entwich Svens Kehle. »Nach dreißig Jahren? Glaubst du das wirklich?«

Sylvia verspürte anhand Svens Tonfalls, dass sie das Thema besser beenden sollte. Entweder war es ihm immer noch peinlich oder die Gefühle für den Hamburger waren selbst nach dieser langen Zeit nie ganz erloschen.

»Ich werde jetzt für den Kommissar meinen gestrigen Rundgang durch den Hafen nach unserem Essen im Minoli beschreiben. Ich habe mir noch einen Frappé gegönnt in einem der Cafés im Hafen, nach den Unmengen an Wein.« Sylvia war aufgestanden.

»Das ist bei mir schnell erledigt«, antwortete Sven. »Ich habe noch in einer Bar gesessen und ein paar E-Mails gecheckt. Der Kellner erinnert sich bestimmt noch an mich.« Er grinste, aber schnell wurde sein Gesichtsausdruck wieder ernst. »Du hast Franks Frage nicht beantwortet. Was meintest du mit ›angeblich‹?«

Die Wienerin kam noch einmal zurück, drehte sich langsam zu ihm um und suchte nach der richtigen Wortwahl.

»Irgendeiner von uns muss die Einladungen verschickt haben. Warum gibt derjenige es nicht zu? Was ist daran so geheimnisvoll? Diese Frage beschäftigt mich, seitdem wir hier sind.«

Sven wartete auf weitere Erklärungen.

»Jetzt nach Jannis' Tod und diesem Foto umso mehr. Mir geistert da ein furchtbares Szenario durch den Kopf. Aber bitte behalte das für dich.«

»Was für ein Szenario? Nun lass dir nicht alles aus der Nase ziehen.«

Sylvia rang mit sich, ihre Vermutung loszuwerden. Dann flüsterte sie ganz leise.

»Mir kommt es so vor, als hätte uns jemand in einen Hinterhalt gelockt.«

Sven brauchte ein paar Sekunden, um zu verstehen, dann starrte er sie mit Panik in den Augen an.

Filippos Panos

Parikia, Paros, Juni 2018

Filippos Panos war früh unterwegs an diesem Morgen nach einer äußerst unruhigen Nacht. Der Unfall hatte ihn immer wieder wach werden lassen. Heute erhoffte er sich ein paar brauchbare Informationen aus Athen, die weiterhelfen sollten, den Fahrzeugführer dingfest zu machen. Dabei klammerte sich seine Hoffnung an die sichergestellten Fragmente eines Blinkers an der Unfallstelle, die sie sorgfältig von der Straße aufgesammelt hatten. Er nutzte die Ruhe in der Dienststelle, um ein paar Gedanken zu dem Fall niederzuschreiben.

Als Xenia eintraf, hatte er in dem kleinen Besprechungsraum der Behörde schon einige Fragen auf das Whiteboard geschrieben. Daraus ergaben sich weitere Aufgaben für die anstehende Dienstbesprechung.

Gespannt wartete er auf Konstantinos' Ergebnisse, der die wenigen Anlieger der Unfallstelle auf eventuelle Beobachtungen gestern noch befragt hatte.

– *Zeugenbefragung Konstantinos* – hatte er auf der Wandtafel notiert.

An erster Stelle stand – *Ergebnisse Rechtsmedizin* –. Er hoffte, dass Kinka, die Chefin der Gerichtsmedizin, sie noch im Laufe des Vormittags über ihre Untersuchungen informieren würde.

– *Liste der Fahrzeughalter anfordern* – war der nächste offene Punkt. Er rechnete fest damit, dass die KTU in

Athen anhand der vorgefundenen Splitter einen Fahrzeugtyp ermitteln konnte, um dann umgehend alle Halter dieser Wagen auf Paros zu überprüfen.

– *Zeugen auf Friedhof in Naoussa* – war eine weitere Aufgabe, die erledigt werden musste, auch wenn es keine Anhaltspunkte gab, die einen Zusammenhang zwischen dem Foto auf dem Grab und dem Unfall bestätigten. Es war reine Intuition, die ihn bewog, diesen Punkt mit aufzunehmen. Das betraf auch die nächste Frage, zu der sie den früheren Polizeichef, Adonis Georgidis, kontaktieren wollten. – *Was war 1988 genau passiert?* – Katharina würde das übernehmen, sie hatte den besten Draht zu ihrem Vorgänger und Freund. Und als Letztes notierte er noch – *Aliportas befragen* –, in dem zentralen Café und Hotel hatte Jannis stets gewohnt, wenn er auf Paros verweilte. Das hätte eigentlich gestern schon erledigt werden müssen.

Katharina traf als Nächste ein, es folgten Konstantinos und Spyros. Sogleich versammelte sich das gesamte Team in ihrem Meeting-Raum, aus der Kaffeeküche drang das schrille Geräusch eines Mixers, Xenia bereitete für die ganze Mannschaft Frappés zu.

»Warst ja schon fleißig, wie ich sehe«, begrüßte die Kommissarin ihren Chef. Viele Angewohnheiten wie das Zusammentragen wichtiger Fragen am frühen Morgen, bevor es hektisch wurde, kamen ihr bekannt vor. Sie hatte es in ihrer Zeit als Chefin der Polizei auf Paros genauso gemacht und Filippos hatte es von ihr übernommen.

»Das ist, was mir so eingefallen ist. Habt ihr noch weitere Ansatzpunkte?«, forderte er direkt seine Mitarbeiter heraus.

»Das Einladungsschreiben hast du vergessen«, erinnerte Katharina an ihr Gespräch von gestern. Filippos machte eine zusätzliche Notiz.

»Ich setze hohe Erwartungen an Athen, mal sehen, ob die Neue was Brauchbares liefert. Und wenn ja, ist der Fall vielleicht schon bald Geschichte.« Der Seitenhieb an die junge Chefin der Gerichtsmedizin war nicht zu überhören, Katharina schüttelte verärgert ihren Kopf.

»Ich habe dir schon einmal geraten, gib ihr eine Chance, die Kleine ist gut«, erwiderte sie. »Ansonsten hätte sie diesen Job nie bekommen.« Sie war mit den Strukturen in der Athener Mordkommission bestens vertraut.

»Warten wir's ab«, war Filippos' einziger Kommentar. »Konstantinos, was hat die Befragung der Anwohner ergeben?«, wechselte er das Thema.

»Nicht viel. Du weißt, da sind nur ein paar verstreute Häuser«, drosselte der Polizist sogleich Filippos' Hoffnungen. »Davon sind zwei zurzeit gar nicht bewohnt, mit den anderen haben ich sprechen können, aber das war sehr dünn.«

»Was heißt das?«

»Na, nichts Konkretes. Lediglich ein Anwohner berichtete von Stimmen in der Nacht, aber erst, nachdem ich mehrfach nachgehakt habe.«

»Stimmen? Was für Stimmen?«

»Halt Stimmen, so als wäre eine Fußgruppe unterwegs.« Konstantinos ordnete die Beobachtung als eher belanglos ein.

»Konnte der Anwohner sich erinnern, in welcher Sprache?« Filippos war ganz Ohr.

»Das habe ich ihn auch gefragt. Er meinte, es hätte ausländisch geklungen, konnte aber nicht erkennen, um welche Sprache es sich handelte.«

»Hast du eine Zeitangabe?«, hakte Katharina nach.

»Auch das nur sehr vage. Der betreffende Bewohner sei auf dem Sofa eingeschlafen und nur kurz davon wach geworden. Danach wäre er sofort wieder eingenickt. Er hat sich nur erinnert, weil ich so hartnäckig nachgefragt habe.«

Xenia brachte ein Tablett mit dem Kaffee, ein fröhliches Danke machte die Runde. Filippos war aufgestanden und machte eine Notiz auf der Wandtafel.

– Ausländische Stimmen? –

»Hier sollten wir noch einmal nachhaken, es wäre schon hilfreich, wenn wir die Sprache der nächtlichen Besucher herausbekommen könnten. Lass dir was einfallen, spiele dem Mann ein paar Sprachen vor. Vielleicht kann er sich dann besser erinnern.«

Konstantinos nickte verkniffen und überlegte schon, wie er dem Anwohner auf die Sprünge helfen konnte.

»Wer übernimmt den Friedhof?«, fragte Filippos in die Runde und sein Blick richtete sich auf Spyros.

Ihn hatte die zusätzliche Arbeitsbelastung, seitdem sie einen Mann weniger in der Dienststelle hatten, am stärksten getroffen. Nachdem Takis sich in seinen vorzeitigen Ruhestand verabschiedet hatte, waren ihm zusätzliche Aufgaben zugeteilt worden. Bislang hatte er sich tapfer geschlagen.

»Klar, mache ich«, antwortete er.

»Ich werde mich mal umhören, welches Mütterchen sich morgens auf dem Friedhof rumtreibt und etwas gesehen haben könnte«, hatte er sofort eine Idee.

»Frag Papa Petros, der kennt seine Pappenheimer. Die, die keine Beerdigung oder Messe auslassen«, gab Katharina ihm noch mit.

Kurz darauf klingelte das Telefon, augenblicklich wurde es still in der Runde. Xenia kündigte die Gerichtsmedizin aus Athen an.

»Filippos Panos, schön, dass Sie sich melden«, nahm der Kripobeamte das langersehnte Gespräch entgegen. Von seinen Vorbehalten der Kollegin aus Athen gegenüber war nichts mehr zu spüren.

»Kinka Katsaros, Jassas Paros – Hallo Paros«, zischte sogleich eine durchdringende Stimme durch das Telefon.

Xenia, die zu dem Team gestoßen war, zuckte leicht zusammen. Es war nicht nur die hohe Stimmlage, die aufhorchen ließ. Dazu kam ein seltsamer Dialekt, gepaart mit einem überbetonten Zischen bei Wörtern, die ein S enthielten, mit dem die Medizinerin sprach. Konstantinos hatte sie deswegen schon mehrfach Schlange genannt. Die Kommissarin hatte zu berichten gewusst, dass die Kollegin aus Athen, ähnlich wie sie, eine Halbgriechin war. Nicht mit deutschen Wurzeln, so wie bei Katharina, sondern mit polnischen. Ihre Mutter hatte einen Griechen geheiratet. Nach einigen Jahren in Polen war die Familie nach Athen umgezogen. Das erklärte ihren eigenwilligen Vornamen und auch ihre Aussprache. Das besagte Zischen führte sie auf eine breite Zahnlücke zwischen den beiden oberen Schneidezähnen zurück. Bei ihrem letzten Gespräch mit der Neuen, so von Frau zu Frau, waren neben den dienstlichen Angelegenheiten auch ein paar private Informationen ausgetauscht geworden.

»Jassu Kinka – Hallo Kinka«, begrüßte Katharina die Kollegin. »Was hast du für uns herausgefunden?«, übernahm sie das Gespräch mit einem bewusst freundlichen Ton.

»Spannendes, sehr Spannendes«, zischte es sogleich zurück. »Da kommt einiges an Arbeit auf euch zu.«

Filippos, gespannt wie eine Feder, reagierte sofort und unterbrach die Frau. »Das heißt, mit den Splittern vom Unfallort konntet ihr etwas anfangen?«

»Nicht nur damit, auch die Leiche von Jannis Petridis bot einiges an Überraschungen. Aber fange ich mit dem zerbrochenen Blinker an.«

Die letzten Sätze hatten wie eine Drohung geklungen und alle in Alarmbereitschaft versetzt. Nervös wartete das Team auf die weiteren Ausführungen.

»Es handelt sich tatsächlich um Teile eines Blinkers. Wir haben versucht, anhand der teilweise vorhandenen Seriennummer den Fahrzeugtyp herauszufinden«, begann Kinka mit den Details. »Der entscheidende Punkt waren aber die Lackspuren, die wir an einem der Fragmente vorgefunden haben und …« Filippos fiel ihr ins Wort.

»Und was ist es für ein Wagen?«

»Nicht so ungeduldig, Herr Kollege, vielleicht lässt du mich einmal ausreden«, wies sie den angespannten Polizeichef in die Schranken. Filippos biss sich verärgert auf die Unterlippe und vermied es, weitere Fragen zu stellen.

»Wie gesagt, der Lack hat uns den entscheidenden Hinweis gegeben oder besser gesagt die EUCAP.«

»Die was?« Spyros hatte die Frage gestellt.

»Eine Datenbank, genauer gesagt die European Collection of Automotive Paints, wenn ihr das versteht.« Jetzt klang die Neue reichlich arrogant.

»Nicht wirklich, bitte erkläre uns das«, preschte Katharina vor, die anhand des roten Kopfes von Filippos einem Schlagabtausch zwischen den beiden zuvorkam. »Wir sind mit den Methoden der KTU nicht so vertraut.« Filippos atmete tief durch, am liebsten wäre er dazwischen gegangen. Die Kommissarin mahnte ihn jedoch mit einer beschwichtigenden Geste zur Ruhe.

»Diese Datenbank enthält Produktinformationen und Analysedaten von mehr als 25.000 Originallackproben von 23 verschiedenen Automobilkonzernen aus der ganzen Welt und wird immer wieder aktualisiert«, führte Kinka ihren Vortrag fort »Der Lack eines bestimmten Fahrzeugtyps ist wie ein Fingerabdruck. Meine Jungs von der Spurensicherung haben die am Unfallort sichergestellten Proben mit dieser Datenbank verglichen und das Ergebnis war eindeutig.« Sie holte tief Luft, bevor sie weiterredete. »Ihr müsst nach einem schwarzen Nissan Qashqai suchen. Mit diesem Fahrzeug wurde der Tote überfahren. Baujahr April 2015 bis Ende 2016. In diesem Zeitraum wurde der Lack von Nissan verarbeitet.«

»Nissan Qashqai«, murmelte Konstantinos, der von der Präzision von Kinkas Ausführungen sichtlich angetan war. Sogleich begann er, auf seinem Smartphone nach einem Foto zu suchen.

»Da seid ihr ganz sicher?«, ergriff Filippos das Wort.

»Sonst hätte ich es nicht gesagt.« Kinkas Antwort war eindeutig.

»Kommen wir zur Leiche.« Sie wartete einen Augenblick, bis sie wieder die volle Aufmerksamkeit hatte. »Wie gesagt, da gab es ein paar Überraschungen.«

»Das sagtest du bereits. Wie sahen die denn aus?« Filippos platzte fast der Kragen.

»Na ja, dass der Mann einiges an Alkohol im Blut hatte, ist euch ja bekannt. Aber wir haben in seinem Blut noch etwas anderes gefunden.«

»Und was? Nun sag schon.« Jetzt wurde es auch Konstantinos zu bunt.

»Der Tote war sediert, wir haben ein starkes Betäubungsmittel nachgewiesen, in einer Konzentration, die einen Elefanten umgehauen hätte.«

»Oh Gott, er war betäubt?«, rutschte es Xenia heraus.

»Betäubt ist der richtige Ausdruck, der kann unmöglich in dem Zustand in ein Auto gelaufen sein.«

Ratlos schauten sich die Beamten der Dienststelle in Parikia eine ganze Weile in die Augen. Schließlich ergriff Filippos das Wort.

»Was willst du uns damit sagen?« Er hatte schon eine schreckliche Vermutung.

»Der Mann wurde außer Gefecht gesetzt und anschließend vorsätzlich überfahren. Es sollte wie ein Unfall aussehen.« Das Zischen in Kinkas Stimme unterstrich das Gesagte auf düstere Weise.

»Ein hinterhältiger Mord. Ich sagte ja, es gibt viel zu tun«, ergänzte sie noch. »Ich schicke euch den Autopsiebericht und die Lack-Analyse zu, sowie den Stundenzettel zum Abzeichnen.«

Filippos stöhnte, wusste aber, dass, seitdem es diese Sondereinsatztruppe für die Inseln gab, alles korrekt erfasst werden musste. Anhand der Einsätze sollte später der zusätzliche Personalbedarf berechnet werden.

»Danke dir«, erwiderte er. »Und gute Arbeit, auch wenn ich uns diese Art von Verbrechen gerne erspart hätte.« Katharina nickte zustimmend. Aus einem Unfall mit Fahrerflucht war ein eiskalter Mord geworden.

Pension Christianos

Naoussa, Paros, Juni 2018

Die Sonne stand schon tief und Sylvia überflog zum wiederholten Mal ihre Zusammenfassung für die Polizei. Bislang hatten sich die Beamten noch nicht wieder dazu gemeldet, das war jetzt schon mehr als 24 Stunden her. Gedanklich war sie den gesamten Weg, nachdem sie das Minoli verlassen hatte, abgelaufen, hatte versucht, sich an jedes Vorkommnis zu erinnern. Sorgfältig vermerkte sie die ungefähre Uhrzeit an den Stellen, wo man sich ihrer Meinung nach an sie erinnern müsste. Als direkte Zeugin kam nur eine Person infrage, eine junge Frau, die ihr am Hafen den Frappé serviert hatte. Dort würde sie später noch einmal vorsprechen.

Die Wienerin genoss die milde Nachmittagssonne, die übrigen Mitglieder der Jubiläumstruppe waren wie vom Erdboden verschluckt. Kein Wort, ob man den Abend gemeinsam verbringen wollte. Den Besuch der Polizei mit ihrer bitteren Botschaft musste wohl jeder erst einmal für sich verarbeiten.

Bei ihrem Rückblick des besagten Abends war ihr noch etwas eingefallen, dem man ihrer Meinung nach unbedingt nachgehen sollte. Während des Abendessens im Minoli war Jannis mehrfach aufgestanden, um ein Telefonat entgegenzunehmen. Er lehnte dabei immer dicht an der Theke des Restaurants, wo die Tagesgerichte fein ausgestellt auf ihre Bestellungen warteten. Dahinter verweilte die ganze Zeit ein Koch, der bestimmt ein paar Wortfetzen der Telefonate aufgeschnappt hatte. Sie überlegte, ihr Dinner eventuell auch heute dort einzunehmen, dann könnte sie der Sache direkt auf den Grund gehen. Vielleicht ergaben sich ein paar Anhaltspunkte für Jannis' späten Abstecher nach Drios. Noch während sie darüber nachdachte, hörte sie, wie sich Alex näherte, in der Hand ein Badetuch und einen Helm, so wie es aussah, plante er noch einen Schwimmausflug mit seinem geliehenen Roller.

»Ich dreh noch eine Runde, bis zum Sonnenuntergang sind es noch gut zwei Stunden«, rief er Sylvia zu und war schon durchs Eingangstor verschwunden.

»Wollen wir heute Abend gemeinsam zu Abend essen?« Sylvia war aufgesprungen und ihm hinterhergelaufen.

»Machen wir, ich melde mich, wenn ich zurück bin«, erklärte der Hamburger, startete seinen Scooter und gab Gas.

Er wollte alleine sein, ohne ständig über den Tod von Jannis reden zu müssen. Und bestimmt nicht mit Sylvia, die ihm schon nach der kurzen gemeinsamen Zeit auf die Nerven ging. Er fühlte sich ständig von ihr beobachtet, so als analysiere sie unentwegt jede Geste von ihm und dem Rest der Truppe. Er schob es auf ihren Beruf, wahrscheinlich konnte sie gar nicht anders.

Heraus aus der holprigen Stichstraße drehte er nach rechts, winkte dem Mitarbeiter einer Autovermietung zu und bog links auf die Straße nach Marmara ab. Er beschleunigte sein Zweirad und ließ Naoussa schnell hinter sich. Der kühle Fahrtwind tat ihm gut, nach der ganzen Aufregung der vergangenen Stunden. Er war immer noch wütend auf die Polizei, die seine Freude über den so ersehnten Griechenland-Trip um einiges geschmälert hatte. Mit allen Mitteln würde er sich dagegen wehren. Er brauchte Urlaub mehr denn je, nach dem monatelangen Rosenkrieg mit seiner Ex. Wie wohl sein Leben jetzt aussähe, wenn sie ihm nicht auf die Schliche gekommen wäre. Den Abend würde er nie vergessen, als sie wie aus dem Nichts vor ihm stand beim Italiener, er in trauter Zweisamkeit mit Gabi, seiner langjährigen Kollegin. Es war das Ende einer langangelegten Überwachung, wie er im Nachhinein herausgefunden hatte. Die Situation war so eindeutig gewesen, dass verlegene Erklärungsversuche sowieso ins Leere gelaufen wären. Sie hatte schnell ein Foto gemacht und war ohne Worte wieder aus dem Restaurant verschwunden. Auf das, was danach kam, war er in keinster Weise vorbereitet gewesen.

Zusammen mit ihrem Vater hatte sie sein Schicksal schnell besiegelt, noch am selben Abend war er mit ein paar Habseligkeiten in ein Hotel umgezogen. Ein Anflug von Wehmut ereilte ihn, wenn er an seine Kinder dachte, die ihn seitdem verachteten und ihm die Schuld an der Misere gaben. Schnell verdrängte er den Gedanken. Sein altes Leben war vorbei und Gabi hatte sich auch von ihm verabschiedet, nachdem sich seine Ex mehrfach mit ihr getroffen hatte. Kollateralschaden auf der ganzen Linie, da half nur die Flucht nach vorn.

Schon gestern Abend waren ihm ein paar heiße Mädels aufgefallen, wie sie mit ihren knappen Sommerkleidchen lässig durchs Städtchen geschlendert waren und seinen Testosteronspiegel in die Höhe schnellen ließ. Seine Fantasien auf ein heißes Abenteuer beflügelnd, war er nach dem gemeinsamen Abendessen ganz unruhig durch Naoussa gestreift auf der Suche nach einer Alleinreisenden, die in sein Beuteschema passte. In zwei Bars war er eingekehrt und hatte sich an einer geeigneten Stelle auf die Lauer gelegt, doch trotz intensiver Flirtbemühungen war ihm keine Dame ins Netz gegangen. Er verstand es nicht als Niederlage, nicht am ersten Abend, es war der Anreisetag und den konnte man meistens abhaken. Heute Nacht würde er einen neuen Versuch starten, zu vorgerückter Stunde, nachdem er Sylvia und die übrigen Jubilare abgeschüttelt hätte. Heiß fiel ihm ein, dass er ganz vergessen hatte, für den Kommissar eine Auflistung seiner gestrigen Hafentour zu verfassen. Aber dafür war noch genügend Zeit beim Frühstück.

Den Abzweig nach Ambelas hatte er längst passiert. Jetzt holte er alles aus dem röhrenden Zweirad heraus. Es gab kein eigentliches Ziel und seine Ortskenntnisse waren nach dreißig Jahren eher dürftig. Ohne wirklich zu wissen, wo er hinwollte, bog er in Prodromos links ab in Richtung Marmara und näherte sich der verschlafenen Ortschaft. Mit gedrosselter Geschwindigkeit passierte er das winzige Dorf. Dort hielt er Ausschau nach Sehenswürdigkeiten, aber nichts erregte seine Aufmerksamkeit.

Schon war er auf der Straße nach Molos. Es herrschte wenig Verkehr, nur gelegentlich begegneten ihm weitere Verkehrsteilnehmer. Als er auf halber Strecke zur besagten Bucht war, stach ihm plötzlich ein Hügel ins Auge, auf dem ein weißes Anwesen thronte. Er erinnerte sich, dass er schon bei seinem ersten Besuch auf Paros dort hinwollte.

Aus der Entfernung heraus schätzte er, dass es sich bei dem weißen Gebäude um eine Kapelle handeln musste und dass die Aussicht von dort oben spektakulär sein müsste. Die Idee gefiel ihm und spontan entschied er, einen Abstecher dorthin zu machen. Wenn es seine Erwartungen erfüllen würde, wäre das ein interessantes Ausflugsziel für die übrige Gruppe in den nächsten Tagen. Alex behielt stets gerne die Zügel in der Hand und überließ die Führung ungern anderen, eine Rolle als Reiseleiter bei ihrem Treffen konnte er sich gut vorstellen. Kurz bevor er das Meer erreichte, hielt er an, eine kleine Taverne auf der linken Seite hatte geöffnet, dort konnte ihm bestimmt jemand den Weg zu der vermeintlichen Kirche beschreiben. Er lag richtig mit seiner Annahme. Stolz erklärte ihm der Wirt in einem leidlichen Englisch, wie er zu dem Kloster gelangen konnte. Eine steile Straße führe zum »Kefalos« hinauf, benannte er den Berg, auf dem die Kirchenanlage erbaut wurde. Die letzten Meter könnte man aber nur zu Fuß weiter, erklärte er und deutete auf den abgestellten Scooter.

»It's so beautiful in the monastery of Agios Antonios – Es ist so schön im Kloster von Agios Antonios«, wiederholte er mehrfach den Namen der Abtei und bekreuzigte sich dabei. Seine Augen glänzten und er lief zu seinem Tresen, um eine kleine Broschüre zu holen, die auf der Vorderseite ein Bild der Klosterkirche und auf der Rückseite ein Foto vom Inneren des Gotteshauses schmückte. Alex bedankte sich und überflog den Flyer, auf dessen Innenseiten einige Touristeninformationen gedruckt waren. Demnach wurde das Kloster auf den Ruinen einer venezianischen Burg errichtet und 1597 gegründet, entnahm er dem Text. Lange Zeit beherbergte es Mönche, bis die Abtei wegen derer geringen Anzahl geschlossen wurde. Heute sei der weiße Hof der Anlage mit seinen verbliebenen venezianischen Ruinen und der für Besucher zugänglichen Kirche ein geschätztes Ausflugsziel, von dem man einen atemberaubenden Blick auf das Umland und die benachbarten Inseln genießen könne, las er weiter.

Der Hügel mit seiner geschichtsträchtigen Bebauung hatte Alex neugierig gemacht und er startete in Richtung Kefalos. Zu einem kurzen Sprung ins Meer würde auch danach noch genügend Zeit sein, befand er nach einem Blick auf seine Uhr. Er brauchte nicht lange, bis er die schmale Straße, die sich zum Aufstieg um den Berg windete, erreicht hatte. Die Steigung war beträchtlich und sein Roller ächzte sich den gut ausgebauten Fahrweg hinauf. Schon nach wenigen Metern erahnte er, welch herrliche Perspektive ihn dort oben erwarten würde.

Als ihm ein Fahrzeug entgegenkam, war er froh, auf einem Zweirad unterwegs zu sein. Verdammt eng stellte er sich die Strecke vor, wenn sich zwei Autos begegnen sollten. Mehrfach hielt er noch an auf dem Weg nach oben, um ein paar Bilder für seine Freunde in der Pension festzuhalten. Sie würden begeistert sein, da war er sich sicher und seinem Vorschlag, einen Trip dorthin zu unternehmen, sicherlich folgen. Mittlerweile war er am Ende der Straße angekommen. In einer staubigen Ausbuchtung parkten ein Kleinwagen und ein Motorrad, er war nicht alleine auf dem Kefalos. Er stellte seinen Scooter ab und schaute sich ehrfürchtig um. Schon von hier aus war der Blick atemberaubend, weiter oben musste es noch besser sein.

Genauso wie es der Wirt beschrieben hatte, musste er die letzten Meter zu Fuß weiter. Ein kleiner Trampelpfad zur Rechten der Parkfläche führte ihn zu einem steinernen Torbogen, welcher ein doppelflügeliges Gatter besaß. Eine Seite schaukelte im Wind hin und her, dahinter lag die Klosteranlage und strahlte ihm im grellen Weiß entgegen. Er durchschritt das Tor und nahm die letzten Treppenstufen, dann stand er inmitten des Gartens, der viel größer war, als es von außen den Anschein hatte. Große Bäume spendeten Schatten.

Alex verspürte sofort eine beruhigende Aura, die von diesem Plätzchen ausging. Ein junges Paar verabschiedete sich gerade von einer mit einer Kittelschürze bekleideten Frau und war auf dem Weg zum Parkplatz, in ihren Händen Helme, das mussten die Besitzer des Motorrades sein. Aufmunternd winkte die ältere Dame Alex zu, so als wolle sie ihn zu einem Besuch in der Kirche animieren. Nachdem das Paar den Hof verlassen hatte, war es totenstill, nur der Wind sang in dieser luftigen Höhe noch sein Lied.

Wahrscheinlich bin ich der einzige Besucher, vermutete er, nachdem er seinen Blick hatte schweifen lassen. Je mehr er sich von der Umgebung verzaubern ließ, desto stärker stieg seine Begeisterung, der Ausblick von hier oben war wirklich eindrucksvoll.

Der Flyer hielt, was er versprach. Was ein wunderbarer Platz, befand er und lobte sich selbst, seiner Eingebung gefolgt zu sein. Die ältere Frau war unterdessen in der Kirche verschwunden, er lauschte angetan der wohltuenden Stille. Das Knattern eines Mopeds riss ihn aus seinen Gedanken, weitere Besucher mussten auf dem Parkplatz eingetroffen sein.

Die schwarzhaarige Frau erwartete ihn schon, als er zur Kirche ging. In der Hand hielt sie ein Sträußchen mit einer Rose, einem Jasminzweig und einem eingerollten Blatt Papier. Sie lächelte ihn an und überreichte ihm das Bündel, während sie in der anderen Hand eine Spendendose hochhielt. Sie wartete auf seine Reaktion und redete in Griechisch auf ihn ein, Alex verstand kein Wort. Nur so viel, dass sie um eine Gabe bat, die dem Kloster zugutekommen sollte. Er lächelte zurück und griff nach seinem Portemonnaie, um eine Spende zu tätigen. In einer Glasvase standen noch weitere Blumensträuße und er erkannte einen Stapel der Flyer, von denen er bereits ein Exemplar von dem Wirt in der Taverne bekommen hatte. Dieser war in dem Blumengebinde mit eingewickelt worden. Anhand der Bekleidung der Alten schloss er darauf, dass sie hier oben wohnen musste. Sie trug Hausschuhe und in der Ecke standen Tassen mit Kaffee und Gebäck. Das abgestellte Auto auf dem Parkplatz ordnete er ihr zu. Nachdem Alex ihr ein paar Euros in die Dose geworfen hatte, bot die Alte ihm freundlich einen Kaffee an und forderte ihn auf, sich in der Kapelle umzusehen. Mehrfach deutete sie dabei auf ihre Armbanduhr. Alex interpretierte es so, dass sie in Kürze die Kirche schließen wollte.

Erst jetzt erblickte er die mit üppigem Gold verzierte Trennwand, hinter der sich der Altarraum befand. In Augenhöhe waren mehrere Ikonen eingearbeitet, die von einem schweren Goldrahmen umrandet waren. Ein gewaltiger, auch in Gold gehaltener Kronleuchter hing imposant von der Decke, seine Aufhängung verschwand in einer Kuppel, die reichlich mit Malerei geschmückt war. Alex kam aus dem Staunen nicht heraus, einen solchen Schatz hätte er hier oben niemals vermutet. Seine ganz besondere Aufmerksamkeit erweckte eine Empore, die er als Kanzel aus katholischen Kirchen kannte. Sie war aus weißem Marmor gefertigt, so wie der Fußboden, in den zahlreiche Ornamente eingearbeitet wurden. Das musste der berühmte parische Marmor sein, erinnerte er sich an einen Abstecher in die antiken Marmorstollen vor dreißig Jahren nahe der Ortschaft Marathi. Die gesamte Umgebung wirkte äußerst beruhigend auf ihn nach dem Theater seit seiner Anreise. Er empfand es als Luxus, dass er der einzige Tourist zu dieser Stunde war. Ein Winken der Alten holte ihn aus seiner Verzückung, schnell schoss er noch ein paar Bilder und begab sich zum Ausgang.

Die Frau schloss hinter ihm ab und verschwand in einem zu der Kapelle gehörigen Gebäude. Er atmete tief durch, von weiteren Besuchern war weit und breit keine Spur. Ein letztes Mal schritt er zu der Mauer, die das gesamte Areal begrenzte und seine Augen suchten in der Weite nach Punkten zur Orientierung. Eine ganze Weile versuchte er die in der Ferne ausgemachten Dörfer und Inseln zuzuordnen, gedankenverloren rief er die längst vergessenen Namen der Ortschaften und Eilande zurück in sein Gedächtnis.

Ein Schatten direkt hinter ihm ließ ihn zusammenzucken, etwas Helles blitzte grell in der untergehenden Sonne. Intuitiv riss er beide Arme in die Höhe, machte einen Satz zur Seite. Dann wurde ihm heiß und er sackte zu Boden.

Filippos Panos

Parikia, Paros, Juni 2018

Spyros war unmittelbar nach ihrer Dienstbesprechung nach Naoussa aufgebrochen, Papa Petros erwartete ihn schon. Nachdem der Polizist ihm sein Anliegen telefonisch geschildert hatte, erinnerte er sich sogar an die Grabstätte und das Begräbnis der jungen Urlauberin, obwohl es über dreißig Jahre her war. Das ließ die Erwartungshaltung des Teams in die Höhe schnellen. Über den Popen, den zuständigen Geistlichen im Ort, erhofften sie sich ein paar Namen eventueller Zeugen, die auf dem Friedhof vielleicht etwas beobachtet haben könnten. Sein Haus lag in der gleichen Gasse, in der auch die Pension Christianos angesiedelt war. Ein verbeulter, silbergrauer Kombi stand in der Einfahrt, als der Beamte das Haus erreichte.

Spyros, normalerweise die Ruhe in Person, war aufgeregter als gewohnt, als er an der Haustür des Popen anklopfte.

Für diese Art von Befragung, bei der viel Fingerspitzengefühl gefragt war, hätte man früher immer Takis ins Feld geschickt, aber der war ja nun nicht mehr da. In Anbetracht der dünnen Personaldecke müsste auch er, Spyros, nun mehr Verantwortung übernehmen, waren Filippos' Worte gewesen. Seitdem war sein Job um einiges spannender geworden.

Schlürfende Schritte näherten sich der Haustür, Papa Petros öffnete ihm die Tür, bekleidet mit seinem verblichenen, blauen Talar. Sein schütteres, graues Haar war zu einem Zopf zusammengebunden.

»Kalimera Spyros – Guten Morgen Spyros«, nuschelte er in seinen langen Bart und musterte den Beamten eindringlich. Sie waren sich mehrfach bei größeren Feierlichkeiten des Dorfes begegnet, zu denen das Kirchenoberhaupt geladen wurde. Der Pope machte eine Handbewegung und bat ihn ins Haus.

»Eine verdammt alte Geschichte, die dich zu mir treibt«, ging er voraus in sein Wohnzimmer und wies den Polizisten an, sich zu setzen. Ohne zu fragen, goss er ein Glas Wasser ein.

»Das hat damals für viel Aufregung gesorgt. Selbst die Polizei aus Athen war mehrere Tage hier«, begann Papa Petros zu erzählen. Seine Stimme klang müde und Spyros vermisste die Energie, die er des Öfteren an dem Geistlichen bewundert hatte. »Und du sagtest, diese Leute sind jetzt wieder hier?« Seine trüben Augen blickten Spyros bedeutungsvoll an.

»Ja, der Rest der Clique ist einer Einladung gefolgt zum dreißigjährigen Jubiläum ihres damaligen Urlaubs.«

»Du meinst zum dreißigjährigen Todestag dieser jungen Touristin? Ich glaube, es war eine Deutsche, wenn ich mich richtig erinnere.«

»Ja, das stimmt. Es war eine Studentin aus Düsseldorf, aber von einem Todestag war nicht die Rede. Das Ereignis hat die vier jetzt wieder eingeholt.« Spyros erzählte von dem mysteriösen Foto auf dem Grab und zeigte es dem Geistlichen. »Wir suchen Zeugen, die auf dem Friedhof vielleicht jemanden gesehen haben, der das Bild dort abgelegt hat. Katharina hatte die Idee, dich zu fragen.«

Papa Petros lächelte verschmitzt. »Eure Chefin oder wie ich gehört habe, ehemalige Chefin, ist schlau. Sie weiß, wie man an die richtigen Informationen gelangt.« Die beiden verband eine langjährige Freundschaft. Dann griff er nach einer Brille und betrachtete das Foto intensiv.

»Pure Jugend, Lebensfreude, die ich dort sehe …«, sein Lächeln war einer tiefen Traurigkeit gewichen. »Und dieser Jannis ist jetzt auch tot?« Er beugte sich tiefer, um die Gesichter auf dem vergilbten Bild besser erkennen zu können.

»Ja, ein Autounfall mit Fahrerflucht …«, antwortete der Polizist und fragte: »Warum erinnerst du dich noch so genau an diesen Fall?«

»Wie gesagt, der Tod dieses Mädchens hat für viel Unruhe gesorgt in jenem Sommer. Ganz Naoussa war in Aufruhr, aber der Hauptgrund, dass ich mich erinnere, ist ihr Grab.«

»Ihr Grab?«

»Ja, ihr Grab. Das fing damit an, dass ihre Familie sie auf Paros beerdigen lassen wollte und nicht in Deutschland. Das musste von der Gemeinde genehmigt werden und da war ich natürlich eingebunden.« Spyros war ganz Ohr, er hatte die richtige Quelle angezapft.

»Und die Gemeinde hat die Genehmigung erteilt, sonst läge sie ja jetzt nicht hier …«, schloss er scharf aus den Ausführungen des Popen.

»Genau, das war auch kein größeres Problem. Die Probleme kamen erst im Laufe der Jahre.«

»In welcher Art?«

»Du weißt, dass unsere Grabstätten nach sieben Jahren geöffnet werden, um Platz für neue Gräber zu erhalten. Das war schwierig mit dem der Deutschen.«

»Warum?«

»Weil das immer im Einverständnis der Angehörigen geschieht und die haben damals eindringlich um Verlängerung gebeten. Ich nehme an, man hatte ein Problem mit der Graböffnung. In der katholischen Kirche ist das nicht üblich, dort werden Gräber in der Regel für dreißig Jahre vergeben.« Spyros hatte aufmerksam zugehört, eigentlich war er hier, um Namen eventueller Zeugen zu bekommen. Jetzt entwickelte sich das Gespräch in eine ganz andere Richtung. Noch konnte er nicht einordnen, wie ihm das weiterhelfen könnte.

»Und wie habt ihr das Problem gelöst?«

»Wir haben schließlich nach Festlegung einer jährlichen Gebühr verlängert. Die wurde nach Ablauf der sieben Jahre immer für zehn Jahre im Voraus bezahlt.«

»Und das bis heute?«

»Und das bis heute. Die letzte Rate wurde 2015 gezahlt, wenn ich mich richtig erinnere.« Der Geistliche war aufgestanden und verließ das Wohnzimmer, nach ein paar Minuten kehrte er zurück, in der Hand einen Aktenordner.

»Hier ist der Beleg, es war im Sommer 2015.« Er drehte den Ordner so, dass Spyros die Quittung lesen konnte.

»Da ist sogar eine Adresse«, bemerkte der Polizist, holte sein Smartphone hervor und fotografierte die Seite. Der Absender war eine Bankverbindung in Düsseldorf.

»Was kannst du mir zu Besuchern auf dem Friedhof sagen?«, kam er zu dem eigentlichen Anliegen seines Gesprächs zurück.

»Da kommen einige infrage, aber die Namen hast du nicht von mir«, grinste Papa Petros ihn an und zählte ein paar Anwohner auf, die regelmäßig im Gottesdienst erschienen. »Die fehlen bei keiner Messe. Ob die vorher oder nachher auf dem Friedhof waren, kann ich dir nicht sagen.«

Der Polizist notierte sich die Namen und ließ sich noch die Adressen geben. Der Pope kannte sie alle, das zeugte von seiner Nähe zur Gemeinde.

Zufrieden mit seiner Ausbeute verabschiedete sich Spyros und entschied, selbst noch einmal dem nahegelegenen Friedhof einen Besuch abzustatten. Auf dem Weg dorthin versuchte er sich ein paar Bilder des Gottesackers in Erinnerung zu rufen. In den vergangenen Jahren gab es ein paar Beerdigungen, denen er beigewohnt hatte, aber seine Gedanken waren da mehr bei den Verstorbenen oder den Angehörigen gewesen. Dem Gelände des Friedhofs hatte er wenig Aufmerksamkeit geschenkt.

Es gab nur einen Zugang zu der Totenstätte, wusste er, dort musste jeder durch, der dorthin wollte. Jetzt stand er unter dem Torbogen und ließ seinen Blick schweifen. Die steinernen, weißen Marmorgräber stachen unter dem dunkelgrünen Baldachin der zahlreichen Tamarisken ins Auge. Alles wirkte sorgfältig aufgeräumt und die Stille wirkte beruhigend auf Spyros. Die in zahlreiche Vasen gesteckte bunte Plastikblumen auf den Gräbern lockerten das Totenfeld erfrischend auf.

Dank Filippos' Beschreibung wusste Spyros, wo er das besagte Grab finden konnte. Er schritt langsam in die hintere linke Ecke des Areals. Vorbei an zahlreichen Fotos, die die Bewohner der letzten Ruhestätte zeigten. Zwei ganz in schwarz gekleidete Frauen grüßten ihn flüchtig, während sie gerade einer Grabplatte mit Wasser und einem Reinigungsmittel zu Leibe rückten. Spyros nickte zurück und nutzte die Chance, die beiden auf eventuelle Beobachtungen anzusprechen.

»Kalimera sas«, trat er bedachtsam an das Grab und zückte seinen Dienstausweis. »Sind Sie öfter hier auf dem Friedhof?«, fragte er freundlich und holte sein Handy hervor. Die eine von den beiden nickte.

»Ich suche Leute, die etwas Auffälliges an diesem Grab beobachtet haben.« Er zeigte zu der betreffenden Stelle und hielt den beiden Frauen sein Handy hin. Filippos hatte ihm ein Foto weitergeleitet, welches der wiederum von der Urlauber-Clique bekommen hatte. Argwöhnisch betrachteten die zwei Alten das Bild. Die eine machte schnell eine abwertende Handbewegung.

»Es ist ein Trauerspiel, ein Grab so verkommen zu lassen. Dort liegt eine Ausländerin«, wusste die Frau zu berichten und bekreuzigte sich mehrfach. »Ich verstehe nicht, dass die Gemeinde so etwas zulässt«, setzte sie noch erbost nach.

»Haben Sie dort in den letzten Tagen etwas Auffälliges beobachtet?«, wiederholte Spyros sein Anliegen.

»Ja, gestern noch, gestern Morgen«, ereiferte sich die Alte. »Eine ganze Horde ist da eingefallen, ein Theater haben die veranstaltet.« Sie blickte Spyros grimmig an.

»Und die Tage davor?« Die Horde am gestrigen Tag konnte nur die Jubiläumstruppe gewesen sein, ihn interessierten Beobachtungen vor deren Besuch.

»Da sind nie Leute, wie gesagt, das Grab ist sehr vernachlässigt. Deshalb habe ich mich so gewundert, als diese Gruppe dort auftauchte.« Die Alte schien zu überlegen. »Vor diesen Leuten war noch jemand da, es war sehr früh, ich konnte nicht schlafen. Es wurde gerade hell«, kramte sie langsam aus ihrem Gedächtnis hervor.

»Können Sie die Person beschreiben?« Spyros war plötzlich hellwach.

»Wie gesagt, es war noch ein wenig dunkel und es war mir unheimlich. Aber da schlich jemand herum.« Sie zeigte in die richtige Richtung.

»Wie sah der Mann denn aus? Können Sie sich erinnern?«

»Ich könnte Ihnen noch nicht einmal sagen, ob es ein Mann oder eine Frau war. Wissen Sie, ich sehe nicht mehr sehr gut.« Spyros stand die Enttäuschung ins Gesicht geschrieben.

»Und ist das schon mal vorgekommen? Dass eine Person dahinten rumgeschlichen ist?« Der Polizist gab noch nicht auf.

Die Frau schüttelte verneinend ihren Kopf. »Einmal im Jahr gibt es frische Blumen. Die halten keine zwei Tage«, meldete sich die Begleiterin zu Wort. Auf griechischen Friedhöfen waren frische Blumen eher eine Seltenheit wegen der hohen Temperaturen, sodass Plastikgestecke sich vielfältiger Beliebtheit erfreuten. »Ich glaube, es ist immer im Mai. Habe mal geschaut, es ist der Geburtstag. Steht auf dem Grabstein.«

Spyros machte sich eine Notiz. »Und sonst? Fällt Ihnen sonst noch etwas ein?« Er zückte eine Visitenkarte. »Falls Sie zufällig noch einmal diese Person sehen, rufen Sie mich sofort an. Und wenn andere Besucher des Friedhofes was beobachtet haben auch.« Er bedankte sich und ging die letzten Meter bis zu dem Grab.

Die beiden Alten hatten Recht mit ihrer Aussage zum Zustand der Stätte. Überall lagen loses Astwerk und heruntergefallene Zweige. Die gesamte Einfriedung war mit einer dicken, braunen Schicht bedeckt, an einer Seite war die Grababdeckung abgesackt. Ein Foto hinter einem dicken Rahmen hatte zwar der Zeit getrotzt, aber alle Farben waren verblichen. Die hohen Temperaturen über die Zeit hatten das Bild zerstört.

Kein schöner Anblick für eine letzte Ruhestätte, lediglich in der Mitte der Abdeckung strahlte eine weiße Fläche, notdürftig freigeräumt in der Größe eines Din-A4-Blattes.

Dort musste das besagte Foto gelegen haben.

Sophia Petridis

Naxos, Juni 2018

Sophia Petridis atmete erleichtert durch, ein Anruf aus Athen bestätigte ihr, dass soeben die Leiche ihres Mannes freigegeben wurde und somit der Beerdigung nichts mehr im Wege stand. Ein kleiner Trost in der ganzen Tragödie, so schnell hatte sie nicht damit gerechnet. Jetzt konnte sie ihren Mann nach Hause holen und mit ihm abschließen.

Die Endgültigkeit dieses langen, gemeinsamen Weges ließ ihr Herz für einen Moment aussetzen, aber nach einem Tag völliger Leere hatte sie die Unumkehrbarkeit realisiert. Mit tiefer Traurigkeit stellte sie sich dem neuen Tag, es gab ein paar wichtige Dinge im Betrieb, die besprochen werden mussten. Nur wenige Minuten später war das ortsansässige Beerdigungsinstitut informiert, das jetzt einen Termin für das Begräbnis festlegen konnte. Der Tote sollte direkt nach Naxos geflogen werden, sie würden sich um alles Weitere kümmern. Damit war für Jannis' letzte Reise alles in die Wege geleitet. Es blieben aber die bohrenden Fragen, die sie die ganze Nacht hindurch begleitet hatten.

Heute würde sie die Kraft haben, einige Telefonate zu führen, die hoffentlich ein paar Antworten liefern konnten. Anfangen wollte sie mit dem Aliportas, jenem Café und Hotel in Naoussa, wo Jannis jeweils übernachtet hatte, wenn er geschäftlich auf Paros zu tun hatte. Sie kannte das Hotel und die Besitzer flüchtig, mehrfach hatte sie ihren Mann in den vergangenen Jahren dorthin begleitet. Angelos, der Chef des Hauses, wirkte verunsichert, als sie ihn mit ihrem Anruf überraschte.

»Mein herzliches Beileid«, druckste er heraus. »Das mit Ihrem Mann ist furchtbar. Er gehörte fast zur Familie, nach so vielen Jahren.« Sophia wusste, dass er mit Jannis gut befreundet war.

»Danke, er hat sich bei euch immer wohl gefühlt. Hat er dir irgendetwas zu diesem Treffen in der Pension Christianos erzählt?«, stellte sie Angelos unverblümt ihre Frage.

»Nur dass er sich mit alten Freunden treffen wollte, er hat sich ziemlich darauf gefreut.«

»Was sind das für Freunde und kennst du diese Leute?«

»Er berichtete, es wäre sehr lange her, dreißig Jahre, dass er sie zuletzt gesehen habe.« Das war nichts Neues für die Frau, schon in der Einladung stand, dass man ein Wiedersehen nach drei Jahrzehnten plane.

»Und du kennst diese Freunde nicht? Die Namen in der Einladung klingen deutsch«, wiederholte Sophia ihre Frage.

»Nein, nicht dass ich wüsste. Ich habe die Einladung nicht gesehen und vor dreißig Jahren war ich noch nicht hier.«

»Und? Hat er sonst nichts erzählt?« Sophias Stimme flehte nahezu nach einer Antwort.

»Er war aufgekratzt an jenem Abend. Hat bei mir noch einen Frappé getrunken, bevor er rüber ins Christianos ist. Dabei hat er mehrfach wehmütig erwähnt, wo nur die Jahre geblieben wären. Dreißig Jahre, eine so lange Zeit.« Angelos machte eine Pause, bevor er weitersprach. »Das wäre eine tolle Zeit gewesen, damals. So unbekümmert, ohne Zwänge, Leben pur.«

»Leben pur? Das hat er gesagt?«

»Das waren seine Worte. Die letzten, die ich von ihm gehört habe, bevor er los ist.« Angelos hatte den letzten Satz sehr leise gesprochen. »Gibt es denn schon was Neues zu dem Unfall?«, wollte er noch wissen.

»Bisher nicht. Ich warte auf Informationen von der Polizei. Die wollen heute mit mir reden.«

»Mit mir auch. Filippos Panos hat sich angekündigt. Ich weiß nicht, was die von mir wollen.«

Sophia wusste es auch nicht. Sie bedankte sich bei dem Wirt und gab ihm noch den Beerdigungstermin durch. Er würde auf jeden Fall dabei sein.

»Leben pur«, die Aussage beschäftigte sie, während sie sich die nächste Telefonnummer bereitlegte.

Manolis war gerade mit Büroarbeiten beschäftigt, als ihn der Anruf von Sophia erreichte. Die Fragen, die sie ihm stellte, wunderten den Pensionsbesitzer, es ging ausschließlich um die Personen, mit denen Jannis seinen letzten Abend verbracht hatte. Kein einziges Wort zu dem Foto auf dem Friedhof, das machte ihn stutzig. »Wann haben Sie das letzte Mal mit der Polizei gesprochen?«, fragte er Sophia beiläufig. Ihm kam es so vor, als wäre die Frau nicht auf dem allerneuesten Stand.

»Als ich auf Paros war, um meinen Mann zu identifizieren. Warum fragen Sie?« Sophia hatte den Argwohn in Manolis' Stimme erkannt.

»Die ganze Gruppe wurde von der Polizei verhört und die werden wiederkommen und sich jeden Einzelnen vorknöpfen«, entgegnete der Besitzer des Gästehauses. Er traute sich nicht, irgendwelche Details auszuplaudern, das wollte er lieber der Polizei überlassen.

»Warum werden die von der Polizei verhört? Haben die was mit Jannis' Tod zu tun?« Sophia wurde ganz hektisch. »Was sind das für Leute?«

Manolis brach der Schweiß aus. Jetzt hatte er die Bestätigung, dass Sophia nicht über den aktuellen Verlauf der Ermittlungen Bescheid wusste.

»Deutsche Urlauber, drei Männer und eine Frau. Die Frau ist aus Wien«, korrigierte er seine Antwort. »Am besten, Sie rufen den Kommissar an. Das soll er Ihnen selbst erklären.«

Die Frau von Naxos spürte Manolis' Unbehagen bei jedem Wort, was über seine Lippen kam. Was sollte die Polizei ihr erklären? Was wurde ihr hier verheimlicht? In was war ihr Mann hineingeraten?

Verzweifelt legte sie auf. Plötzlich waren da mehr Fragen als vorher. Sie musste unbedingt den Kommissar aus Parikia sprechen.

Sie suchte nach Filippos' Visitenkarte in ihrer Geldbörse und legte sich die Fragen an den Kommissar zurecht. Ein Klopfen an ihrer Bürotür lenkte sie ab. Michalis, ihr Chef-Destillateur, hatte schon gestern mehrfach versucht, sie zu sprechen. Mit gesenktem Blick trat er ein und Sophia bot ihm einen Stuhl an. Sie ahnte, was er von ihr wollte. Trotz aller Misere musste sie ein paar Entscheidungen treffen, was den Betrieb anging. Michalis forderte jetzt eine davon ein.

»Ich brauche dringend deine Unterschrift.« Er traute sich nicht, in ihre Augen zu schauen. Es war ihm spürbar unangenehm, seine Chefin in ihrer traurigen Lage anzusprechen.

»Michalis, es ist schon Recht, der Laden muss weiterlaufen«, kam sie ihm entgegen und griff nach einem Stift auf ihrem Schreibtisch. »Das hast du mit Jannis ja alles schon besprochen. Ich verlasse mich auf dich.«

Mehrfach hatte ihr Mann vor seiner Abreise nach Paros mit ihr über die Anschaffung eines weiteren Destillationskessels gesprochen. Das Angebot lag schon mehrere Wochen vor und die Herstellerfirma drängte nach dem Auftrag.

»Wir waren uns einig und die haben drei Monate Lieferzeit. Wenn wir bis zum Produktionsstart alles eingefahren haben wollen, wird es Zeit. Außerdem ist dieser Preis nur bis diese Woche zugesagt, danach wird es spürbar teurer.« Der Handwerker schaute sie unglücklich an.

Auch ihn hatte der Verlust von Jannis tief getroffen. Seit mehr als zwanzig Jahren arbeitete er schon in der Brennerei, ohne ihn …, das wollte sich Sophia gar nicht vorstellen. Der Mann verstand sein Handwerk, was er sich in Deutschland bei einer der wenigen Ausbildungsstellen angeeignet hatte. Er war gelernter Destillateur und hatte seinen Beruf von der Pike auf gelernt.

Jannis war bei einer seiner Verkaufsreisen auf ihn aufmerksam geworden, dass er zufälligerweise auch noch Halbgrieche war, machte den Wechsel in seine Brennerei perfekt. Michalis verstand nicht nur was von der Praxis, edle Brände herzustellen, sondern er war auch mit allen anderen Dingen dieses Jobs vertraut. So besaß er umfangreiche rechtliche Kenntnisse zur EU-Spirituosen-Verordnung, in der die Begriffsbestimmungen, Bezeichnungen, Aufmachungen und Etikettierungen von Spirituosen festgelegt sind. Außerdem kannte er die Vorschriften zum Schutz geografischer Angaben von Spirituosen und Grundzüge der Besteuerung von hochprozentigen Getränken waren ihm auch nicht fremd. Alles Themen, die man beherrschen sollte, wenn man seine Produkte erfolgreich verkaufen wollte.

Sophia zeichnete die Offerte, las sich das Angebot aber vorher noch einmal durch. Sie wusste von der Anschaffung, kannte aber keinerlei technische Details.

»Ein deutsches Unternehmen?«, bemerkte sie schnell anhand des Briefkopfes.

»Ein Traditionsunternehmen mit Sitz am Bodensee. Sie bauen individuelle Kessel nach den Anforderungen der Kunden.« Michalis' Blick hellte sich auf. »Den Laden gibt es schon sehr lange, ein Familienbetrieb in der vierten Generation. Entstanden aus einer Kupferschmiede.«

Sophia nickte müde. Durch Michalis' langen Aufenthalt in Deutschland pflegte er ein besonderes Verhältnis zu deutscher Wertarbeit und diese Firma kannte er von seinem früheren Arbeitgeber, einer Edelobstbrennerei am Bodensee. Sie erinnerte sich, dass er zusammen mit Jannis extra nach Deutschland gereist war, um den Kesselbauer zu besuchen und ihre Anforderungen zu besprechen. Daraufhin hatte die Firma das Angebot erstellt. »Fast alles aus Kupfer, das ist der beste Wärmeleiter, doppelwandig und alles Handarbeit«, ereiferte sich der Angestellte und zeigte auf ein Hochglanzprospekt.

Edel sah der neue Brennkessel aus, ein glänzendes Konstrukt aus Edelstahl und Kupfer. Ganz unten mit der Ofentür zur Befeuerung des Kessels, darüber die eigentliche Brennblase, die durch die kupferne Füllöffnung mit den jeweiligen Obst- oder Tresterrückständen bestückt wurde. Von dem ebenfalls in Kupfer ausgeführten Brennhelm führte das Geistrohr zum Kühler, an dem sich unten ein Zulauf- und oben ein Ablaufstutzen für das Kühlwasser befand.

»Das wird schon alles seine Richtigkeit haben«, gab sie ihm die Dokumente zurück. »In Zukunft werde ich mich mehr um die technischen Belange kümmern müssen, jetzt, da Jannis nicht mehr da ist.« Ihr stiegen die Tränen in die Augen und Michalis drückte ganz fest ihre Hand. Mit feuchten Augen verließ er Sophias Büro.

Eine ganze Weile saß die Frau aus Chalki zusammengesunken vor ihrem Schreibtisch. In dem Gespräch mit dem Destillateur war ihr einmal mehr klar geworden, was der Verlust von Jannis für sie bedeutete. Nicht nur, dass man ihr ihren geliebten Ehemann von heute auf morgen genommen hatte, es fehlte auch der Chef ihres Familienbetriebs mit all seinem Fachwissen und Ideen. Er war der Kopf der kleinen Firma, der sie zu dem gemacht hatte, was sie heute war. Sie trotzte dem Verlangen, sich in eigenem Mitleid zu verlieren, die Brennerei und ihre Angestellten brauchten sie jetzt mehr denn je, das war sie Jannis schuldig. Umso mehr wollte sie wissen, was mit ihrem Mann passiert war. Entschlossen wählte sie die Telefonnummer von Filippos Panos.

Pension Christianos

Naoussa, Paros, Juni 2018

Sylvia schaute permanent auf ihre Uhr. Alex war immer noch nicht zurück von seinem spontanen Badeausflug. So langsam bekam sie Hunger. Der ganze Tag war schon aufreibend genug gewesen und jetzt auch noch diese Warterei. Er wollte sich melden, wenn er zurück sei, erinnerte sie sich an seine Worte, als er am späten Nachmittag aufgebrochen war. Jetzt war es kurz vor acht und auch auf ihren Anruf hin gab es kein Lebenszeichen von dem Hamburger. Sie war mit Sven, der sich dem gemeinsamen Abendessen anschließen wollte, um acht verabredet. Frank war nach seiner verbalen Attacke gegen sie noch nicht wieder aufgetaucht. Kurz hatte sie darüber nachgedacht, bei ihm anzuklopfen und mit ihm zu reden, aber irgendetwas sträubte sich in ihr. Sie wusste auch gar nicht, ob der Berliner überhaupt in seinem Zimmer war. Sylvia war keine ängstliche Frau und anhand ihres Berufes war sie durchaus in der Lage, aggressive Menschen abzuholen und sie zu beruhigen. Bei Frank tat sie sich schwer. Sein Ausbruch, als sie nach dem Absender der Einladungen gefragt hatte, war völlig unvorbereitet gekommen. Der zornige Blick, mit dem er sie gestraft hatte, sprach Bände. Es lag eine tiefgreifende Störung vor, da war sich die Ärztin sicher. Schon bei ihrem geselligen Beisammensein am Abend zuvor war ihr seine Zurückhaltung aufgefallen. Nur selten hatte er sich an dem fröhlichen Palaver der Runde beteiligt. Wenn er lachte, als zahlreiche Erinnerungen von vor dreißig Jahren aufgetischt wurden, dann wirkte es verkrampft. Alex war in Hochform gewesen und hatte die Runde den ganzen Abend dominiert. Mehrfach waren Franks zaghafte Ansätze, einen Beitrag in der Runde zu platzieren, von Alex übergangen worden. Wenn sie die drei Männer miteinander verglich, so entdeckte sie viele Verhaltensmuster von damals wieder. Alle waren älter geworden, keine Frage, aber die Grundzüge ihres Wesens hatten sich kaum verändert. Bis auf Frank, der Mann musste ernsthafte Probleme haben, da war sich die Wienerin sicher. Während sie darüber nachdachte, hörte sie die Tür von Svens Zimmer ins Schloss fallen, jetzt fehlte nur noch Alex.

»Ist der immer noch nicht aufgetaucht?«, rief der Kölner ihr entgegen.

»Leider nein, wir müssen wohl zu zweit klarkommen. Langsam mache ich mir Sorgen.« Sylvia war aufgestanden und signalisierte ihm, ins Dorf gehen zu wollen.

»Der hat bestimmt was aufgerissen, so heiß wie der gestern Abend war. Er lebt in Scheidung, hat er mir gesteckt.« Sylvia nickte, auch sie hatte mit Alex über seine Trennung gesprochen.

»Der ist frei und ungebunden, so hat es sich auf jeden Fall angehört und er hat jedem Rock im Dorf hinterhergeschaut.« Sven schmunzelte und musste selbst direkt an den netten Kellner denken. Hoffentlich war der auch heute wieder im Dienst.

»Aber man kann doch anrufen. Wir hatten uns ganz klar zum Abendessen verabredet. Ich finde das sehr merkwürdig.« Sylvia schüttelte ihren Kopf.

»Bitte nicht schon wieder irgendwelche Horrorszenarien. Ich bin noch bedient von deiner Theorie, man hätte uns in einen Hinterhalt gelockt, das schwirrt die ganze Zeit in meinem Kopf herum.«

»Ich habe doch gar nichts gesagt«, erwiderte die Wienerin pikiert, obwohl sie schon im Geiste die wildesten Vermutungen zu Alex' Verschwinden anstellte. Sven war so geschockt gewesen von ihrer Analyse, dass sie sich nicht traute, erneut das Gespräch in diese Richtung zu lenken.

»Ich würde gerne nochmal im Minoli vorbei, mir ist da noch was eingefallen«, wechselte sie das Thema, zog das Eingangstor zum Garten hinter sich zu und ging schnellen Schrittes zu dem Restaurant.

Sie hatte Glück. Der vermeintliche Koch des Minoli stand hinter der Theke und erläuterte gerade ein paar Gästen die aktuelle Speisekarte. Sylvia zwinkerte ihm von der Seite zu. Als er die Bestellung notiert hatte, ging sie auf ihn zu.

»Schön, Sie wiederzusehen«, begrüßte sie der Koch auf Englisch. »Ich habe von dem schrecklichen Unfall schon gehört.«

»Das ist furchtbar mit Jannis und das ist auch der Grund, warum ich hier bin.« Der Koch schaute sie argwöhnisch an. »Haben Sie schon mit der Polizei gesprochen?«, wartete die Wienerin auf eine Antwort. »Die wollen wissen, warum Jannis nach Drios ist, so spät nach unserem Essen. Wir konnten ihnen dabei nicht helfen.«

»Und was wollen Sie jetzt von mir?« Der Koch trat nervös von einem Fuß auf den anderen.

»Jannis hat mehrfach telefoniert während des Essens und dabei ist er immer zur Theke rüber. Haben Sie vielleicht gehört, mit wem er gesprochen hat?« Sylvia war endlich ihre Frage los und hatte den Mann damit völlig überrumpelt. Einen langen Moment blickte er nur ins Leere, schien zu überlegen und sich den gestrigen Abend ins Gedächtnis zu rufen.

»Es war voll, das haben Sie selbst erlebt. Ich war viel beschäftigt mit dem Grill«, antwortete er schließlich. »Aber es stimmt, Jannis hat hier gestanden und telefoniert.« Wieder dachte er nach. »Und er hat Englisch gesprochen, das ist mir aufgefallen. Ja, es war Englisch, auf jeden Fall kein Griechisch. Fragen Sie mich aber bitte nicht nach dem Inhalt des Gesprächs. Darauf habe ich nicht geachtet.« Er drehte sich zur Seite und kümmerte sich um neu eingetroffene Gäste.

»Danke«, verabschiedete sich Sylvia, als sie sah, dass kein freier Tisch verfügbar war, und rief dem Koch noch zu: »Und sagen Sie das unbedingt der Polizei. Die suchen nach dem Unfallfahrer und sind dankbar für jeden Hinweis. Umso schneller wird das Schwein gefasst.« Sie erschrak bei dem letzten Satz.

»Wenigstens ein kleiner Anhaltspunkt. Die müssten doch eigentlich nachvollziehen können, wer um diese Zeit mit Jannis telefoniert hat?« Die Frage galt Sven, der das Gespräch am Rande mitverfolgt hatte. »Ich werde auf jeden Fall der Polizei davon berichten, wenn die uns morgen in die Mangel nehmen«, entschied die Psychologin entschlossen und hakte sich bei dem Kölner ein.

»So, jetzt lass uns was essen gehen, ich habe einen Bärenhunger. Morgen werden wir uns früh genug wieder ausgiebig mit Jannis' Tod beschäftigen müssen, wenn die Polizei uns verhört.«

Wie ein vertrautes Pärchen bummelten die beiden Urlauber durch die Gassen von Naoussa, Sven befürchtete schon, dass man sie für ein Liebespaar halten könnte. Als sie unter dem kleinen Torbogen vor der coolen Bar Agori standen, winkte ihnen ein rundlicher Mann lächelnd entgegen. Er trug ein langes, halboffenes Leinenhemd über seiner Jeans. Es musste der Besitzer des Restaurants an der Ecke sein. Hellblaue Stühle an typisch griechisch eingedeckten Tischchen standen zwischen dem Durchgang zum eigentlichen Hafenbecken. Ein wunderbarer Platz, um den Trubel am Abend beobachten zu können. Sven blieb stehen und musterte den mutmaßlichen Griechen mit den dunklen, lockigen Haaren.

»Ich glaube, den gab es schon 1988«, überlegte er. »Da war das eine der wenigen Tavernen hier«, erinnerte er sich. »Es lagen hier noch Fischernetze.«

Sylvia nahm das als Grund, um sofort nach einem freien Tisch zu suchen, doch die waren alle bereits besetzt. Es war fast windstill, da zog es Unmengen von Touristen in den heimeligen Hafen, obwohl sie sich noch in der Vorsaison befanden.

»Im Hochsommer möchte ich das nicht erleben«, bemerkte Sven, während sie sich durch die schmalen Gänge zwischen den zahlreichen Tischreihen der verschiedenen Restaurants hindurch drängelten. »Ist halt ein ganz besonderes Plätzchen.«

Sylvia war stehen geblieben und machte ein paar Fotos. »Die meisten Reiseführer beschreiben es als eines der schönsten auf den Kykladen.« Schließlich ergatterten sie einen freien Tisch auf der gegenüberliegenden Seite.

»Wenigstens das können wir genießen nach der Misere mit Jannis«, Sylvia lehnte sich entspannt zurück und studierte die Speisekarte. Die Wienerin genoss die

Atmosphäre des jungen Abends und ein kühles Glas Wein beflügelte ihr Gefühl.

»Das könnte alles so schön sein«, ließ sie ihren Blick bis hin zu dem alten Kastell schweifen. Die im Inneren installierten gelben Lampen verzauberten die Ruine aus der venezianischen Zeit in einen mystischen Ort. Auch Sven war beeindruckt von der einzigartigen Kulisse.

»Dem wird wohl nichts zugestoßen sein«, zerstörte sie mit einem Satz die wiedergewonnene Normalität.

»Fängst du schon wieder an?«, reagierte Sven verärgert. »Alex war damals schon unzuverlässig oder spontan. Wie oft haben wir auf ihn gewartet, wenn wir einen Ausflug machen wollten? Entweder er hat was kennengelernt oder er ist am Strand eingeschlafen. Jetzt hör endlich auf.« Der letzte Satz klang wie eine Drohung.

»Hey. Es ist dunkel, wir haben fast neun. Er hätte wenigstens anrufen können.«

»Mir reicht's, entweder du hörst jetzt auf oder ich gehe.« Der Kölner war wütend aufgestanden, ein paar Tischnachbarn blickten erschrocken zu den beiden herüber.

»Beruhige dich, schon gut«, Sylvia war Svens Ausbruch peinlich und bat ihn, sich wieder zu setzen. »Kein Wort mehr über Alex. Versprochen!«

Sie fasste seine Hand und stellte fest, dass sie zitterte. Erst jetzt wurde ihr bewusst, wie sehr Sven die Situation zu schaffen machte.

»Wenn das so weitergeht, bin ich weg. Von wegen zur Verfügung halten.« Seine Worte kamen stoßweise. »Die Polizei kann mir gestohlen bleiben.« Er bebte innerlich.

»Nun komm runter, das wird schon«, bemühte sich Sylvia weiter, die Lage zu entspannen und schenkte Wein nach. »Auf uns und dass alles gut wird«, hob sie ihr Glas zum Anstoßen. Da klingelte ihr Telefon.

Erwartungsvoll schaute sie aufs Display, es war eine griechische Nummer. Neugierig nahm sie das Gespräch entgegen. Sven beobachtete, wie sich ihr Gesicht zu einer steinernen Maske veränderte, dann stotterte sie.

»Das war Manolis. Die Polizei ist da. Wir sollen sofort zur Pension kommen.«

Filippos Panos

Parikia, Paros, Juni 2018

Den Feierabend hatte sich Filippos mehr als verdient an diesem Abend, doch ein später Anruf in der Dienststelle in Parikia machte das auf einen Schlag zunichte. Xenia und auch Katharina waren bereits auf dem Weg nach Hause und Spyros hatte nach dem Besuch bei Papa Petros direkt seinen Heimweg angetreten. Nur Konstantinos und er selbst erledigten gerade die letzten Büroarbeiten, als die Hiobsbotschaft eintraf. Die Anruferin war so aufgeregt gewesen, dass Konstantinos alle Register hatte ziehen müssen, um überhaupt etwas Verständliches aus der guten Frau herauszubekommen.

»Es ist alles voll Blut, kommen Sie. Schnell! Es sieht furchtbar aus«, hatte sie geschrien und zwischendurch immer wieder um Hilfe gerufen. Sie schien völlig am Ende zu sein.

Nachdem es dem Polizisten schließlich gelungen war, die Anruferin zu beruhigen, fragte er nach dem Ort und wer betroffen wäre.

»Ein Mann! Ein Mann! Er war noch bei mir in der Kapelle und jetzt liegt er hier«, überschlug sich die Stimme der Alten.

Zumindest wusste er nun, wo sie hin mussten und wenige Minuten später waren er und sein Chef auf dem Weg zum Kloster Agios Antonios.

»Können Sie sehen, ob der Mann noch lebt?«, hatte er die Frau noch gefragt und sofort hatte sie wieder zu schreien begonnen.

»Der Mann ist tot, er liegt auf dem Rücken. Seine Augen sind weit geöffnet. Bitte kommen Sie schnell, ich habe Angst«, hatte sie flehend ins Telefon gerufen.

Jetzt fuhren sie in gewagter Geschwindigkeit den Kefalos hinauf. Es dämmerte bereits und sie mussten achtgeben, auf der schmalen, steil ansteigenden Straße nicht die Kontrolle über das Fahrzeug zu verlieren.

»Hier bin ich ewig nicht gewesen«, stellte Konstantinos fest und wählte vorsichtshalber die Nummer von Dr. Spanopoulos. »Die Frau klang glaubwürdig. Wenn es wirklich einen Toten gibt, brauchen wir den Doc.«

Filippos nickte angespannt, ohne weiteren Kommentar. Seine Mimik sprach Bände, alles schien in ihm zu arbeiten. »Als hätten wir mit unserem Unfallopfer nicht schon genug an der Backe und jetzt noch einen Toten, wenn es denn stimmt.« Konstantinos nahm gewagt eine scharfe Rechtskurve, der kleine Parkplatz war in der anbrechenden Dunkelheit gerade noch zu erkennen. Filippos holte eine Stablampe aus dem Kofferraum, die letzten Meter bis zum Klosterhof waren finster und holprig, umgeben von Sträuchern und Gestrüpp. Flink hasteten sie den Trampelpfad hinauf, auf dem Hof brannten mehrere Laternen. Eine Frau verharrte angsterfüllt in einer Ecke der Kapelle, erst als Filippos sich als Polizist zu erkennen gab, stand sie auf und kam ihnen entgegen.

»Sind Sie alleine hier oben?«, fragte Filippos die Alte. Sie zitterte am ganzen Leib.

»Ich habe eine kleine Wohnung hier. Mein Mann lebt in Marpissa, er ist schwer krank.« Sie zeigte fortwährend in den hinteren Bereich des Geländes und zog die Beamten mit sich. »Da liegt er, ein Ausländer. Ich habe noch mit ihm gesprochen.«

Die beiden Polizisten näherten sich dem Mann schnellen Schrittes und baten die Frau, in einigen Metern Abstand zu warten. Der Mann lag an einer Mauer auf dem Rücken, so wie es die Frau beschrieben hatte. Nur wenig Restlicht einer entfernten Lampe drang in die finstere Ecke des Klostergartens. Filippos zog sich seine Gummihandschuhe über und beugte sich zu dem Mann hinunter. Eine weit ausufernde Blutlache hatte sich um den Kopf des Mannes gebildet. Er zückte seine Stablampe und hielt den gebündelten Lichtstrahl in die weit aufgerissenen Pupillen. Eine Routinehandlung, die er eigentlich nicht gebraucht hätte. Schon beim ersten Anblick war ihm klar, dass hier nichts mehr zu machen war. Plötzlich schrie er auf und machte einen Satz zur Seite. Leichenblass und nach Worten ringend starrte er Konstantinos an.

»Das ist einer aus der Pension Christianos«, stammelte er und konnte es nicht fassen. Konstantinos, der bisher nicht mit den Urlaubern gesprochen hatte, brauchte einen Moment, um zu verstehen. »Die Jubiläumstruppe?« Auch ihm stand der Schrecken ins Gesicht geschrieben.

»Ein zweiter Toter.« Filippos hatte seine Fassung wiedergewonnen, in der Ferne hörten sie ein Auto. »Das muss Spanopoulos sein, der war zufällig in der Nähe«, vermutete er.

Ohne große Worte nahm sich dieser umgehend den Toten vor. »Extremer Blutverlust …«, sprach er zu den Polizisten gewandt und drehte den Kopf der Leiche ein wenig zur Seite, »… nach massiven Schnittverletzungen der Halsgefäße.« Spanopoulos blickte die beiden

Beamten ernst an. »Dem hat man im wahrsten Sinne des Wortes die Kehle durchgeschnitten.« Der Satz stand wie eine Mauer, sie konnten es nicht fassen.

»Und das in solch einer friedvollen Umgebung.« Konstantinos fand als Erster seine Sprache wieder. »Ich denke, er wurde von hinten überrascht, als er an der Mauer stehend die Aussicht genossen hat«, mutmaßte er und wählte schon die Nummer der Athener Mordkommission. »Aber das soll sich die KTU ansehen.« Filippos nickte ihm zustimmend zu.

»Wir müssen alles absperren, nicht nur den Tatort, sondern auch das gesamte Klostergelände«, antwortete er und ging auf die Frau zu, nahm sie zur Seite und erklärte ihr einfühlsam die nächsten Schritte.

»Haben Sie irgendwelche Leute beobachtet, die in der Nähe des Opfers waren?«, wollte er wissen. »Und überlegen Sie in Ruhe. Jeder noch so kleine Hinweis kann wichtig für uns sein.« Filippos sprach langsam und besonnen, er wollte die verängstigte Frau nicht noch mehr verunsichern.

»Der war alleine, der letzte Besucher in der Kirche an diesem Abend. Nachdem er raus ist, habe ich die Kapelle zugesperrt und bin gegangen.« Sie zeigte auf eine Treppe, die neben der Kirche zu einer Wohnung führte. »Ich bin später noch mal runter, um die Lampen auszumachen, da habe ich ihn gefunden. Mehr fällt mir dazu nicht ein.« Sie bekreuzigte sich mehrfach, ihre Stimme war schwach.

»Soll ich Sie mit ins Dorf nehmen?«, bot er der Frau noch an, nachdem Konstantinos sich bereiterklärt hatte, bis zum Eintreffen der KTU am frühen Morgen den Tatort zu sichern. Sie wolle hinter ihm herfahren, erwiderte sie, schließlich müsse sie ja wieder zum Kloster hinaufkommen. Konstantinos gab sie den Schlüssel zu der Wohnung, damit er nicht die ganze Nacht auf dem Hof sitzen müsse und für den nächsten Morgen versprach sie ein Frühstück.

Die Kollegen aus Athen wurden mit der ersten Maschine erwartet. Filippos dachte mit Unbehagen an die Reaktionen aus der Hauptstadt. Es bereitete ihm große Sorgen, dass er die Unterstützung der Spezialisten schon wieder in Anspruch nehmen musste. Und das waren nicht seine einzigen Bedenken. Eigentlich war sein Plan gewesen, am nächsten Tag nach Naxos zu fahren, um sich mit Sophia Petridis zu treffen. In einem Telefonat am Nachmittag hatte die Frau des Unfallopfers dringend um ein Gespräch gebeten und Filippos wusste, dass es längst überfällig war. Er brauchte schnellstens weitere Informationen von der Geschäftsfrau, jetzt da sich die Lage enorm verschärft hatte. Außerdem wollte er sich in dem Familienbetrieb einmal näher umsehen. Ihm qualmte der Kopf und am liebsten wäre er umgehend nach Hause zu Irini und seinem Sohn Dimitri gefahren, doch er entschied anders. Nachdem er die Alte aus dem Kloster bis Marpissa begleitet hatte, hielt er an und suchte die Nummer des Christianos. Das konnte nicht bis zum nächsten Tag warten.

»Kalispera Herr Kommissar, immer noch im Dienst?« Manolis wunderte sich über den späten Anruf.

»Wir sind immer im Dienst, rund um die Uhr. Sind die Gäste dieser Jubiläumsrunde zufällig da?«, kam er direkt auf den Punkt.

»Zwei sind zum Essen und die anderen beiden keine Ahnung. Ich kann in den Zimmern nachschauen«, war die Antwort des Gastwirtes.

»Dann machen Sie das bitte, sofort.« Filippos erschrak über seinen bestimmenden Tonfall.

»Einen Moment, ich bin gleich wieder da.« Der Polizist hörte, wie Manolis sich entfernte, nach wenigen Minuten war er zurück.

»Die Frau und der aus Köln sind zusammen weg, die beiden anderen Herren sind auf jeden Fall nicht auf ihren Zimmern.«

»Können Sie die Truppe erreichen?«

»Nur die Frau aus Wien, die hat mir ihre Nummer dagelassen.«

»Gut, dann rufen Sie bitte an. Sie soll mit ihrem Begleiter umgehend zur Pension kommen. Wenn sie sich weigern, melden Sie sich bei mir.«

Den Pensionswirt hatte die klare Ansage des Kommissars verunsichert, erst traute er sich nicht nachzufragen. Dann wagte er zögerlich einen Versuch.

»Was ist passiert? Das klingt sehr dramatisch«, fragte er.

»Das erkläre ich, wenn ich da bin. Bitte folgen Sie meinen Anweisungen.«

Filippos stand unter enormer Anspannung. Während der Fahrt nach Naoussa überlegte er, wie er den Urlaubern gegenübertreten sollte. Die Botschaft von einem zweiten Toten konnte schnell Panik auslösen, das wollte er auf jeden Fall verhindern. Eine andere Überlegung beschäftigte ihn aber noch viel mehr, Irini hatte ihn darauf gebracht. Eigentlich sprachen sie selten über aktuelle Fälle, wenn er zuhause war. Er wollte seine Familie nicht damit belasten, aber seine Frau hatte keine Ruhe gegeben.

»Was ist, wenn einer aus der Gruppe dahintersteckt?«, hatte sie ihn gefragt, nachdem er ihr nach langem Bohren erzählt hatte, dass Jannis vorsätzlich getötet wurde. Sie konnte es nicht glauben. »Jannis war ständig hier auf Paros, er war beliebt und … wenn einer ihn hätte töten wollen, hätte er das schon längst tun können.« Auch sie kannte den Betriebsleiter schon viele Jahre. Viele Fährtickets hatte er bei ihr gekauft, zu Zeiten, als sie noch im Reisebüro neben dem Aliportas gearbeitet hatte.

Filippos hatte es als Spinnerei abgetan. Jetzt nach einem zweiten Mord erschien ihm die These zwar gewagt, aber eventuell sogar zutreffend. Späte Rache kam ihm immer wieder in den Sinn. Hier auf Paros waren alle vereint, sich der Gruppe zu entziehen, war äußerst schwer. Jeder wusste vom anderen, was der gerade machte, plante und wo er sich aufhielt. Ihm wurde ganz schlecht bei dem Gedanken.

Sylvia und Sven saßen mit Manolis vor dessen Büro, drei weit aufgerissene Augenpaare warteten auf eine Erklärung. Filippos wies auf einen Tisch abseits der übrigen Gäste, er wollte die furchtbare Entdeckung unter Ausschluss von Fremden überbringen.

»Wo ist der Dritte im Bunde?«, fragte er nach.

»Wir wissen nicht, wo Frank und Alex sind. Alex ist zu einem Schwimmausflug am Nachmittag weg. Er wollte längst zurück sein.« Sylvia war aufgesprungen und starrte den Kommissar angsterfüllt an. »Ist das der Grund, warum wir hier sind?« Sie wurde hektisch. Warum hatte der Kommissar nur nach einem Dritten gefragt? »Ist Alex etwas zugestoßen?« Sie schrie Filippos an, ein Paar am anderen Ende des Gartens lugte irritiert herüber.

»Wir haben Alex gefunden, er ist tot. Erstochen.« Filippos konfrontierte die drei knallhart mit der Wahrheit.

Der Wienerin wich schlagartig die Farbe aus dem Gesicht. Unfähig zu einem Kommentar sank sie zurück auf ihren Stuhl. Ihr Atem ging stoßweise, sie griff nach Svens Hand. »Mein Gefühl hat mich nicht getäuscht. Ich habe geahnt, dass ihm etwas zugestoßen ist«, schluchzte sie los.

Sven war so geschockt, dass er eine ganze Weile nur vor sich her stierte. Als wäre die Botschaft von ihm abgeprallt, saß er da und glotzte auf den Boden.

»Nun sag doch was. Alex ist tot. Ermordet«, wiederholte Sylvia hysterisch, um ihn aus seiner Lethargie zu holen.

»Wo ist der dritte Gast?«, stellte Filippos erneut seine Frage.

»Keine Ahnung, der hat sich bei uns heute noch nicht gemeldet.« Sylvia hatte sich gefangen.

»Können Sie ihn telefonisch erreichen?«

»Ich habe eine Handynummer.« Die Wienerin suchte in ihrem Smartphone nach Franks Nummer.

Filippos zückte sogleich sein Mobiltelefon und tippte sie vom Display in sein Handy. Fehlanzeige, er landete nur auf der Mailbox. Nachdem er um Rückruf gebeten hatte, fragte er, wo sich Frank aufhalten könnte. Weder Sylvia noch Sven hatten einen blassen Schimmer.

»Ich möchte mit Ihnen alleine reden, erst Sie …«, er zeigte auf Sylvia, »und danach reden wir. Warten Sie hier solange«, wies er Sven an. Dann stand er auf und verschwand im Büro des Pensionsbesitzers, Sylvia folgte ihm mit einem mulmigen Gefühl.

»Wo waren Sie heute Nachmittag, bevor Sie zum Abendessen aufgebrochen sind?«, wollte er ohne Umschweife wissen.

»Hier in der Pension. Die ganze Zeit, Manolis kann das bezeugen. Warum fragen Sie mich das?«

»Beantworten Sie meine Fragen. Und haben Sie mit Alex noch gesprochen, bevor er weg ist?«

»Nicht richtig gesprochen, mehr hinterhergerufen. Er wollte mit zum Essen. Ist dann aber nicht gekommen.« Ihr versagte die Stimme.

»Und was hatte er vor? Wollte er sich mit jemandem treffen? Hat man ihn irgendwo hinbestellt?«

»Ich weiß es nicht, nur dass er zum Schwimmen wollte. Er hatte ein Handtuch dabei. Und dass er mit zum Essen wollte. Jetzt erklären Sie mir endlich, was das soll.« Ihre Stimme klang verzweifelt. Der Kommissar blieb ihr die Antwort schuldig und stellte sogleich die nächste Frage.

»Wo war Ihr Begleiter heute Nachmittag? Auch hier in der Pension?«

»Auch das kann ich nicht beantworten. Im Garten war er auf jeden Fall nicht und sein Zimmer liegt auf der anderen Seite der Anlage. Ob er den Nachmittag dort verbracht hat, müssen Sie ihn selber fragen.«

»Das werde ich tun.« Filippos war aufgestanden und bat sie, im Garten zu warten, dann holte er Sven zu sich.

»Was haben Sie an diesem Nachmittag gemacht?«, wollte er nun auch von Sven wissen. Dabei musterte er den Kölner ganz genau. Er war fahl im Gesicht und große Schweißflecken zierten sein Hemd. »Ist Ihnen nicht gut?« Der Mann zitterte am ganzen Leib.

»Geht schon. Ich war am Strand und bin gegen sieben zurückgekommen. Dann sind wir zum Essen«, stotterte der Kölner und suchte in seiner Hosentasche nach einem Taschentuch.

»Gibt es Zeugen vom Strand? Das mit dem gemeinsamen Essen ist mir bekannt.«

»Keine Ahnung. Es waren nur wenige Leute am Lageri. Kann sein, dass mich jemand gesehen hat, aber ich habe mich abseits hingelegt. Wollte für mich sein.« Er schwitzte jetzt so stark, dass ihm Schweißperlen aus dem Gesicht tropften.

»Hier, trinken Sie.« Filippos schob ihm ein Glas und eine Flasche Wasser hin, die auf Manolis' Schreibtisch standen. »Was ist los mit Ihnen? Ich sehe doch, dass es Ihnen nicht gut geht.«

Sven warf dem Polizisten einen grimmigen Blick zu, dann explodierte er.

»Wie würden Sie sich fühlen?«, schrie er Filippos an und schnappte nach Luft. »Man kommt hier hin, will ein paar Tage ausspannen und dann gibt es zwei Morde. Das halt ich nicht aus. Vielleicht bin ich der Nächste?« Er redete sich in Rage. »Sie sollten besser dafür sorgen, uns zu schützen, anstatt dämliche Fragen zu stellen.«

Filippos blieb ruhig, mit einem emotionalen Ausbruch hatte er schon gerechnet. Die Angst des Mannes, vielleicht der Nächste zu sein, ließ jedoch alle Alarmglocken bei ihm klingeln. Er ließ sich nichts anmerken, ganz ruhig sprach er auf den Kölner ein.

»Diese Fragen müssen wir stellen, das ist unser Job. Haben Sie ihre Aufzeichnungen von dem Abend mit Jannis fertig?«, lenkte er das Gespräch in eine andere Richtung. »Und ich würde mir gerne die Einladung ansehen.«

Sven nickte. »Ist alles auf meinem Zimmer. Soll ich sie holen?«

»Bitte! Wir machen dann morgen weiter.« Filippos ging zurück in den Garten und forderte auch von der

Wienerin ihre Notizen ein. Dabei berichtete sie ihm noch von ihren Neuigkeiten aus dem Minoli.

»Jannis hätte Englisch gesprochen während seiner Telefonate«, beteuerte sie mehrfach, als wäre sie selbst dabei gewesen. Filippos nahm sich vor, den Koch selbst noch einmal zu kontaktieren.

Auf dem Weg in seinen verspäteten Feierabend erinnerte er sich an die Aussage Konstantinos'. Einer der Anwohner nahe dem Unfallort hatte von ausländischen Stimmen berichtet in der Nacht. Gab es hier etwa erste Parallelen?

Pension Christianos

Naoussa, Paros, Juni 2018

Manolis, der zwangsläufig die ganze Misere mitangehört hatte, versuchte eine aufkommende Panik zu unterdrücken. Er wollte sich nicht ausmalen, was geschehen würde, wenn seine Pension mit solch einem Verbrechen in Verbindung gebracht würde. Vor wenigen Tagen noch war er versucht gewesen, mithilfe des Onlinemagazins Paros Life die Jubiläumsgeschichte positiv für seinen Laden auszuschlachten. Daran war jetzt nicht mehr zu denken.

Mit einer Karaffe Souma und drei Gläsern versuchte er die düstere Stimmung etwas aufzuhellen. Einen Schnaps konnte nach dem Besuch der Polizei alle gebrauchen. Dazu reichte er einen Teller mit Aprikosen und Fetakäse, die mit Minzblättchen garniert waren. Ohne ein Wort kippten die beiden Urlauber den hochprozentigen Klaren hinunter.

»Ich habe Angst«, brach Sylvia das Schweigen und schenkte sich ein zweites Glas ein. »Richtige Angst.« Sie stützte ihren Kopf in beide Arme. »Sind wir hier überhaupt sicher?« Die Frage galt Manolis, der entsetzt seinen Kopf schüttelte.

»Alle Zimmer haben Sicherheitsschlösser, aber ihr glaubt doch nicht im Ernst, dass euch hier etwas passiert?« Er flüsterte fast, unbedingt darauf bedacht, dass seine übrigen Gäste nichts davon mitbekamen. »Ich möchte nicht, dass meine Pension darunter leidet«, ergänzte er resolut.

»Du hast Probleme. Deine Pension geht mir am Arsch vorbei. Es gibt zwei Tote. Zwei Tote, kapiert!« Svens Kopf hatte eine knallrote Farbe angenommen und Manolis war erschrocken zurückgewichen.

»Wo ist Frank? Versuche ihn noch einmal zu erreichen. Warum meldet der sich nicht?«, ereiferte er sich weiter. »Vielleicht liegt der auch schon tot in einer Ecke?«

Sylvia zuckte zusammen und startete sogleich einen neuen Anruf. Wieder landete sie nur auf der Mailbox.

Auch sie wunderte sich über die Abwesenheit des Berliners, aber ihre Überlegungen gingen in eine ganze andere Richtung. Wäre Sven nicht so aufgebracht, dann hätte sie das jetzt angesprochen. Ihr psychologisches Gespür riet ihr aber in der momentanen Situation davon ab.

»Wenn der sich nicht bald meldet, rufe ich den Polizisten an, egal wie spät es ist«, entschied sie trotzig und suchte nach Filippos' Visitenkarte. »Er hat mehrfach wiederholt, wir könnten ihn rund um die Uhr anrufen.« Zur Untermauerung ihres Statements kippte sie einen dritten Souma und verschwand auf ihr Zimmer, verschloss ihre Tür und stellte vorsichtshalber noch einen Stuhl davor.

Ungeübt im Konsum von starken alkoholischen Getränken merkte sie die Wirkung des griechischen Grappas bald. Die aufkommende Angst war in eine analytische Neugier umgeschlagen. In ihrer Fantasie jagten wilde Thesen durcheinander. Fast immer ging es dabei um Frank. Ein Mensch, der ihr seit ihrer Zusammenkunft seltsam vorgekommen war und nun zum zentralen Punkt ihrer Gedankengänge wurde.

Sie kauerte sich auf ihr Bett und blätterte in ihrem Erinnerungsalbum, in ihrem Fokus waren Bilder, auf denen Frank zu sehen war. Die gab es reichlich und bei näherem Betrachten der alten Fotos stellte sie unweigerlich Vergleiche mit den letzten Tagen an.

Mit ihrer psychologischen Erfahrung konzentrierte sie sich auf den Gesichtsausdruck und die Ausstrahlung des Berliners und machte sich Notizen. Veränderungen der Gesichtszüge erfuhr jeder Mensch im Laufe der Jahre, je nachdem, wie sein Leben verlaufen war, bei dem einen mehr, bei dem anderen weniger. Dazu kam der fortschreitende Alterungsprozess. Neben diesen normalen Veränderungen versuchte Sylvia sich auf die sieben Basisemotionen zu konzentrieren, die überall auf der Welt gleich sind und die Mimik eines Menschen steuern. Anhand kleinster Wesensmerkmale eines Gesichtes lassen sich so Freude, Wut, Angst, Ekel, Trauer, Überraschung und Verachtung aus der Mimik eines Menschen ablesen. In der Wissenschaft nutzt man vielerorts bereits aufwendige Computerprogramme, die diese spezifischen Merkmale auswerten und Rückschlüsse zu der analysierenden Persönlichkeit geben. Auf solch technische Unterstützung konnte die Wienerin in ihrem Zimmer nicht zurückgreifen, aber auch spontane Fotos sprachen Bände.

Mit den alten Aufnahmen vor sich liegend glich sie ihre Eindrücke aus den vergangenen Tagen ab und je intensiver sie die Bilder übereinander legte, kam es ihr vor, als wäre ein anderer Mensch nach dreißig Jahren hier auf Paros aufgetaucht. Eine Mischung aus Wut und Verachtung prägte die Mimik von Frank seit seiner Anreise, so ihr finales Resultat. Diese beiden Merkmale überlagerten die übrigen Basisemotionen deutlich.

Seine zusammengekniffenen Augen, die heruntergezogenen Augenbrauen und sein starrer Blick waren ihr von Anfang an aufgefallen. Was hatte den Berliner so verändert? Oder schlummerten diese beiden Verhaltensmerkmale schon damals im Sommer 88 in ihm und sie hatte es nur nicht bemerkt? Das würde eventuell sein extrem aggressives Verhalten erklären, mit dem er ihr gegenüber, nachdem man ihm Lisa ausgespannt hatte, aufgetreten war.

Sie war in jenem Sommer zu seiner Vertrauten geworden. Sogar in ihren Armen hatte er gelegen und geheult wie ein Schlosshund, nachdem Lisa ihn so eiskalt abserviert hatte. Mehrfach war er ausgerastet, wilde Androhungen artikulierend, hatte er damit gedroht, Alex an die Gurgel zu gehen.

»Das Schwein braucht eine Lektion«, erinnerte sie sich noch an seine Worte. Nur nach mühsamem Zureden konnte sie ihn davon abhalten. Sie musste ihm versprechen, nach diesen Gefühlsausbrüchen mit niemandem darüber zu reden, sie hatte sich lange daran gehalten. Durch ihre Fürsorge in diesen Tagen war es ihr gelungen, sich bei Frank Respekt zu verschaffen. Dass sie ein Psychologiestudium absolvierte, half ihr dabei.

Obwohl die alte Geschichte schon dreißig Jahre zurücklag, war sie plötzlich wieder präsent. Von der einstigen Vertrautheit ihr gegenüber war allerdings nichts mehr zu spüren, schon die Begrüßung nach so langer Zeit galt eher einer Fremden. Sylvia schüttelte ungläubig ihren Kopf. Sie wollte nicht zulassen, dass Frank mit den Morden etwas zu tun haben könnte, sein Verhalten sprach jedoch eine andere Sprache. Instinktiv griff sie erneut zu ihrem Handy und startete den nächsten Versuch, ihn zu erreichen. Diesmal antwortete ihr eine elektronische Stimme, dass der Anrufer nicht erreichbar wäre. Nun war für sie klar, dass er ihre Anrufversuche gesehen haben musste. Sie biss sich auf ihre Unterlippe. Das Misstrauen dem Berliner gegenüber verstärkte sich mit jeder Minute. Ungestüm schob sie den Stuhl vor der Eingangstür zur Seite und stürmte aus ihrem Zimmer zur Rezeption.

»Manolis, du hast doch einen Zentralschlüssel«, überfiel sie den Pensionswirt.

»Klar, den hat jeder Hotelier.«

»Dann lass uns in Franks Zimmer nachsehen, ob er da ist«, verlangte sie inständig nach seiner Hilfe.

»Dazu haben wir kein Recht. Wie stellst du dir das vor?« Manolis reagierte verärgert.

»Ich will nachsehen, ob ihm etwas zugestoßen ist«, schwindelte sie und beharrte auf ihrer Forderung. »Ansonsten rufe ich den Polizisten. Der mischt deine Pension richtig auf.« Sie beugte sich zu dem Gastwirt rüber und fixierte seine Augen.

Manolis beugte sich dem Druck, er wollte ein weiteres Aufkreuzen der Polizei zu so später Stunde unbedingt vermeiden. Grimmig nahm er einen klobigen Schlüsselbund vom Haken und ging in Richtung von Franks Gästezimmer. Verhalten klopfte er mehrfach an die Tür des Berliners, dabei rief er auch seinen Namen. Sylvia stand derweil hinter ihm und wartete auf eine Reaktion. Es tat sich nichts, wie schon vermutet. Sich ängstlich nach allen Seiten umschauend, steckte er den Zentralschlüssel ins Schloss und öffnete die Tür. Schnell huschte er ins Zimmer, Sylvia sprang ihm mit einem Satz hinterher, dann zog er die Tür zu und schaltete das Licht an. Sie trauten ihren Augen nicht.

Filippos Panos

Parikia, Paros, Juni 2018

Irini schaute ihren Mann mitleidsvoll an und gab ihm einen Kuss auf die Wange. »Sei bitte leise, Dimitri schläft schon«, flüsterte sie ihm zu. »Ich bin heilfroh, dass er im Bett ist. Er hat die ganze Zeit nach dir gefragt. Wo warst du so lange?« In ihrer Frage schwang ein leichter Vorwurf mit.

»Ich arbeite bei der Polizei, wie du weißt«, entgegnete er schmallippig. Er war viel zu müde, um jetzt noch groß zu erzählen.

»Schon klar, aber so spät bist du sonst nicht. Was war los?«, forderte sie eine Antwort und Filippos wusste, dass er keine Chance hatte, ihr die grausigen Neuigkeiten vorzuenthalten. Irini würde, wie so oft, nicht lockerlassen.

Seitdem sie nicht mehr in dem Reisebüro arbeitete, fehlte ihr der Kontakt zu Menschen, die sich außerhalb der täglichen Mutter-Kind-Gruppen bewegten. Über Filippos' Job bei der Polizei versuchte sie, ihr Defizit ein wenig auszugleichen. Sie strich ihm durchs Haar und kniff ihn in die Wange.

»Komm, entspann dich und iss erst einmal was.« Sie ging in die Küche und kam mit einem Teller dampfender Gemüsesuppe zurück. Den hatte sie schnell in der Mikrowelle heiß gemacht, dazu gab es frisches Brot. Ein kleiner Imbiss, mehr nicht, für ein opulentes Abendessen war es zu spät. Dann holte sie zwei Gläser und goss ihnen Wein ein.

»Und jetzt lass dir nicht alles aus der Nase ziehen. Was ist passiert und hast du meine Theorie einmal in Erwägung gezogen?« Ihre Augen blitzten vor Neugier.

»Es gibt einen zweiten Toten aus der Clique.«

»Was?«

»Vielleicht liegst du mit deinen Vermutungen richtig. Ich habe tatsächlich darüber nachgedacht.« Er pustete auf seinen vollen Löffel, um die Suppe etwas abzukühlen.

»Wie furchtbar, dann sind es jetzt nur noch drei?« Sie war vor Anspannung aufgesprungen und wurde immer aufgeregter.

»Genau! Mit zwei Urlaubern habe ich schon gesprochen, das hat halt länger gedauert. Den dritten im Bunde habe ich nicht erreicht.« Jetzt hatte er Irini doch in seine Polizeiarbeit verwickelt.

»Das kann doch kein Zufall sein. Da steckt mit Sicherheit einer aus der Gruppe dahinter. Du musst das unverzüglich Athen melden. Was glaubst du, was los ist, wenn es weitere Tote gibt.« Sie nippte an dem Weißwein.

»Daran will ich gar nicht denken.« Er schaute sorgenvoll auf. »Ich werde das morgen mit Katharina besprechen.« Er verschlang ein paar Löffel seiner Suppe.

»Und habt ihr schon mit Georgidis gesprochen?« Filippos hatte ihr davon berichtet, dass sie ihn zu dem alten Fall befragen wollten.

»Mein Vater kennt Adonis gut, soll ich ihn anrufen? Vielleicht hilft euch das weiter.« Filippos legte verärgert seinen Löffel beiseite. Irinis kriminalistischer Eifer nervte den Polizeichef langsam.

»Du machst jetzt gar nichts, haben wir uns da verstanden?«, sprach er ein Machtwort. »Normalerweise dürfte ich dir das alles nicht erzählen, also lass es bitte.«

»Normalerweise, normalerweise …« Irini äffte ihn nach. »Ich bin immerhin deine Frau! Und deine Frau hat ein gutes Näschen für Verbrechen und …«, sie spitzte ihre Lippen zu einem Kussmund, »es gab Zeiten, da warst du auf meine detektivische Hilfe total scharf.« Filippos begriff sofort, was sie meinte. Sie spielte auf einen alten Fall an, bei dem sie ihm die Passagierliste einer Fährverbindung über ihre Arbeit im Reisebüro hatte zukommen lassen.

»Katharina wird Adonis ansprechen. Sie kennt ihn genauso gut wie dein Vater. Die beiden sind seit Jahren befreundet und du behältst das alles für dich«, ermahnte er sie nochmals eindringlich.

»Was ist mit dem Fahrer dieses Unfallwagens?«, setzte sie zur nächsten Frage an, so als ob sie sich einen Fragenkatalog vorbereitet hätte. Filippos wurde wütend, er war doch nicht in einer Dienstbesprechung. Gerade wollte er seiner Frau eine Ansage machen, da klingelte sein Mobiltelefon.

Ein Blick auf sein Display zeigte einen unbekannten Anrufer, einen Moment spielte er mit dem Gedanken, es einfach klingeln zu lassen, doch dafür war die Faktenlage zu brisant.

»Filippos Panos, Parakalo – Filippos Panos, ja bitte«, nahm er den Anruf entgegen.

»Er ist weg, einfach weg. Ich dachte, das sollten Sie wissen«, hörte er die Stimme von Sylvia Kerner. Sie sprach extra langsam, was ihrer Botschaft eine beängstigende Note verlieh.

»Wer ist weg?«

»Frank, der Berliner. Ich mache mir ernsthafte Sorgen um uns.«

Filippos spürte, wie Adrenalin in seine Adern schoss. Der dritte Urlauber, den er noch versucht hatte zu sprechen, war weg. Das war kein gutes Zeichen.

»Kommen Sie? Wir brauchen Schutz. Polizeischutz!« Jetzt war die Stimme der Wienerin nicht mehr so ruhig. Sie berichtete von der Visite in Franks Zimmer.

»Es hat mir keine Ruhe gelassen, weil er sich nicht gemeldet hat, da bin ich mit Manolis rüber und habe es überprüft.«

»Und Sie sind sicher, dass er weg ist? Vielleicht ist er ja nur für eine Nacht auf eine andere Insel?«

»Ganz sicher nicht! Seine Reisetasche ist weg und auf dem Tisch liegt das Geld für die Pension. Das ist doch eindeutig.«

»Fassen Sie nichts an und schließen Sie das Zimmer wieder ab. Ich schicke Ihnen einen Beamten für heute Nacht. Ich komme morgen früh dazu.« Er wollte gerade das Gespräch beenden, da fiel ihm noch etwas ein.

»Haben Sie ein aktuelles Foto von Ihrem Freund?«

»Ich habe ein paar Gruppenfotos von unserem ersten Abend. Die kann ich Ihnen schicken.«

»Bitte! Und wenn's geht sofort.«

Irini hatte mit Spannung das Telefonat verfolgt. Aus der Reaktion ihres Mannes schloss sie folgerichtig, dass der verdiente Feierabend doch noch etwas warten musste. Filippos war in Alarmbereitschaft. Das Verschwinden des Mannes nach diesem zweiten Mord machte ihn extrem verdächtig. Oder hatte er nur aus Angst die Flucht nach vorne angetreten? Die Wienerin wirkte glaubwürdig auf ihn, schon bei seinem ersten

Verhör in der Pension war sie ihm positiv aufgefallen, daher nahm er ihre Befürchtungen ernst.

Zunächst wurde Spyros informiert, der sich zähneknirschend zum Christianos aufmachte, sein Chef wollte auf Nummer sicher gehen.

Dann bearbeitete er eins von Sylvia Kerner versandten Gruppenfotos so weit, dass nur Frank darauf zu erkennen war und schickte es in diverse Fährbüros und zum Flughafen. Vielleicht hatte er Glück und der Mann hielt sich dort auf. Er durfte nichts unversucht lassen.

Es folgten mehrere Telefonate mit unterschiedlichen Fährgesellschaften, am Flughafen würde er um diese Zeit keinen mehr erreichen. Morgen früh, vor Eintreffen der ersten Maschine aus Athen, wollte er das nachholen.

»Scheinbar hatte er es nur auf die beiden abgesehen und macht sich jetzt vom Acker?«, fragte ihn Irini. Anscheinend hatte sie sich schon ihre eigene Theorie zurechtgelegt. Filippos schüttelte nur seinen Kopf.

»Zumindest ist es seltsam. Alle haben eine klare Anweisung bekommen, sich zur Verfügung zu halten«, erwiderte der Polizeichef. Er war in größter Sorge. »Das wird ein heißer Tag morgen, mir graut es schon davor, und dann noch diese Kinka.« Filippos stöhnte, als er an die Gerichtsmedizinerin denken musste. »Jetzt kann ich nichts mehr tun. Der Tag war verdammt anstrengend genug.« Er ließ sich wie ein Sack auf das Sofa fallen, Irini zwinkerte ihm aufmunternd zu und folgte ihm.

»Zu anstrengend, um …«, flüsterte sie schmachtend und biss ihm keck ins Ohrläppchen. Mit einem Satz saß sie auf seinem Schoß und streckte seine Arme weit nach hinten, Filippos' Widerstand war schnell gebrochen.

»Ich habe zwar einen Polizisten geheiratet, aber ich habe auch einen Ehemann«, hauchte sie ihm ins Ohr, knöpfte langsam sein Hemd auf und streichelte ihm die lockige Brust. Ihre Lippen suchten seinen Mund und Filippos ließ es geschehen. Als sie ansetzte, seine Hose zu öffnen, war seine Müdigkeit vollends verflogen. Er packte seine Frau und trug sie ins Schlafzimmer. Im Handumdrehen waren sie nackt und ein heißes Liebesspiel ließ den Kommissar seinen gegenwärtigen Fall für eine Weile vergessen.

Er hatte geschlafen wie ein Toter, bis das Schrillen seines Weckers ihn unsanft aus seinen Träumen riss. Es war fünf Uhr. Sofort ratterten ihm die Aufgaben des anstehenden Tages durch den Kopf. Vorsichtig löste er sich aus der Umarmung seiner Frau und verließ das Schlafzimmer. Ein schneller Frappé musste reichen an diesem Morgen und schon war er auf dem Weg in die Dienststelle. Von unterwegs aus setzte er sich mit dem Terminal in Pounta in Verbindung, um seine Mail vom gestrigen Abend zu erläutern. Man war vorbereitet und wartete auf die Frühmaschine aus der Hauptstadt, deren Ankunft für 06:45 Uhr bestätigt wurde. Wenn alles nach Plan lief, würde das Team der KTU mit an Bord sein.

Sobald sie gelandet wären, wollten sie sich melden. Er würde später zu dem Ermittlerteam zum Kloster fahren, vorher gab es aber noch ein paar andere Dinge zu klären. Ein zweites Telefonat widmete er Katharina, um sie über die brisante Entwicklung zu informieren. Er brauchte dringend die Hilfe der erfahrenen Kommissarin. In der Dienststelle angekommen, startete er seinen Rechner, dabei versuchte er, eine Prioritätenliste zu erstellen. Viel Zeit blieb ihm nicht, wenn er dem Team der KTU zur Seite stehen wollte.

Sophia Petridis kam ihm als Erste in den Sinn, ein Besuch bei ihr war mehr als überfällig. Er wollte unbedingt vermeiden, dass sie die Todesumstände ihres Mannes über Dritte erfuhr, außerdem brauchte er dringend ein persönliches Bild von dem Betrieb und dessen Umfeld. Eine Aufgabe, die Konstantinos übernehmen musste. Sobald die KTU vor Ort wäre, sollte er die nächste Fähre nach Naxos nehmen. Ein Gespräch, geführt von einer zweiten Person, konnte nur positiv sein, zumal er selbst bereits ein Bild von der Frau erhalten hatte. Eine zweite Meinung von seinem Mitarbeiter würde das Bild abrunden. Eine Mail mit einem Anhang lenkte ihn ab. Das musste die Halterliste der Fahrer sein, die einen Nissan Qashqai Baujahr April 2015 bis Dezember 2016 auf Paros angemeldet hatten. Er öffnete die Excel-Liste und tatsächlich, Ermoupoli hatte geliefert. Insgesamt zählte er 32 Halter, die dieses Modell Stand gestern bei der Zulassungsbehörde gemeldet hatten. Lediglich elf davon waren in dem definierten Zeitfenster zugelassen worden, eine überschaubare Anzahl, das müsste für Spyros zu schaffen sein. Xenia sollte ihm dabei behilflich sein. Er lief in den Besprechungsraum und machte zwei Vermerke auf der Wandtafel – *Naxos/Konstantinos – Nissan Halter/Spyros/Xenia.*

Katharina sollte versuchen, möglichst schnell ein Treffen mit dem früheren Polizeichef zu arrangieren, um aus erster Quelle zu erfahren, was in jenem Sommer 88 passiert war. – *Georgidis/Katharina* –. Er selbst würde als Nächstes der Pension einen Besuch abstatten.

Was hatte Sylvia Kerner noch geäußert? Dass ihr Freund weg sei und dass er deshalb verdächtig wäre? Was meinte sie damit und weshalb konnte sie so etwas behaupten? Eine Aussage, die er gestern Abend zwar schon erhalten hatte, dessen Tragweite ihm aber erst während der Nacht durch den Kopf gegeistert war. – *Kerner/ Berliner* –. Direkt im Anschluss würde er zum Kefalos fahren, um der KTU zur Seite zu stehen. Ihm rauchte der Kopf und das schon zu dieser unchristlichen Zeit.

Die Eingangstür zur Dienststelle wurde geöffnet und Xenia rief ein heiteres Kalimera in Richtung seines Büros. Auch sie war früher da als sonst, weil sie beim Eintreffen des Teams aus Athen erreichbar sein wollte.

»Hat sich die KTU schon gemeldet?«, rief sie Filippos zu und machte sich in der Küche zu schaffen.

»Die müssten gerade gelandet sein, wenn alles geklappt hat. Sie sind zu dritt.« Seine Uhr zeigte kurz vor sieben.

»Bestimmt, ansonsten hätte uns deine Freundin schon informiert.« Ein Lachen aus der Kaffeeküche drang zu dem Polizisten. Er wusste sofort, von wem sie sprach.

Mit zwei Tassen Kaffee in der Hand betrat Xenia den Besprechungsraum, Filippos brachte sie auf den aktuellen Stand.

»Ich werde Spyros gleich aus Naoussa abziehen. Der Arme hat die ganze Nacht da verbracht. Dann könnt ihr euch um die Halter kümmern.« Er überreichte seiner Sekretärin einen Ausdruck der Liste. Er musste ihr nicht viel erklären, schon häufiger hatte sie bei ähnlichen Überprüfungen mitgewirkt.

In diesem Moment traf Katharina in der Dienststelle ein und stürmte direkt zu ihren Kollegen.

»Das ist eine sehr unerfreuliche Entwicklung. Ich sehe, du hast schon vorgearbeitet«, murmelte sie und überflog mit ernster Miene die Aufgaben auf der Tafel.

»Georgidis übernehme ich. Den rufe ich gleich an.«

»Gut, wir sollten uns am späten Nachmittag zwecks Lagebesprechung wieder treffen. Dann kann die KTU auch erste Eindrücke vermitteln. Ich hab da aber noch etwas, bei dem du helfen kannst.« Filippos zog das Einladungsschreiben aus seiner Jackentasche, welches er am Vorabend von Sven bekommen hatte.

»Kannst du das bitte übersetzen?« Die Kommissarin sprach neben Griechisch auch fließend Deutsch, was sie ihrem deutschen Vater zu verdanken hatte.

Schnell scannte Katharina den Text: *»Es ist dreißig Jahre her, Zeit für ein Wiedersehen«*, übersetzte sie die wenigen Zeilen ins Griechische … *»Es wäre schön, wenn ihr alle kommt.«* Darunter stand noch das Datum und die Bitte, eine Bestätigung an die Pension Christianos zu schicken. Sie drehte das Blatt Papier mehrfach um, suchte nach einem Absender oder einem Namen. Vergeblich, dafür stach ein farbiges Gruppenfoto fett ins Auge.

»Das ist die Aufnahme vom Friedhof«, erinnerte sie sich. »Nur diesmal ohne schwarze Kreuze.«

»Das habe ich auch gesehen. Der Rest ist ziemlich dünn. Kein Hinweis auf den Absender oder sonstige Anhaltspunkte, die uns helfen könnten. Und keiner weiß, wer die Briefe verschickt hat.« Filippos resümierte Katharinas Übersetzung.

»Wir wissen nur, dass der Poststempel aus Athen kam. Es muss also jemand sein, der in Athen war, daher auch die Annahme, dass Jannis Petridis der Absender war.«

»Er ist es angeblich aber nicht gewesen, hat er jedenfalls seinen Freunden erzählt«, wusste Katharina von ihren Vernehmungen. »Und leider können wir ihn dazu nicht mehr befragen.«

»Nicht ihn, aber seine Frau. Konstantinos soll da heute hin, sobald die KTU am Kloster eintrifft. Sie wusste zwar laut Aussage auch nichts davon, er soll ihr aber nochmal auf den Zahn fühlen.« Der Kommissar zeigte auf die Notiz an der Wandtafel.

»Glaubst du, sie lügt?« Xenia stellte die Frage.

»Ich glaube gar nichts. Aber wer weiß? Vielleicht war das eine Idee, um ihren Ehemann loszuwerden?«

In diesem Augenblick klingelte sein Telefon. »Das muss Kinka mit ihren Männern sein.« Er griff missmutig zu seinem Handy.

»Spyros? Du? Was gibt's?« Filippos spürte, dass etwas vorgefallen war. Selbst Katharina und Xenia vernahmen die aufgeregte Stimme ihres Kollegen aus Naoussa.

»Bleib, wo du bist, ich mache mich direkt auf den Weg«, rief Filippos ins Telefon und zu seinen Kolleginnen gewandt: »Ihr wisst, was ihr zu tun habt, Spyros braucht meine Hilfe. Ich melde mich von unterwegs.«

Sophia Petridis

Naxos, Juni 2018

Sophia Petridis hatte eine feine Nase dafür, wenn ihr einer etwas vorgaukelte.

Wäre sie nicht so erschöpft gewesen, hätte sie sich nie auf den nächsten Tag vertrösten lassen, aber der Chef der Polizeistation aus Parikia hatte beharrlich darauf bestanden, den Stand der aktuellen Ermittlungen persönlich mit ihr zu besprechen. Ihren Nachfragen war er nervös ausgewichen, es hatte sie eine weitere schlaflose Nacht gekostet. Jetzt wartete sie entkräftet auf den Kommissar, ihr Bauchgefühl vermutete nichts Gutes.

Verwundert über das fremde Gesicht öffnete sie Konstantinos die Tür, eigentlich hatte sie mit Filippos Panos gerechnet.

»Mein Chef musste leider zu einem Einsatz«, begrüßte der Polizist die Frau und zeigte seinen Dienstausweis. »Und mein herzliches Beileid.« Sophia nickte müde.

»Oder hat er sich vor dem Gespräch mit mir gedrückt? Ihr Chef wirkte gestern am Telefon recht geheimnisvoll, so als würde er mir etwas vorenthalten«, antwortete sie.

Konstantinos überlegte einen Moment, wie er reagieren sollte.

»Wir sind nur ein kleines Team und im Moment überschlagen sich die Ereignisse, daher hat er mich geschickt.«

Sophia drehte sich misstrauisch zu ihm um.

»Ist es so schlimm, was Sie mir zu sagen haben?«, fragte sie ängstlich.

Konstantinos klärte die Frau über die wahren Todesumstände ihres Mannes auf und zeigte ihr das Foto, welches auf dem Friedhof gefunden wurde.

»Hatte Ihr Mann Feinde? Jemanden, der Streit mit ihm hatte? Und haben Sie wirklich nichts von diesem Treffen gewusst?«

Sophia hielt sich die Hand vor die Brust. Die bittere Botschaft des Polizisten hatte ihr Herz aus dem Takt gebracht. Sie atmete mehrfach kräftig durch.

»Jannis war überall beliebt, in seiner Familie, im Betrieb und auch sonst wo. Da können Sie jeden fragen«, antwortete sie bitter. »Und ich habe Ihrem Chef schon gesagt, dass ich die Einladung nur durch einen Zufall gefunden habe.« Sie zog ein Taschentuch aus ihrer Jackentasche.

»In was ist er da nur hineingeraten?« Sie fing an zu schluchzen.

Konstantinos beobachtete die Betriebsleiterin der Brennerei eindringlich. Er hasste diese Art von Befragungen mit Menschen, die in einer tiefen Krise steckten. Ihr Mann war noch nicht unter der Erde und dann kam die Polizei daher und stellte unangenehme Fragen. Filippos' Auftrag war eindeutig gewesen, er sollte sich ein Bild von der Witwe machen.

»Überprüfe, ob die Frau glaubwürdig ist und höre dich in dem Betrieb um«, waren seine Worte gewesen. Bisher konnte er jedoch keinerlei Anzeichen entdecken, dass ihm hier etwas vorgespielt wurde.

»Haben Sie eine Idee, warum Ihr Mann Ihnen nichts von dem Treffen erzählt hat?«

Sophia war aufgestanden und holte die Einladung aus einer Schublade.

»Ich habe keine Ahnung und es beschäftigt mich Tag und Nacht.« Sie zeigte dem Polizisten das Schreiben. »Es muss mit diesen Leuten zu tun haben.« Sie zeigte auf das Foto. Konstantinos' Blick streifte kurz den Brief, er war ihm bekannt, doch dann fiel ihm auf, dass der Text diesmal in englischer Sprache verfasst war. Er hielt es mit seinem Smartphone fest.

»Warum glauben Sie, dass es mit diesen Leuten zu tun hat?«

»Das ist eine reine Vermutung, weil ...«, sie seufzte tief und fixierte eine Weile das Foto. »Wir haben viel über früher geredet. Jannis war begehrt bei den Mädels und er hat auch nichts anbrennen lassen, bevor wir uns kennengelernt haben, aber von diesen Leuten hat er mir nie etwas erzählt.« Sie goss Konstantinos ein Glas Wasser ein.

»Wir hatten keine Geheimnisse voreinander, dachte ich.« Tränen liefen ihre Wangen hinunter. »Es muss mit diesen Leuten zu tun haben.«

Der Polizist wartete, bis sie sich wieder etwas gefangen hatte.

»Das vermuten wir im Übrigen auch.« Er eröffnete ihr jetzt, dass es einen zweiten Mord gegeben hatte und ein Mitglied der Gruppe seit letzter Nacht verschwunden war.

Sophia erstarrte und saß wie versteinert in ihrem Stuhl.

»Jannis in einer Mordserie verwickelt«, stammelte sie und griff sich erneut an die Brust.

»Wir tun alles, um den Mörder so schnell wie möglich zu fassen, daher denken Sie bitte noch einmal über alles nach, was im Zusammenhang mit seiner Fahrt nach Paros wichtig sein könnte.« Er reichte ihr seine Visitenkarte. »Sie können mich oder meinen Chef jederzeit anrufen.« Konstantinos war schon aufgestanden, aber er hatte noch eine Bitte: »Ich würde mich gerne in Ihrem Betrieb umhören. Wer kann mir dabei helfen?«

Sophia war so schockiert, dass sie keine Fragen stellte. Wortlos griff sie zum Telefon und wenige Minuten später erschien Michalis in ihrem Büro.

»Bitte beantworte dem Kommissar alle Fragen und zeige ihm unsere Produktion«, entließ sie mit traurigem Blick die beiden Männer.

»Ein herber Schlag für Ihre Chefin?«, fragte er den verunsicherten Destillateur, als sie den Innenhof der Betriebsstätte überquerten.

»Nicht nur für sie, es ist ein großer Verlust für uns alle. Wir können es noch gar nicht fassen.« Michalis steuerte eine graue Stahltür an.

»Wie war Ihr Chef denn so?« Michalis blieb abrupt stehen.

»Was wollen Sie von mir? Warum überhaupt die Polizei?«

»Wir ermitteln in einem Mordfall, Ihr Chef wurde vorsätzlich getötet. Ich muss mir ein Bild von dem Mann machen«, konfrontierte er den Mann mit der Wahrheit.

»Er war nicht nur mein Chef, er war mein Freund. Wir haben viele Jahre zusammengearbeitet.« Michalis wirkte niedergeschlagen. »Er reißt eine große Lücke in die Firma. Und um Ihre Frage zu beantworten. Er war äußerst beliebt, sehr sozial, kreativ und hatte für alle seine Mitarbeiter ein offenes Ohr. Ich kann mir überhaupt nicht vorstellen, wer Jannis so etwas antun könnte.« Ein hilfloses Kopfschütteln unterstrich seine Aussage.

Sie hatten den Produktionsbereich betreten. Mehrere gut gefüllte Glasballons mit einer trüben Flüssigkeit standen zur Weiterverarbeitung bereit. Michalis lief auf einen zischenden Kessel zu, ein Bouquet aus Zitrusaromen und Anis schlug den Männern sogleich entgegen. Es war heiß in dem Raum, Konstantinos konnte durch die Ofentür des Brennkessels die Flammen lodern sehen.

»Wir können uns gerne weiter unterhalten, aber ich muss das Destillat kontrollieren.« Der Angestellte zeigte auf ein größeres Glasgefäß, in das unaufhörlich eine klare Flüssigkeit tropfte. Der Polizist war neugierig neben den Handwerker getreten, ein gläsernes Schauglas erlaubte ihm einen Blick in die brodelnde Brennblase.

»Ich brenne gerade einen Tsipouro mit einer neuen Rezeptur«, erklärte Michalis, beugte sich zu dem Auffanggefäß hinunter und wedelte sich Luft zu. In einem Reagenzglas fing er ein paar Tropfen des Brandes auf und träufelte sie auf seine Zunge. »Wenn Sie in den Kessel schauen, sehen Sie Fenchel, Anis und weitere Kräuter, welche zusammen mit dem Raki oder bei Ihnen auf Paros mit Souma ein zweites Mal gebrannt werden.« Er atmete mehrfach tief den alkoholischen Dunst ein und ließ auch den Polizisten von dem Destillat kosten.

»Souma? Wo haben Sie den denn her in dieser Jahreszeit?« Konstantinos wusste, dass der erste Brand, die sogenannte »Souma«, aus den vergorenen Weinresten immer im Herbst, ein paar Wochen nach der Weinernte, hergestellt wurde.

»Noch aus dem letzten Jahr. Den produzieren wir in Unmengen. Das ist unser Rohstoff für die weiteren Arbeitsgänge.« Der Destillateur zeigte auf eine Batterie von Fässern, die mit verschiedenen Etiketten versehen waren. »Aus dem Souma machen wir dann unseren Ouzo, Tsipouro und andere Brände und natürlich unser bekanntestes Produkt, den Kitron.«

Konstantinos nickte, im Groben war er mit dem Herstellungsprozess ganz gut vertraut. Schon als Heranwachsender war er zu seinem Onkel ins Dorf gefahren, der eine »Rakokazana« betrieb, einer jener genehmigten Destillen, zu denen die Dorfbewohner ihre Tresterrückstände bringen und brennen lassen konnten. Als junger Mann empfand er das jedes Jahr im Herbst als ein Highlight. Mit einem rauschenden Fest und einem Besäufnis wurde das regelmäßig Anfang November gefeiert. Eine alte Tradition mit teilweise obskuren Bräuchen. Nie würde er eine dieser Zusammenkünfte vergessen, bei der während des Gelages zu vorgerückter Stunde ein seltsames Gericht gereicht wurde. Er hatte zugelangt nach den kross gebratenen Fleischstückchen, ohne lange zu fragen, was ihm da serviert wurde. Es sah schmackhaft aus mit vielen Kräutern und Tomaten, erst das Grinsen seines Onkels hatte ihn stutzig gemacht. Es schmeckte ihm sogar, nur als man ihm lachend erzählte, was er soeben verspeist hatte, spürte er eine leichte Übelkeit aufkommen. Schnell hatten sie ihm unter schallendem Gelächter ein vollgefülltes Glas Souma gereicht, zum Nachspülen der Hammelhoden. Er hatte sie danach nie wieder gegessen.

»Ich dachte, in den größeren Brennereien ginge das alles voll automatisch«, fragte Konstantinos, während er die hochprozentige Kostprobe auf sich wirken ließ.

Die typischen Geschmacksnoten von Anis und Fenchel entfachten sich auf seiner Zunge. Michalis kontrollierte derweil die Siedetemperatur.

»Das Brennen eines guten Schnaps hat ganz viel mit Erfahrung und Sensorik zu tun.« Der Handwerker wirkte jetzt sehr konzentriert. »Wenn ich nicht den richtigen Zeitpunkt erwische, versaue ich mir das ganze Herz.«

Konstantinos verstand die Aussage nicht, Michalis klärte ihn umgehend auf.

»Bei einer Destillation gibt es den Kopf oder besser als Vorlauf bekannt, das Herz, der trinkbare Teil des Prozesses und den Schwanz, der auch als Nachlauf bezeichnet wird. Nur das mittlere Destillat, das sogenannte Herz, wird nachher verkauft und mein Job ist es, den Vorlauf und den Nachlauf zum richtigen Zeitpunkt zu erkennen und zu separieren.« Während seiner Ausführungen zeigte er auf ein Regal mit zwei Einlegeböden. Einer war mit »Vorlauf«, der andere mit »Nachlauf« gekennzeichnet. Auf dem Schild mit der Bezeichnung »Vorlauf« klebte ein Totenkopf-Symbol.

»Und dabei hilft Ihnen Ihre Nase und Ihr Geschmack?«, fragte Konstantinos.

»Genau! Ich kann anhand meiner Erfahrung riechen und schmecken, wann der Vorlauf mit seinen giftigen Bestandteilen wie zum Beispiel Methanol zu Ende ist und wann der Nachlauf beginnt. Verpasse ich diesen Moment, bekommt der Brand ein Fehlaroma und es kann passieren, dass die zulässige Höchstmenge an Methanol überschritten wird.«

»Und das kann dann tödlich enden?« Der Polizist hatte Presseberichte vor Augen, in denen immer wieder vor schwarz gebranntem Schnaps gewarnt wurde.

»Das passiert leider auch in Griechenland immer noch und trifft dann meist junge Leute, die sich für kleines Geld illegal gebranntes Zeug besorgen, das einen viel zu hohen Anteil an ›Holzalkohol‹, dem Methanol, enthält.« Der Destillateur war in seinem Element. »Jannis war da auch ein Profi bezüglich der Sensorik. Da machte ihm keiner was vor«, berichtete er noch wehmütig.

»Wie war die Ehe der beiden?«, schwenkte Konstantinos wieder zurück zu den wichtigen Fragen seines Besuches.

»Ein eingespieltes Team. Da war alles in Ordnung.« Ein zorniger Blick streifte den Polizisten.

»Und sonst irgendwelche Ungereimtheiten zwischen Kunden, Verwandten, die Jannis ans Leder wollten?«

»Mein Chef hatte keine Feinde. Nicht, dass ich wüsste.«

»Dann habe ich noch eine letzte Frage«, Konstantinos spürte, dass er hier nicht weiterkam. »Kennen Sie einen dieser Leute?« Er zeigte dem Mann das Gruppenfoto.

»Das hat mich Sophia schon gefragt. Woher soll ich diese Leute kennen? Vor dreißig Jahren war ich noch in Deutschland.«

Der Polizist beließ es dabei. Weder bei der Frau des Betriebsleiters noch bei seinem Angestellten entdeckte er einen Hinweis, der ihnen eine Spur zur Auffindung des Mörders aufzeigen konnte. Enttäuscht trat er seine Rückfahrt an.

Er war mit dem Bus gekommen. Die circa sechzehn Kilometer lange Strecke von Chalki nach Naxos Stadt führte über eine gut ausgebaute Straße und mit dem

Bus war er unwesentlich länger unterwegs, als wenn er sich ein Auto am Hafen gemietet hätte. Der Bus fuhr im Juni bereits mehrmals am Tag, im Juli und August würde es einen neuen Fahrplan mit zusätzlichen Fahrten geben. Er bummelte durch die schmale Gasse des Städtchens bis hin zur Haltestelle. Eine innere Unzufriedenheit über das karge Ergebnis seiner Befragung belastete ihn.

Der Bus hatte es auf der Rückfahrt um einiges einfacher. Von der Hochebene der Tragèa führte die Straße stetig bergab bis hinunter zum Meer. In einigen Steinbrüchen auf der Strecke wurde gearbeitet, kleine, weiße Kapellen schmückten immer wieder das Panorama. Weiter unten, auf der Küstenebene angekommen, prägten Weideflächen, Gemüseanbau und Obstplantagen die Landschaft. Konstantinos nahm die vorbeirauschende Natur jedoch nur mit einem halben Auge wahr. Angestrengt versuchte er aus seinen Gesprächen mit Sophia und dem Destillateur etwas für ihre Polizeiarbeit herauszuarbeiten.

Eine Frage, die ihn beschäftigte, war die Aussage der Witwe zu der Urlaubertruppe. Was hatte sie veranlasst zu glauben, dass der Tod ihres Mannes mit diesen Leuten zu tun haben sollte? Ihre Argumentation war, dass sie mit ihrem Mann stets über alles gesprochen hätte, auch aus Zeiten vor ihrer Ehe. Dieses Kapitel aus dem Jahre 1988 hatte er ihr verheimlicht. Warum? Hatte er es schlichtweg vergessen oder ganz bewusst nicht erwähnt? Hatte Jannis vielleicht etwas mit dem Ableben der jungen Studentin zu tun und deshalb seiner Frau nie etwas erzählt?

Er machte sich eine Notiz in seinem Smartphone: *Jannis' Rolle 1988?* Er musste diese Hypothese dringend mit Katharina teilen, damit sie diesen Aspekt bei ihrem Gespräch mit Adonis Georgidis berücksichtigen konnte.

Den Souma Mann hatten sie ihn damals genannt. Jannis, der Mann, der sie fortwährend mit alkoholischen Getränken versorgt hatte. Er hatte an der Quelle gesessen und sich so die Wertschätzung der Truppe erobert, einmal abgesehen von seinen Fähigkeiten als griechischer Lover.

Er rief sich Michalis' fachliche Beiträge während der Betriebsbesichtigung in Erinnerung. Kopf, Herz und Schwanz, Begriffe, die ihm so nicht geläufig gewesen waren. Erst durch die Erklärung des Meisters war ihm die Bedeutung einer sauberen Destillation verständlich geworden. Ganz plötzlich kristallisierte sich eine Vorstellung aus den vielen Überlegungen heraus. Wenn Jannis, wie vielfach erwähnt, den hochprozentigen Trunk besorgt hatte, war das bestimmt nicht in Absprache mit seinem Vater erfolgt? Wahrscheinlich hatte er die Flaschen heimlich aus dem Betrieb geschmuggelt? Konstantinos wurde ganz aufgeregt und spann den Faden weiter. Hatte er vielleicht eine Charge erwischt, die normalerweise nie in den Verkauf hätte gelangen dürfen? Eine Charge mit einem viel zu hohen Methanolgehalt?

Diesen Gedanken musste er sofort mit seinem Team teilen, der Bus hatte den Hafen von Naxos erreicht.

Pension Christianos

Naoussa, Paros, Juni 2018

Spyros konnte sich kaum noch bewegen, sein Rücken schmerzte fürchterlich. Der Liegestuhl, den Manolis ihm am gestrigen Abend bereitgestellt hatte, war Gift für seine angegriffene Bandscheibe gewesen. Zum Glück war es warm und einigermaßen windstill in der letzten Nacht. Er hatte tapfer durchgehalten, die Nacht verlief ohne besondere Vorkommnisse, aber alles andere hätte ihn auch gewundert. Jetzt dämmerte es bereits und er freute sich auf eine warme Dusche. Gegen acht wollte Filippos eintreffen, um die beiden Urlauber nochmal ins Kreuzverhör zu nehmen, danach plante er, die KTU am Kloster zu treffen. So war der Plan, umso verärgerter hatte Spyros auf den frühen Anruf reagiert, der ihn aus seiner Döserei herausgerissen hatte.

»Kommen Sie schnell. Er ist wieder da«, krächzte eine aufgeregte Frauenstimme durch sein Smartphone und er brauchte einen Moment, um zu begreifen.

»Was? Wer ist da? Und wer sind Sie?« Spyros hätte den Anruf am liebsten weggedrückt.

»Wir haben uns auf dem Friedhof getroffen. Erinnern Sie sich nicht? Ich wollte in die Frühmesse und bin vorher noch zu meinem Mann, da habe ich ihn gesehen.«

Spyros war mit einem Schlag hellwach. Das musste die Frau sein, der er auf dem Friedhof seine Telefonnummer gegeben hatte, mit der Bitte ihn anzurufen, wenn sich etwas Verdächtiges am Grab der Studentin ereignen sollte. Das schien jetzt eingetroffen zu sein, blitzschnell überlegte er die nächsten Schritte.

»Bleiben Sie, wo Sie sind und sprechen Sie die Person nicht an«, gab er der Alten durch und schon war er auf dem Weg zur Kirche. Vorher wählte er die Nummer seines Chefs, der würde so schnell wie möglich dazustoßen.

Von wegen warme Dusche, dachte er zerknittert an die unbequeme Schlafstätte, als er die Straße zum nahegelegenen Friedhof entlanghastete. Ein wenig mulmig war ihm schon. Was wäre, wenn die Person eine Waffe besaß? Instinktiv fasste er an seine Dienstpistole, die in seiner langen Laufbahn noch nie zum Einsatz gekommen war. Wäre er überhaupt in der Lage, sie richtig zu benutzen?

Er hoffte innigst, dass dieser Fall nicht eintreffen würde, obwohl er jetzt mit seinem erweiterten Aufgabenbereich durchaus damit rechnen musste. Sein Job hatte sich grundlegend geändert, seit Filippos sein Vorgesetzter war. Keine Spur mehr von immer nur Routinearbeiten und Stellunghalten in der Dienststelle. Er war jetzt einer von den Harten, da gehörten auch gefährlichere Situationen zu seinem Alltag.

Entschlossen lief er die letzten Meter bis zu dem Torbogen nahe der Kirche, dem einzigen Zugang zu der Ruhestätte. Die Sonne hatte ihre Farbe bereits gewechselt, das dunkle Rot bei Tagesanbruch war einem leuchtenden Gelb gewichen. Vorsichtig spähte er um die Ecke, die Frau kauerte an der gleichen Stelle, wo er sie beim letzten Mal angesprochen hatte. Mit gesenktem Blick starrte sie wie eingefroren auf die Grabstätte ihres Gatten. Erst als sie Spyros' Schritte in ihrer Nähe vernahm, blickte sie ängstlich auf.

Er winkte ihr zu, um sie zu beruhigen. Spyros konnte schon aus der Entfernung erkennen, dass sie zitterte.

»Gut, dass Sie da sind«, keuchte sie. »Der hätte mich fast umgerannt. Ich wollte nur sehen, was der macht, da ist er wie eine Furie aufgesprungen und weggerannt.«

»Das heißt, Sie haben ihn erkannt?«

»Wie denn? Er hat mich angerempelt. Ich hatte alle Hände voll damit zu tun, nicht zu stürzen.« Sie zeigte auf ihren Krückstock.

»Aber Sie haben gesehen, dass es ein Mann war?« Spyros hoffte wenigstens auf ein paar brauchbare Hinweise.

»Er trug eine Trainingshose und Turnschuhe und eine Kapuze«, überlegte die Frau. »Und eine Sonnenbrille, das habe ich erkannt.«

»War es ein Mann?«

»Er war nicht sonderlich groß, aber schlank«, wich sie aus.

»Nochmal, haben Sie einen Mann oder eine Frau gesehen?«

»Eine Frau macht so was nicht«, antwortete sie empört.

»Da wäre ich mir nicht so sicher. Haben Sie eindeutig einen Mann erkannt?« Spyros riss langsam der Geduldsfaden.

»Das Gesicht konnte ich nicht sehen, nur dass er eine dunkle Brille anhatte und Handschuhe. Ja, Handschuhe, das hat mich gewundert bei dem Wetter.«

Spyros gab es auf, eine präzise Personenbeschreibung sah anders aus. »Danke, dass Sie mich sofort angerufen haben«, verabschiedete er sich von der Alten und ging zu der Grabstätte hinüber. Vielleicht hatte er Glück und es gab einen frischen Fußabdruck auf dem Kiesweg vor dem Grab. Wenn die KTU schon einmal da war, könnte sie auch einen Abstecher zum Friedhof machen. Schon aus der Entfernung zeichnete sich ein klares Bild ab und der Polizist ahnte, was ihn erwartete. An der freien Stelle zwischen dem Geäst lag auf der abgesackten Grabplatte ein Bild, eingeschweißt in eine Folie. Sein Herz pochte, als er sich ein Taschentuch nahm und das Foto aufhob. Es war das gleiche Gruppenfoto, das sie nun alle schon kannten, nur diesmal trug es ein drittes schwarzes Kreuz. Es war fett über dem Kopf von Alex Gräfe gezeichnet. Ihm wurde speiübel. Erst die schlaflose, unbequeme Nacht und jetzt diese Entdeckung. Fast wäre er dem Mörder begegnet, weit konnte er noch nicht sein. In diesem Moment hörte er Filippos nach ihm rufen, er musste nach Naoussa geflogen sein. Nach Luft ringend erreichte er die Grabstätte, Spyros reichte ihm wortlos das Foto.

»Er muss mir knapp entwischt sein, die Frau hat ihn gesehen.« Er zeigte auf die Anruferin, die sich gerade daranmachte, den Friedhof zu verlassen. Mit Getöse lud eine Glocke zur Frühmesse ein.

»Sie hat aber nur eine vage Beschreibung abgegeben. Klein und schlank. Ich suche gerade nach Fußabdrücken.« Er kniete sich hin und scannte den Boden im Umkreis des Grabes ab, der feine Kies war an dieser Stelle fast völlig von losem Geäst bedeckt.

»Die KTU ist auf dem Weg zum Kefalos. Die sollen sich auch hier noch einmal umschauen«, antwortete Filippos gehetzt. »Ich fahre jetzt dorthin, vorher will ich noch schnell zur Pension.«

Gemeinsam gingen sie zurück zum Christianos, während Naoussa langsam erwachte. Sylvia Kerner saß schon vor ihrem Zimmer, auf ihrem Schoß ein Notebook.

»Ich habe die ganze Nacht kein Auge zugemacht«, begrüßte sie die beiden Beamten. »Das Verschwinden von Frank hat mich umgehauen.« Sie sah blass und abgespannt aus. »Gut, dass Sie da sind, ich möchte Ihnen etwas zeigen.« Sie drehte ihren Computer in die Richtung der beiden und öffnete einen Ordner. Er trug den Namen Frank Burger.

»Sie haben Informationen über den Berliner gesammelt?«

»Nicht nur Informationen. Ich habe versucht, ein besseres Bild von Frank Burger zu erstellen. Ich kenne mich ein wenig damit aus.« Von der Furcht am letzten Abend war bei der Wienerin nichts mehr zu spüren.

»Dann legen Sie mal los«, drängte Filippos nach einem Blick auf seine Uhr.

»Ich habe anhand seiner Mimik versucht, mir ein Bild zu verschaffen. Dabei habe ich mich ein paar Schnappschüssen unseres ersten Abends bedient.«

»Schnappschüsse, was meinen Sie damit?«, hakte Spyros nach.

»Spontane Aufnahmen, mit denen man nicht rechnet, also keine gestellten Fotos.«

»Und daraus kann man etwas ableiten?«

»Wir Menschen sind darauf programmiert, Gefühle zu verbergen«, begann die Psychologin eine Erklärung. »Wir lächeln, obwohl wir uns mies fühlen. Wir stimmen zu, obwohl wir Ablehnung empfinden. Das haben Sie bestimmt auch schon erlebt?«

Beide Polizisten stimmten ihr zu.

»Da unsere Gesichtsmuskulatur aber direkt mit dem emotionalen Zentrum in unserem Gehirn verbunden ist, können wir die tatsächlichen Gefühle nicht gänzlich verstecken. Für einen winzigen Moment blitzen sie im Gesichtsausdruck der Menschen auf, man spricht von sogenannten Mikroexpressionen, die für einen Wimpernschlag die Wahrheit über die wirklichen Gefühle zeigen.«

»Und deshalb die Spontanaufnahmen?«, schlussfolgerte Filippos.

»Genau! Die sprechen Bände.«

»Okay, und was hat das Ihnen an Erkenntnissen zu unserem Mann gebracht?« Filippos versuchte, das Gespräch zu beschleunigen, er hatte nicht unendlich viel Zeit.

»In Frank brodelt es. Er steht extrem unter Druck und er reagiert bei vielen Themen mit großer Wut und Verachtung. Das ist mir besonders aufgefallen, wenn wir über die Todesnacht von Lisa in jenem Sommer gesprochen haben.« Sie lud ein paar der besagten Schnappschüsse hoch und erklärte in einfachen Worten ihre Rückschlüsse.

»Was schließen Sie daraus?«, wollte Spyros wissen.

»Der Mann ist gefährlich. Sie müssen ihn finden. Und das schnell, bevor noch mehr passiert.« Jetzt war die Angst wieder da in ihrer Stimme.

Filippos hatte aufmerksam zugehört, eine Aussage ließ seinen Blutdruck sogleich in die Höhe schnellen. Der Gesuchte hatte besonders stark reagiert, als es um die alte Geschichte ging. Es musste also etwas mit den Geschehnissen in dieser Nacht zu tun haben. Er dachte sogleich an Irinis Hypothese, die von Anfang an auf der richtigen Fährte gewesen war.

– Was ist, wenn es einer aus der Gruppe war? –

Sie brauchten dringend die Aussage des damaligen Polizeichefs, wenn alles nach Plan lief, sollte die am späten Nachmittag vorliegen. Er setzte große Hoffnungen in Katharina.

Die beiden Beamten nutzten noch die Zeit, um sich die Todesnacht von Lisa Wagner aus Sicht der Wienerin skizzieren zu lassen. Das würden sie später mit den Aufzeichnungen von Katharina abgleichen. Dann machte sich Filippos auf zum Team der KTU, Spyros brauchte dringend ein paar Stunden Schlaf, bevor er am späten Nachmittag zu einer Dienstbesprechung erscheinen sollte.

Der Kombi einer Autovermietung parkte am Ende der Straße. Das Team der KTU hatte den Wagen am Flughafen in Empfang genommen und war direkt zum Tatort durchgestartet. Der Polizeichef sprintete die letzten Meter bis zu dem Eingangstorbogen hoch. Der heimelige Innenhof des Klosters war mit einem Flatterband weitläufig abgesperrt. Eine bedrückende Atmosphäre erfasste ihn, als er sich darunter durch bückte und auf drei in weißen Overalls bekleidete Gestalten zulief. Die alte Frau saß oberhalb vor ihrer Wohnung und verstand die Welt nicht mehr.

Karis, ein erfahrener Techniker der Truppe, winkte ihm zu, er war bei allen Einsätzen auf der Insel in den vergangenen Jahren dabei gewesen. Außerdem kannten sie sich noch aus Filippos' Zeit in der Mordkommission in Athen.

»Was ist denn los hier auf Paros?«, empfing er Filippos und klopfte ihm brüderlich auf die Schulter. »Kein schöner Anblick so früh am Tag. Da hat einer kurzen Prozess gemacht.«

»Das hat Spanopoulos ganz ähnlich beschrieben«, berichtete Filippos vom gestrigen Fund der Leiche. »Habt ihr Spuren sichern können?«

»Siga, Siga – Immer mit der Ruhe, Herr Kommissar und guten Morgen«, hörte er die zischende Stimme von Kinka. Sie schob ihren Mundschutz nach oben und stand auch schon neben den beiden. »Wir sind zwar schon seit vier auf den Beinen, aber hier fangen wir gerade erst mit unserer Arbeit an. Bei euch auf Paros scheint es gemächlicher zuzugehen.« Demonstrativ blickte sie auf ihre Uhr und lächelte ihn an.

Filippos grinste breit zurück. Nur nicht von der Schlange aus der Ruhe bringen lassen, dachte er. »Was glaubst du, warum ich Athen den Rücken gekehrt und mich hier beworben habe? Normalerweise fangen wir erst mittags an.«

»Schon gut, ich denke, ihr habt genug zu tun nach mittlerweile zwei Leichen«, wurde sie ernst. »Das war eine Hinrichtung, kaltblütig von hinten.« Sie sprang ohne Vorwarnung hinter Karis, legte ihren rechten Arm um seinen Hals und machte eine schnelle Bewegung von links nach rechts, einen Halsschnitt nachahmend. »Die Tatwaffe haben wir noch nicht gefunden, die muss der Täter mitgenommen oder weggeworfen haben. Wir werden die Umgebung näher absuchen.«

»Das heißt, das Opfer wurde überrascht?«

»Davon gehe ich aus, es gibt keinerlei Abwehrversuche.«

»Der Täter muss doch voller Blut gewesen sein?«, mutmaßte Filippos.

»Nicht unbedingt.« Kinka legte ihre schwere Nikon zur Seite und setzte sich auf einen Mauervorsprung. »Entweder der Täter kennt sich aus mit dem Durchschneiden einer Kehle oder er hat Glück gehabt«, erläuterte sie fachkundig. »Denn anders als in Horrorfilmen oft dargestellt, spritzt das Blut bei tiefen Halsschnitten mit einer scharfen Klinge recht wenig, es fließt eher in einem großen Schwall heraus. Wird dann noch die Schnittseite des Halses vom Täter nach unten gedrückt, läuft das Blut vor allem auf den Boden, gelangt aber kaum an Wände und Bekleidung.«

»Du meinst, der Schnitt kam plötzlich und war äußerst präzise?«

»Ich vermute entweder einen Profi oder er hatte einfach nur Glück bei der Durchführung.«

Die große Blutlache am Boden mit kaum Blut an der Mauer bekräftigte Kinkas Theorie.

»Beim Schächten von Tieren geht man doch so vor, oder?«

»Exakt! Unser Täter könnte Erfahrung in diesem Bereich haben. Einen Zufallstreffer, insbesondere von hinten, halte ich eher für unwahrscheinlich. Die Art des Messers kann noch wichtige Hinweise geben, das kann ich aber erst in Athen nach Untersuchung der Schnittstellen feststellen.« Die kleine, flinke Medizinerin war aufgestanden und ging zurück zum Tatort.

Trotz wenig Sympathie für Kinka war Filippos ein weiteres Mal von ihrer fachlichen Kompetenz beeindruckt.

»Wie lange braucht ihr?«, rief er ihr nach. »Wir treffen uns gegen 15:00 Uhr in der Dienststelle. Schafft ihr das? Ach, und ihr müsstet noch vorher zum Friedhof in Naoussa wegen eventuell vorhandener Fußabdrücke. Spyros kann euch zeigen, wo«, erinnerte er sich an seinen Abstecher zu der Grabstätte.

»Das müsste klappen, wir sehen uns.« Kinka hatte ihre Arbeit wiederaufgenommen.

Katharina Waldmann

Parikia, Paros, Juni 2018

Katharina Waldmann war sich der Bedeutung ihrer Befragung voll bewusst, umso mehr, nachdem Filippos sie in aller Frühe noch einmal eindringlich gebrieft hatte.

Trotz dieser heiklen Mission wog aber auch eine gehörige Portion Freude mit auf ihrem Weg nach Drios zu den Georgidis. Es würde neben der kriminalistischen Arbeit ein Besuch bei Freunden werden, denn mit Adonis Georgidis, dem früheren Chef der Polizeidienststelle, verband sie weit mehr als nur das Dienstliche. Ihm hatte sie es schließlich zu verdanken, den Job als seine Nachfolgerin bekommen zu haben.

Er selbst hatte sie bei der Bezirksregierung in Ermoupoli vorgeschlagen und man war seiner Empfehlung gefolgt. Dafür war sie ihm für immer dankbar, eine bessere Wendung in ihrem Leben hätte sie sich damals mit Mitte fünfzig nicht vorstellen können.

Erinnerungen blitzten auf von ihren gemeinsamen Abenden weit weg von Mord und Totschlag, wenn Nektaria, seine Frau, zu einem opulenten Essen geladen hatte. Die gemütlichen Treffen waren in der vergangenen Zeit etwas zu kurz gekommen, aber das konnte man ja wieder aufleben lassen. Katharina machte an ihren freien Tagen gerne einen Abstecher nach Drios. Meist landete sie dann im Paralia, der entzückenden

Taverne direkt am Meer und Dawids Lieblingstaverne. Es gab Gerüchte, dass sich die langjährigen Pächter einen neuen Standort für ihr Restaurant suchen mussten. Die Besitzer planten, daraus eine Luxusherberge zu errichten. Ein herber Verlust für viele Insulaner und Touristen. Sie hatte schon überlegt, eine Initiative nach dem Motto: *Save the Paralia – Rettet das Paralia,* ins Leben zu rufen.

Zum Glück blieben die Georgidis für kulinarische Treffen erhalten, sicher würde Nektaria auch diesmal mit ein paar Köstlichkeiten um die Ecke kommen. Ihr Frühstück hatte die Kommissarin bewusst ausfallen lassen. Fast sechs Jahre waren vergangen, seitdem Adonis nun schon seinen Ruhestand genoss. Der spektakuläre Fall aus dem Jahre 1988 war ihm trotzdem sofort präsent.

Anfang vierzig war er zu diesem Zeitpunkt gewesen und noch recht neu in seiner leitenden Funktion bei der Polizei in Parikia. Als eine erste große Bewährungsprobe in seiner Aufgabe als Chef der Dienststelle war ihm dieser Fall im Gedächtnis geblieben und seine Unterstützung bei den aktuellen Mordfällen war für ihn selbstverständlich.

Katharina hoffte darauf, dass Nektaria wieder ihre wunderbaren Dolmadakia zubereitet hatte, als sie sich dem Haus der Georgidis näherte. Ein Hochgenuss, diese fein mit Kräutern und Tomaten eingekochten Weinblätter mit Reis- und Hackfleischfüllung. Keiner machte die so gut wie Nektaria.

Adonis winkte ihr schon zu, als sie den Wagen vor dem Haus des Pensionärs parkte. Katharina überlegte, wann sie sich das letzte Mal gesehen hatten, es musste mindestens ein halbes Jahr her sein. Freudestrahlend kam er ihr entgegen, seine Frau Nektaria rief ihr von der Terrasse zu.

»Das wurde aber auch höchste Zeit, dass du dich noch einmal sehen lässt«, empfing er sie und gab ihr einen Kuss auf die Wange. »Seitdem du in der zweiten Reihe arbeitest, hast du dich recht rargemacht.«

Die Kommissarin vernahm einen leichten Vorwurf in seiner Stimme. In den ersten beiden Jahren ihrer Leitung hatte es regelmäßige Treffen zwischen ihr und dem erfahrenen Kommissar gegeben, immer dann, wenn sie nicht weiter kam bei ihrer kriminalistischen Arbeit. Nach und nach war das im Laufe der Zeit weniger geworden und nun, wo Filippos die Leitung innehatte, sahen sie sich kaum noch. Katharina nahm sich fest vor, das wieder zu beleben, zumal auch Dawid sich mit den beiden wunderbar verstand.

»Du bleibst doch zum Essen?«, fragte Adonis und ging zur Haustür. »Auch wenn es etwas Dienstliches zu besprechen gibt, muss Platz für eine gute Mahlzeit sein.«

»Vorher kommst du hier nicht raus.« Nektaria warf ihre Küchenschürze zur Seite und umarmte ihre Freundin.

»Um ehrlich zu sein, habe ich es nicht anders erwartet.« Katharina schnupperte die Essensdüfte, die ihr aus der Küche entgegenströmten. »Du musst ja schon seit Herrgottsfrühe in der Küche beschäftigt sein.«

»In unserem Alter brauchst du nicht mehr so viel Schlaf«, wiegelte sie ab. »Und Kochen ist halt meine Leidenschaft.« Adonis unterstrich ihre Aussage, indem er sich über seinen rundlichen Bauch streichelte.

»Ich mache euch einen Frappé und lasse euch alleine. Dann könnt ihr in Ruhe euren Fall besprechen. Ich bin in der Küche, wenn ihr mich braucht.«

Adonis schlug seine Terrasse vor, es war warm und die frische Luft tat gut.

»Du hast mich ganz schön aufgewühlt mit deinem Anruf.« Sein Blick wurde ernst. »Diese alte Geschichte hat mich damals an meine Grenzen gebracht und nach unserem Telefonat kam alles wieder hoch.«

»Das tut mir leid, aber du bist wahrscheinlich der Einzige, der uns helfen kann!«

»Schon gut! Ist doch klar, dass ich euch unterstütze«, wiegelte er ab. »Ich habe gestern direkt mit Ermoupoli telefoniert, habe gefragt, ob es noch alte Unterlagen gibt. Leider nein. Die alten Akten wurden nach zwanzig Jahren vernichtet.«

»Und? Wollten die nicht wissen, wofür?« Katharina dachte mit Schrecken an deren Einmischung.

»Nein! Ich habe nur mit dem Archiv gesprochen und Stillschweigen vereinbart.« Die Kommissarin atmete auf.

»Das bedeutet, wir sind auf dein Erinnerungsvermögen angewiesen?«

»So ist es, und ich versuche mein Bestes. Der Tod dieses Mädchens war eine große Sache in meiner Laufbahn und der hat sich für immer in mein Hirn eingebrannt.« Adonis machte eine Denkpause. »Tote gab es zwar auch vorher, aber meist nur durch Verkehrs- oder Betriebsunfälle. Und dann noch eine Urlauberin und das Theater mit der Bezirksregierung.« Er seufzte tief. »Die Kleine hat uns alle beschäftigt und wir hatten alle Hände voll zu tun, den Ball flach zu halten.«

»Uns interessiert alles, was du weißt zu der Frau und besonders zu dieser Nacht am Strand von Monastiri.«

Nektaria brachte den Frappé, dazu stellte sie zwei Gläser Wasser.

»Die junge Frau hat einiges durcheinandergebracht in diesem Sommer, nicht nur bei der Polizei.« Adonis sog kräftig an einem Strohhalm und trank einen Schluck des starken Kaffeegetränks.

»Wo denn noch?«

»Sie war schon länger auf der Insel, viel länger als ihre Freunde, zu denen sie später in das Christianos gezogen ist«, begann er seine Erzählung.

»Und war sie da alleine unterwegs?«, wollte Katharina wissen.

»Soweit ich mich erinnere, verweilten sie zu zweit schon mehrere Wochen auf Paros. Ihr Begleiter muss irgendwann später abgereist sein.« Adonis überlegte angestrengt, wie es danach weitergegangen war. Mit einem Nicken setzte er seine Geschichte fort.

»Ab diesem Zeitpunkt konnten wir einige junge Griechen ausmachen, mit denen sie eine Beziehung hatte. Heute würde man sagen, mit denen sie rumgemacht hat.« Er lächelte gequält.

»Und das hat man nicht gerne gesehen? Meinst du das mit ›durcheinandergebracht‹?«

»Gut erkannt. ›Nicht gerne gesehen‹ ist verdammt freundlich formuliert. Es gab Anfeindungen von den Familien, aber auch Streit unter den Verflossenen, wenn ich es einmal so ausdrücken möchte.«

»Streit unter Rivalen, oder besser gesagt ihren Liebhabern?«

»So könnte man es formulieren. Das war nicht einfach zu recherchieren. Takis war damals eine große Hilfe.«

»Wer waren ihre Bekanntschaften, bevor sie in die Pension gezogen ist?«

»Wir, oder besser Takis, hat sich da festgebissen und ein paar Geschichten aufgedeckt. Eine davon war besonders brenzlig.«

»Jetzt hast du mich richtig neugierig gemacht.« Katharina nahm auch einen großen Schluck von dem Frappé.

»Vielleicht kennst du die Geschichte von Nikolas Stellas?« Adonis wartete auf Katharinas Reaktion.

»Den Namen habe ich schon einmal gehört, aber ich kann jetzt gerade keinen Bezug herstellen.«

»Ein junger Mann aus Marpissa, den die deutschen Besatzer im Mai 1944 hingerichtet haben, weil er sich am Widerstand gegen die Einrichtung eines deutschen Militärflughafens auf Paros beteiligt hatte.« Jetzt erinnerte sich die Kommissarin. In Marpissa gab es sogar ein Denkmal, das für den jungen Kämpfer noch im gleichen Jahr errichtet wurde.

»Eine der vielen Gräueltaten, die von den Nazis in Griechenland verübt wurden«, entgegnete sie. Dieses Thema machte sie aufgrund ihrer deutschen Wurzeln immer wieder betroffen.

»Paros war für die Deutschen wichtig, weil der Flugplatz als wichtiger Stützpunkt für den Nachschub der Nazi-Truppen auf Kreta diente«, setzte Adonis die Geschichte fort.

»Und was hat das mit unserem aktuellen Fall zu tun?«

»Langsam, eins nach dem anderen. Du wolltest wissen, mit wem diese Studentin zusammen war.«

Die Kommissarin wartete ungeduldig auf die Fortsetzung.

»Dieser Nikolas Stellas hatte einen jüngeren Nachbarn, mit dem er eng befreundet war.«

Katharina wurde langsam nervös. Was erzählte Adonis ihr da? Was hatte dieser alte Mann mit ihren Mordfällen zu tun?

»Und jetzt komme ich langsam auf den Punkt. Dieser Nachbar hat einen Sohn, Alexandros, der in jenem Sommer längere Zeit mit Lisa zusammen war.«

»Und?«

»Als der Alte dahintergekommen ist, hat er einen riesigen Aufstand gemacht. Er hat seinem Sohn verboten, die Deutsche zu treffen, ihm gedroht, ihn zu enterben, wenn er die Liaison nicht beendet. Der war aber total verknallt in die Kleine.«

»Was hatte sein Vater dagegen?«

»Na, das liegt doch auf der Hand.« Er beobachtete Katharina ungläubig. »Sein Freund und Nachbar wurde hingerichtet von den Nazis, der muss die Deutschen gehasst haben.« Katharina ärgerte sich über ihre blöde Frage.

»Das sprang dann später auf den Sohn über, als er nach kurzer Zeit von dem Mädel abserviert wurde. Aus Liebe wurde Hass. Ob das immer noch so ist, kann ich nicht sagen.«

»Sehr interessant. Das passt zu dem Bild der jungen Frau, welches mir die Urlauber aus dem Christianos beschrieben haben.« Die Kommissarin erkannte Parallelen zu den Aussagen der Wiener Psychologin. Auch mit Frank war sie später so verfahren.

Das Klappern von Geschirr drang aus der Küche bis hin zur Terrasse. Nektaria war voll in ihrem Element.

»Takis hatte danach alle Hände voll zu tun, die Situation zu beruhigen und ich erinnere mich noch daran, dass er Alexandros tagelang beobachtet hat.«

»Warum denn das?«

»Weil wir befürchteten, er würde seinem Widersacher etwas antun.«

»Wer war denn der neue Lover?«

»Ein junger Mann von Naxos aus einer angesehenen Familie. Erst gestern habe ich etwas über ihn in der Zeitung gelesen. Traurig, die Geschichte.«

»Was meinst du mit Geschichte?« Katharina verstand nicht.

»Unfall mit Fahrerflucht. Ihr sucht doch nach dem Fahrer?«

Katharina sprang wie elektrisiert auf.

»Meinst du Jannis Petridis?« Sie wollte es nicht glauben. Das konnte doch kein Zufall sein.

»Ja, den meine ich.«

»Der Mann wurde vorsätzlich überfahren. Er wurde vorher betäubt.« In knappen Worten erzählte sie dem pensionierten Kriminalbeamten die ganze Wahrheit. Dieses Insiderwissen hatten sie der Presse bewusst vorenthalten, um keine unnötige Unruhe auszulösen.

»Dann ist Jannis eines eurer beiden Mordopfer?« Adonis goss sich Wasser nach.

Die Namen der zwei Ermordeten hatte Katharina bei der Ankündigung ihres Besuches nicht genannt.

»Genau! Und das zweite Opfer ist ein Mann aus Hamburg, der ähnlich wie Jannis einem anderen Mitglied dieser Urlaubertruppe das kleine Luder ausgespannt hat.«

Adonis wunderte sich zwar etwas über die Ausdrucksweise der Kommissarin, fand selbst aber keine bessere Beschreibung.

»›Luder‹ ist gut, die Kleine war in der Tat kein Kind von Traurigkeit«, stellte er fest.

»Stimmt! Und sie hat sich damit nicht nur Freunde gemacht.«

Die Kommissarin rührte nervös in dem braunen Schaum des Frappés und überlegte.

»Könntest du dir späte Rache als Motiv vorstellen?«, fragte sie ihren Vorgänger.

»Und könnte es sein, dass auch Lisa ermordet wurde?«

Adonis schüttelte energisch seinen Kopf.

»Wenn man Vollrausch und Drogenkonsum als Mord bezeichnet. Das Mädel hatte 3,2 Promille im Blut, dazu hat man Amphetamine bei der Analyse gefunden. Keine gute Kombination.« Er war sich sicher. »Die hat es übertrieben in dieser Nacht.«

»Habt ihr eine Obduktion durchgeführt?«, wollte die Kommissarin wissen.

»Spanopoulos und auch ein Beamter aus der Athener Gerichtsmedizin haben das nicht für notwendig befunden. Lediglich eine Blutprobe wurde ihr entnommen und in Athen untersucht. Dabei hat man ein Drogenscreening vorgenommen. Danach war für die beiden Mediziner die Todesursache klar. Tod durch übermäßigen Alkohol- und Drogenkonsum.«

Das kam Katharina bekannt vor, so hatten es ihr auch die vier Jubilare erzählt.

»Heute wäre eine Obduktion Pflicht, aber so war das halt in den Achtzigern«, ergänzte Adonis noch, bevor er auf ihre vorherige Frage einging.

»Rache meinst du? Eine gute Frage, aber nach dreißig Jahren schlecht vorstellbar.«

»Das war auch meine spontane Überlegung, aber es ist das erste Mal nach dieser langen Zeit, dass alle wieder zusammen hier sind.«

»Verstehe, und jetzt habt ihr Angst, dass noch mehr passiert?«

»Nicht nur wir, auch die beiden Jubilare in der Pension. Die haben uns erst darauf gebracht, nachdem der Dritte im Bunde wie vom Erdboden verschwunden ist.«

»Oh, oh. Das klingt nicht gut. Da seid ihr nicht zu beneiden und ich hoffe, dass die Presse keinen Wind davon bekommt.« In dem Punkt waren die beiden sich einig.

»Wie wär's mit einem kleinen Snack?«, spähte Nektaria um die Ecke. Aus der offenen Küche strömten feine Aromen nach draußen. Die Kommissarin hatte nichts dagegen.

»Wir müssen den Aspekt mit der späten Rache auf jeden Fall mit in unsere Ermittlungsarbeit aufnehmen. Nach deiner Schilderung jetzt umso mehr.«

Nektaria kam mit einem Tablett auf die Terrasse. Ein Teller mit ihren berühmten Dolmadakia stach der Kommissarin sofort ins Auge. »Greift zu, dann lässt es sich besser über Mord und Totschlag reden.« Außer den Mezedes hatte sie zwei Gläser und eine Karaffe Wein mitgebracht.

»Wir brauchen noch ein paar Minuten«, erwiderte Adonis. Er wollte das Dienstliche erst abschließen. Nektaria verschwand wieder in der Küche.

»Für mich gibt es dann jetzt zwei Verdächtige. Alexandros und diesen Berliner. Wo wohnt Alexandros heute?«

»Soweit ich weiß immer noch in Marpissa.« Katharina machte sich eine Notiz. Der Besuch war nicht nur kulinarisch ein Erfolg. Sie langte nach einem der Häppchen.

»Dann erzähl mir doch noch einmal genau, wie du die Tote am Monastiri Strand aufgefunden hast.« Adonis füllte die Gläser mit Wein.

»Ein junger Mann, Alex hieß er, hat in jener Nacht die Polizei über den Notruf angewählt. Es war ganz früh am Morgen und das Gespräch landete automatisch bei mir zuhause. Er war vollkommen durch den Wind und überhaupt nicht zu beruhigen.« Jetzt griff auch Adonis nach einem der Meze.

»Ich bin sofort hin und habe Spanopoulos informiert. Es wurde gerade hell, als ich am Monastiri Strand ankam. Es sah nach einer ausschweifenden Party aus, leere Flaschen lagen herum, mehrere Liegen, auf denen man übernachtet hatte und ein Feuer kokelte noch vor sich hin.« Er dachte nach, bevor er weitersprach.

»Der junge Mann kniete vor einer Liege, er schrie, als er uns sah. Ich hatte große Mühe, ihn von der Toten wegzubekommen. Auf der Liege lag diese Lisa. Ich habe direkt erkannt, dass sie tot war. Sie hatte sich erbrochen, war ganz bleich im Gesicht.« Er schüttelte sich angewidert. »Zum Glück kam dann auch Spanopoulos, der mir geholfen hat, den Deutschen zu beruhigen.«

Katharina hatte aufmerksam zugehört. Adonis zitterte, das Erlebte schien ihn immer noch aufzuwühlen.

»Was habt ihr gemacht?«

»Der Doc hat ihrem Freund eine Beruhigungsspritze gegeben und die Blutprobe der toten Deutschen entnommen. Ich habe umgehend Athen informiert.«

»Und Alex?«

»Den haben wir verhört, stundenlang, wie auch alle anderen der Truppe. Aber diesen Alex ganz besonders.« Adonis kostete eines der leckeren Weinblätterröllchen. »Sie hatten in der Nacht große Mengen an

Souma konsumiert und seien dann auf den Liegen eingeschlafen. Die anderen Urlauber waren schon zur Pension gegangen. Lisa soll später in der Nacht über starke Kopfschmerzen geklagt haben, glaubte Alex sich zu erinnern. Es fehlten ihm aber einige Stunden, ein wahrhaftiger Filmriss.« Er machte wieder eine Pause.

»Kein Wunder bei den Mengen an Alkohol«, entgegnete Katharina.

»Als er gegen Morgen aufgewacht ist, wollte er mit Lisa zurück zur Pension, da hat er bemerkt, dass sie nicht mehr lebt.«

Der Pensionär atmete tief durch, schien zu überlegen, was sonst noch wichtig sein könnte. Dann setzte er seine Erinnerungen fort.

»Noch am gleichen Tag haben wir alle Zimmer im Christianos durchsucht, so sind wir schließlich auf die Drogen gestoßen. Spanopoulos hatte so eine Vorahnung.«

»War Jannis Petridis auch mit dabei?«

»Ja! Als wir zum Fundort kamen, war er zwar weg, aber anhand unserer vielen Kreuzverhöre wurde uns seine Teilnahme an der Party in dieser Nacht von den anderen bestätigt. Wir haben ihn uns später vorgenommen.«

Die Kommissarin machte sich eine weitere Notiz.

»Kannst du dich an das Verhalten von Frank Burger erinnern?«, brachte sie einen nächsten wichtigen Punkt zur Sprache. »Ist dir bei dessen Vernehmungen etwas aufgefallen? Hat er sich anders als die übrigen Mitglieder der Gruppe verhalten?«

Der Pensionär stöhnte. »Das ist so lange her, aber soweit ich mich entsinne, hat der sich eigentlich gar nicht geäußert. Völlig apathisch hat er dagesessen. Der Tod muss ihm furchtbar zugesetzt haben.« Ein Nicken unterstrich seine Aussage.

»Der Rest ist dir bekannt. Beerdigung in Naoussa, nachdem ihre Mutter sich das gewünscht hatte und die vier sind danach abgereist. Ein Fremdverschulden konnte nicht festgestellt werden.« Adonis war aufgestanden. Es wirkte, als sei er froh, am Ende seiner Ausführungen angekommen zu sein. Er rief nach seiner Frau. Jetzt sollte der gemütliche Teil des Treffens beginnen.

Pension Christianos

Naoussa, Paros, Juni 2018

Sven hatte die ganze Nacht kein Auge zugemacht. Jedes Mal, kurz bevor der Schlaf ihn auf seine Seite geholt hatte, war er voller Panik aufgeschreckt. Die anfängliche Sorge, dass Frank auch etwas zugestoßen sein könnte, war in Angst vor dem Berliner umgeschlagen. Das war das Ergebnis von Sylvias Psychokram, die das Verhalten ihres Freundes als äußerst merkwürdig befand. Selbst das Eintreffen des Polizeibeamten in der Pension brachte keine wesentliche Besserung seines Befindens. Sein Vertrauen in die griechische Polizei war zu gering, als dass er sich in deren Anwesenheit wirklich sicher gefühlt hätte. Kurz hatte er mit dem Gedanken gespielt, einfach abzuhauen, um der lauernden Gefahr eines Anschlages zu entkommen.

Sehr spät, gerade bevor es hell wurde, war er endlich eingeschlafen, doch die Ruhe währte nicht lange. Die hitzige Stimme von Sylvia ließ ihn erneut hochschnellen, sie war in ein leidenschaftliches Gespräch mit zwei Polizisten verwickelt. An seinem Fenster lauschend hatte er ihre Erklärungen den beiden Beamten gegenüber fassungslos mitverfolgt. Ihre Analyse, was Frank betraf, war eindeutig. Längst hatte sie in dem Mann einen potentiellen Täter ausgemacht. Sven wollte es nicht glauben. Aber was wäre, wenn sie Recht hatte und der Berliner tatsächlich für die Morde verantwortlich war?

Sein Magen revoltierte, wenn er auch nur daran dachte. Er würde sich nicht mehr vor die Tür trauen. Musste er ständig damit rechnen, das nächste Opfer zu werden? Er war schweißnass, das alles war zu viel für ihn. Hätte er nur auf sein Bauchgefühl gehört und wäre diesem dämlichen Treffen ferngeblieben, dann läge er jetzt längst an einem seiner bevorzugten Strände auf Mykonos. Wieder blitzte die Idee auf, einfach zu verschwinden und dem Horrortrip zu entkommen. Und wenn es nur für ein, zwei Tage wäre. Bis dahin würde die Polizei den Täter hoffentlich dingfest gemacht haben. Je länger er darüber nachdachte, umso konkreter wurden seine Vorstellungen. Wären da nicht die Zweifel wegen der klaren Ansage des Polizeichefs, sich bis zur Klärung des Falls zur Verfügung zu halten. Aber wer konnte ihm verbieten, aus Selbstschutzgründen das gefährliche Terrain vorübergehend zu verlassen?

Entschlossen kramte er seinen Rucksack aus dem Schrank. Für ein bis zwei Tage auf der Nachbarinsel brauchte er nicht viel und ein Zimmer würde er schon finden. Das Hotel, in dem er nächste Woche absteigen würde, kam für seinen Kurztrip nicht infrage. Das wäre eine Steilvorlage für die Polizei, denn Sylvia kannte die Adresse. Flink sortierte er ein paar Sachen aus seinem penibel eingeräumten Kleiderschrank und steckte sie in den Rucksack. Mit jedem Kleidungsstück wuchs sein Verlangen, aus der Enge der Pension für einige wenige Stunden zu fliehen und etwas Zerstreuung zu suchen. Sonne, Strand, ein paar kühle Drinks und guten Sex, die Konsequenzen seines unerlaubten Verschwindens verdrängte er erfolgreich.

Seine Unsicherheit wich einer inneren Vorfreude und Erregung, jetzt konnte ihn nichts mehr aufhalten.

Schnell rief er im Internet die Seite der Fährverbindungen auf, das nächste Boot wurde für halb neun angezeigt. Das müsste er schaffen. Seine Müdigkeit war verflogen. Er lauschte nach draußen, es herrschte wieder Stille in der Anlage. Die Polizei war weg und Sylvia zurück in ihrem Zimmer. Behutsam öffnete er seine Tür. Die kühle Brise des frischen Morgens streifte seinen verschwitzten Körper. Sein Gepäckstück fest im Griff huschte er nach draußen und eilte schnellen Schrittes durch den Garten. Die Luft war rein, nur aus der Küche hörte er Geräusche. Manolis' Angestellte richteten das Frühstück her.

Ohne sich umzudrehen, hechtete er zur Platia hinunter, dort nahm er ein Taxi und ließ sich zum Fähranleger nach Parikia bringen. Erste Fahrgäste drängten sich bereits in den vergitterten Wartebereichen. Auf weißen Plastikschildern am Eingang waren die jeweiligen Fährgesellschaften angeschlagen. *Golden Star Ferries* las er auf einem der Hinweisschilder, das war der Verschlag für die Überfahrt nach Mykonos. Nachdem er ein Ticket in einem der gegenüberliegenden Fährbüros erstanden hatte, reichte es noch für einen Frappé im Stehen. Die Fähre legte bereits mit lautem Getöse an und er machte sich auf zu den Wartenden. Eine aufkommende Unruhe kündigte den baldigen Start der Überfahrt an. Alle warteten auf das Öffnen des Tores, um möglichst als Erste das Schiff zu erreichen. Ein dröhnendes Geratter erklang sogleich, als zahlreiche Rollkoffer über den holprigen Asphalt des Hafengeländes gequält wurden. Sven folgte dem Strom der Reisenden ganz entspannt, seit Stunden konnte er das erste Mal durchatmen. Später, wenn die Leinen los waren, würde er Sylvia eine kurze Notiz zukommen lassen. Sie solle sich keine Sorgen machen. Er bräuchte dringend eine Auszeit und wäre spätestens in 48 Stunden wieder da, hatte er sich überlegt. Das würde bestimmt auch die Polizei gütig stimmen, bildete er sich ein.

Eine Sirene ertönte und die Fähre löste sich von der Kaimauer, Sven suchte sich einen Platz im Außenbereich des Schiffes. Zum Glück konnte die Superferry 2 damit aufwarten, was bei den kleineren Fähren nicht der Fall war. Dort war das Betreten des Freiluftbereichs während der Überfahrt verboten, bei starkem Seegang durchaus eine Herausforderung. Erleichtert sog er die dieselgeschwängerte Luft ein, freute sich mit jedem Meter weg von Parikia auf seinen Sehnsuchtsort. Die Passage mit diesem Boot dauerte gut eine Stunde, Zeit, die Planung für die bevorstehenden Tage vorzubereiten. Zunächst musste er sich eine Unterkunft suchen. Nahe dem neuen Hafen schwebte ihm da schon etwas vor. Das war zwar nicht direkt im Zentrum, aber viel Zeit würde er dort sowieso nicht verbringen. Die Nächte auf Mykonos waren lang, geschlafen wurde an den Stränden. Ein Schauer voller Erregung durchfuhr seinen Körper. Auf Luxus würde er für zwei Nächte verzichten, davon bekäme er reichlich in der nächsten Woche, wenn er in der Edelherberge Elysotel absteigen würde. Dem Gay-Hotel Nummer Eins für Schwule aus der ganzen Welt. Seit über zwanzig Jahren verbrachte er dort mindestens eine Woche im Jahr und buchte immer schon für die darauffolgende Saison sein Zimmer. Die Preise waren deftig, damit war das Hotel nichts für schmale Geldbeutel, sein Klientel liebte es mondän. Für seinen zweitägigen Spontantrip nach Mykonos mit seinem spartanischen Gepäck hätte er sich ohnehin nie dahin gewagt, schließlich gab es klare Regeln, was die

Garderobe anbetraf. Nichts Offizielles, aber ein paar Modemarken waren gesetzt und wenn man mithalten wollte, sollte man diese auch beachten.

Verdammt anstrengend, mit dem ganzen Theater immer auf dem Laufenden zu sein. In den vergangenen beiden Jahren war ihm das im Nachhinein manchmal etwas albern vorgekommen. Das Publikum wurde von Jahr zu Jahr jünger und Sven mit seinen Mitte fünfzig fühlte sich in den knappen Fummeln zunehmend unwohl. Das ein oder andere mitleidige Lächeln war ihm dann auch nicht entgangen, aber mit ein paar großzügig spendierten Drinks an der Bar war es ihm bislang immer noch gelungen, sich in die jüngeren Männercliquen einzubringen. Es bedurfte halt einer Strategie, wie so oft im Leben. Der Generationsunterschied war nicht zu übersehen, aber solange er auf seine Kosten kam, war ihm das egal.

Wieder erklang schrill die Schiffssirene, der Hafen von Mykonos war zum Greifen nah. Er hüpfte über einen Seitenausstieg an Land und orientierte sich nach links oberhalb des Anlegers. Dort hatte er schon einmal eine Nacht verbracht, nachdem sein Rückflug kurzerhand auf den nächsten Tag verschoben worden war. Das Elysotel war ihm dabei behilflich gewesen. Es war kurz nach zehn, der Himmel strahlte und der oftmals stramme Wind zu dieser Jahreszeit hielt sich zurück. Ein idealer Strandtag unter lauter schönen Männern.

Gedanklich lag er schon auf einem der sündhaft teuren Liegestühle am Elia Strand, für ihn der schönste Platz auf dieser Insel. Er war bequem mit dem Bus zu erreichen, es gab eine Bar und wenn man unbedingt ins Wasser wollte, konnte man das nackt tun. Ein besonderes Highlight, das den Elia Strand noch attraktiver machte, waren die weiter westlich gelegenen kleineren Buchten, die man über einen Trampelpfad erreichen konnte. Oberhalb dieser Buchten herrschte schon in der Früh ein reges Treiben, es war einer der besten Cruising Areas auf Mykonos.

Ihm wurde heiß, wenn er an seine erotischen Abenteuer in den Felsen dort oben zurückdachte.

In den ersten Jahren seiner Mykonos-Aufenthalte war er meistens zum Super Paradise gefahren, aber die ganztägige Beschallung durch eine dort ansässige Strandbar war ihm zunehmend auf den Geist gegangen. Eine herbe Erfahrung zu diesem Zeitpunkt und eine traurige Erkenntnis sogleich, dass eine liebgewonnene Lokalität sich so grundlegend verändert hatte und er dort einfach nicht mehr hineinpasste. Ein zusätzliches Ärgernis war der stetig steigende Anteil an Heteros gewesen, die diesen coolen Strand mehr und mehr für sich in Beschlag genommen hatten.

Das von ihm angedachte Hotel war angeblich ausgebucht. Aber er wusste, dass man ungern Gäste nur für ein oder zwei Nächte beherbergte. Erst als er einen Fünfzigeuroschein ganz unauffällig über den Tresen schob, kam ihm der Rezeptionist entgegen. Er hatte tatsächlich ein freies Zimmer übersehen, Sven glaubte ihm kein Wort.

Den Fantasiepreis für das winzige Loch nahm er zähneknirschend hin, da er wenig Lust verspürte, jetzt noch auf die Suche nach einer Bleibe zu gehen. Er bezahlte für zwei Nächte und sprang unter die Dusche, sodass er sich frisch fühlte trotz der kurzen, aufreibenden Nacht im Christianos.

Ein kurzer Blick in den Spiegel dämpfte für einen kleinen Moment seine gute Laune. Trotz eisernem Training wölbte sich ein rundes Bäuchlein stattlich nach vorne. Am Strand blieb nichts verborgen, anders als in den schummrigen Bars, wo manches Fettpölsterchen mit der geeigneten Verkleidung geschickt kaschiert werden konnte. Da half auch kurzfristiges Baucheinziehen wenig, den strengen Blicken der gestylten Schönlinge würde er sich stellen müssen. Der Stoffwechsel ab fünfzig ändere sich halt, hatte ihm sein Arzt schon mehrfach zu verstehen gegeben und er solle nicht so hart mit sich selbst sein. Wenn er sein Gewicht halten wolle, müsse er doppelt so viel Sport treiben wie mit zwanzig. Der Mann hatte gut reden. Wenigstens konnte er mit der neuesten Bademode aufwarten, auch wenn man sie eigentlich nicht brauchte. Schließlich war es ein FKK-Strand. Ein Freund hatte ihn in Köln mit in diesen Laden geschleppt und der clevere, sehr attraktive Verkäufer hatte ihm gleich zwei Modelle einer trendigen, spanischen Marke aufgeschwatzt. Etwas gewöhnungsbedürftig mit dem Push-up in der Hose, der für eine Vergrößerung des Penis sorgen sollte. Wenn er wollte, könnte er auch noch eine größere dieser Schaumstoffeinlagen bekommen, hatte der Verkäufer noch einen draufgelegt, das fördere das Selbstbewusstsein, war seine feste Überzeugung. Sven hatte dankend abgelehnt. Die Badehose machte schon was her und was Pralles in der Hose dank der pfiffigen Einlage war schon die halbe Miete. Alles Schnickschnack, den man früher nicht hatte. Aber was tat man nicht alles, um noch einigermaßen mitzumischen?

Vieles hatte sich verändert auf seiner Lieblingsinsel und seine Gedanken wanderten reumütig zurück in die Achtziger. Wie schön unkompliziert das damals war. Man konnte zu Fuß durch die Klippen vom Paradise zum Super Paradise kraxeln und die zwischen den Felsen befindlichen Unterstände luden zu manch erotischem Abenteuer ein. Auch schon zu dieser Zeit wurde reichlich Körperkult betrieben, aber lange nicht so exzessiv wie heute. Man badete überall nackt und trug nicht Badehosen mit Push-up-Einlagen zur Schau. Auch mit der Kommunikation war es bedeutend einfacher als heute. Mit einem intensiven Blick in die Augen nahm man Kontakt auf, wenn man seinen Prinzen ausgemacht hatte und glotzte nicht permanent auf eine Dating-App, um dann festzustellen, dass in zehn Metern Nähe ein nettes Kerlchen wartete.

Nachdem er sich seine Badeutensilien zurechtgelegt hatte, setzte er die Nachricht an Sylvia ab. Sicherlich wartete sie schon ungeduldig im Garten auf ihn.

Er schielte auf die Uhr. Den Bus um elf Uhr vom alten Hafen aus würde er nicht mehr kriegen, um zwölf fuhr der nächste. So hatte er noch Zeit, um einen Happen zu essen nach seinem hastigen Aufbruch. Beschwingt schlenderte er die abschüssige Straße zum Zentrum hinunter. Es war heiß und es waren kaum Leute unterwegs. Mit jedem Schritt, den er auf seiner Insel zurücklegte, verflüchtigte sich der innere Druck, der sich durch die schrecklichen Ereignisse der letzten Tage in ihm aufgestaut hatte. Frank und die mögliche Gefahr, die von ihm ausging, waren weit weg. Hier fühlte er sich sicher und er spielte auf Zeit. Die Polizei würde hoffentlich in Kürze einen Erfolg vermelden. Als er sich in einem Supermarkt am Ende der Straße eine Flasche Wasser kaufte, klingelte sein Telefon. Es war Sylvia, bestimmt war sie außer sich und würde versuchen, ihn zur sofortigen Rückkehr zu bewegen. Er drückte den Anruf einfach weg.

Der Bus war nur halb besetzt. Frauen waren eindeutig in der Minderheit und nach einem ersten Abschätzen der Lage war nicht nur junges Gemüse dabei. Das machte Sven Mut für den weiteren Verlauf des Tages. Die Tatsache, dass auffallend viele Singles dabei waren, beflügelte seine Fantasie, dass da was laufen könnte. Er suchte sich einen Platz weiter hinten, um während der halbstündigen Fahrt unauffällig die Lage zu sondieren. Außerdem konnte er so jemandem folgen, der ihm gefiel und sich am Strand in dessen Nähe eine Liege mieten.

Die Klimaanlage in dem modernen Reisebus war viel zu kalt eingestellt. Sven spürte schon nach wenigen Minuten ein leichtes Ziehen in seinem Nacken. Um einer drohenden Halsstarre vorzubeugen, wickelte er sich ein Handtuch um seinen Hals, ein junger, dunkelhäutiger Bursche beobachtete ihn mitleidsvoll von der Seite. Sven ignorierte es, mit Anfang zwanzig hätte er die erfrischende Kühle auch noch locker weggesteckt. Der Kölner verließ als Letzter den Bus, vor ihm circa zwanzig sonnenhungrige Urlauber, die gemächlich zum Wasser bummelten.

Ein dunkelhaariger Südeuropäer, der schon im Bus Svens Aufmerksamkeit geweckt hatte, schlug die Richtung hin zu den abgelegenen Buchten ein. Der Kölner stapfte ihm in sicherer Entfernung hinterher. Nur keine plumpe Anmache, immer schön auf Abstand bleiben und so tun, als wäre er rein zufällig hier.

Sven hielt den Mann im Auge, realisierte aber leicht verärgert, dass dieser den Liegestuhlbereich hinter sich ließ und es bevorzugte, sein Handtuch auf dem Sand auszubreiten. Das waren nun erschwerte Bedingungen, besonders für seinen angeschlagenen Rücken. Ein

Glück, dass der Strand mit einem feinkörnigen Kiesel und nicht mit Sand aufwarten konnte. Sven brachte sich in Stellung und salbte seinen ganzen Körper, auf Anraten seines Hautarztes, mit einer Sonnencreme ein. Zu intensives Sonnenbaden in seinem Alter könnte gefährlich werden, so seine warnenden Worte. Die Lotion hatte ein Vermögen gekostet. Während er auf das Einziehen der Luxuscreme wartete, blies ihm sogleich eine aufkommende Böe den Kiesel auf sein Handtuch und ins Gesicht.

Wütend versuchte er sich von dem Schmirgel zu befreien, als sein gerade aufgeblasenes Kopfkissen von einem Windstoß erfasst und weggeblasen wurde. Bei dem hastigen Versuch, dem Kissen hinterherzueilen, rutschte er aus und knallte der Länge nach in den staubigen Kies.

Ein Schrei entwich ihm, sein Rücken schmerzte fürchterlich, die Strandgemeinde um ihn herum brach in Gelächter aus. Ein bodygebildeter Hüne hechtete heran, um ihm aufzuhelfen, Sven bebte vor Scham. Dämlicher konnte der Besuch an diesem Strand nicht starten. Etwas Trost brachte die Erkenntnis, dass der schöne Mann aus dem Bus nichts von seinem Unglück mitbekommen hatte. Er lag zwar nur wenige Meter entfernt, aber ihm mit dem Rücken zugewandt und hörte Musik.

Plötzlich sprang er auf und lief zum Wasser, um eine Runde zu schwimmen. Sven überlegte nicht lange, er war voller Kies und eine Abkühlung würde ihm guttun. Entschlossen folgte er dem Typ, das war die Feuertaufe für seine exklusive Badehose. Er ließ sich nichts anmerken, als die im Juni noch recht kühle Wassertemperatur für ein paar Aussetzer seiner Atmung sorgte. Tapfer kraulte er aufs Meer hinaus, den schönen Südländer stets im Blick. Er war ein guter Schwimmer, sodass der Mann ihm nachblickte. Sven wertete das als einen ersten Erfolg.

Mehrfach kreuzten sich ihre Bahnen und ein erfrischendes Lächeln ließ den Kölner frohlocken. Der Fremde schwamm zum Ufer zurück. Sven folgte mit kräftigen Zügen, bis er den Sand unter seinem Bauch spürte. Mit einem Satz stemmte er sich aus den Fluten, schüttelte das Wasser aus seinen Haaren und stand fröstelnd in der auslaufenden Brandung.

Mit neu gewonnenem Selbstbewusstsein wollte er gerade zu seinem Liegeplatz zurückschreiten, als er ein lauter werdendes Getuschel bemerkte. Zahlreiche Augenpaare starrten ihn an. Aber nicht in sein Gesicht, sie glotzten alle auf seinen Schritt. Er verstand nicht recht, blickte irritiert nach unten und wäre am liebsten im Erdboden versunken. Die teuer angepriesene Schaumstoffeinlage hatte sich quergestellt und ragte einige Zentimeter über den Hosenrand hinaus. Ihm wurde schlagartig heiß und er spürte, wie die Röte in sein Gesicht schoss. Unbeholfen zupfte er an seiner Badehose herum. Aus dem Getuschel war ein schallendes Gelächter geworden. Das war zu viel, am liebsten hätte er sich weggebeamt. Mit gesenktem Blick stahl er sich zu seinem Liegeplatz zurück, raffte seine Sachen zusammen und verschwand schnellen Schrittes außer Sichtweite der übrigen Badegäste.

Filippos Panos

Parikia, Paros, Juni 2018

In der Dienststelle der Polizeistation wurde es eng und hektisch an diesem schwülen Nachmittag. Neben den lokalen Beamten gesellte sich noch das Trio der KTU dazu.

Filippos hatte schnell weitere Stühle in den ohnehin schon zu kleinen Besprechungsraum geschafft. Kinka zog es vor, auf einer der Fensterbänke zu sitzen. Etwas erhöht verharrte sie dort wie eine Raubkatze kurz vor dem Sprung.

»Bitte fasst euch kurz«, begrüßte Filippos die Runde. »Wir haben einige Neuigkeiten auszutauschen und unsere Kollegen aus Athen müssen heute noch zurück. Daher schlage ich vor, ihr fangt mit eurem Bericht an.« Er drehte sich in Kinkas Richtung, die blitzschnell reagierte.

Mit einem Satz sprang sie auf den Boden und hatte augenblicklich die volle Aufmerksamkeit des Teams.

»Stimmt, wir beide haben es eilig«, sie zeigte auf den jüngeren Kollegen, »und müssen heute noch nach Athen. Karis hat zwei Tage frei und will die auf Paros verbringen. Aber kommen wir zum Wesentlichen.« Ihre Miene wurde ernst. »Das Opfer muss vermutlich sofort tot gewesen sein«, begann sie mit den Ergebnissen ihrer Untersuchungen auf dem Kefalos. »Ein massiver Blutverlust führt in der Regel innerhalb von

Sekunden zu einer Bewusstlosigkeit, ausgelöst durch die dabei folgende Sauerstoff-Unterversorgung des Gehirns. Ob es in unserem Fall auch so war, kann ich aber erst eindeutig nach der Obduktion bestätigen.«

»Das heißt, der Mann kann durchaus noch etwas mitbekommen haben?« Filippos wollte es präziser wissen.

»Könnte sein, aber ich vermute eher nicht. Wenn wir bei der Autopsie viel Blut in der Lunge finden, hat er vor Eintritt des Todes noch gelitten. Das kann ich aber erst sehen, wenn wir ihn aufmachen.«

Xenia wurde blass und musste mehrfach schlucken. Die nüchterne, kalte Sprache der Gerichtsmedizinerin bestätigte ihr Filippos' Beschreibungen von der Frau.

»Blut in der Lunge?« Sie schüttelte sich vor Ekel.

»Ja, das passiert, wenn die Luftröhre mitdurchschnitten wird und darüber Blut in die Lunge eindringt. Liegen noch Reflexe vor, dann wird das eintretende Blut ausgehustet. Der Sterbende ertrinkt praktisch an seinem eigenen Blut.«

Xenia musste ein Würgen unterdrücken, Kinka schaute sie mitleidsvoll an.

»Wir haben keine Spuren von Blut in seinem Mund gefunden, daher gehe ich davon aus, dass er sofort bewusstlos war.« Xenia beruhigte sich wieder, Kinka lächelte ihr aufmunternd zu, bevor sie weitersprach.

»Wie bereits beschrieben, wurde der tödliche Schnitt perfekt ausgeführt. Ich tippe auf einen Metzger oder Jäger, der sich mit dem Töten durch Messerschlachtung auskennt. Auch die saubere Schnittkante an der Carotis Communis deutet in diese Richtung.«

»Die bitte was? Was haben Karotten mit dem Mord zu tun?« Spyros schüttelte ungläubig seinen Kopf.

»Ich sagte Carotis, nicht Karotten. Carotis Communis, das ist die Halsschlagader und die ist ganz sauber durchtrennt.« Kinka beugte sich zu Spyros herunter. »Für einen derart akkuraten Schnitt brauche ich das richtige Messer, daher meine Vermutung, dass es sich um einen Profi handelt.« Filippos notierte diesen wichtigen Hinweis auf der weißen Wandtafel.

»Es war eindeutig eine Hinrichtung, daran besteht kein Zweifel. Alles Weitere dann nach der Obduktion.« Mit einem Sprung positionierte sie sich wieder auf der Fensterbank.

»Vielen Dank, damit können wir die folgenden Ermittlungen um ein paar wesentliche Merkmale erweitern. Wart ihr noch auf dem Friedhof, so wie besprochen?« Filippos hielt einen Zettel in der Hand, auf dem er die Punkte der Agenda niedergeschrieben hatte.

»Waren wir.« Karis übernahm nun. »Es gibt zahlreiche Fußabdrücke in dem losen feinkörnigen Kies, meist kleinere Schuhgrößen. Das hat wohl damit zu tun, dass es fast ausschließlich Frauen sind, die sich auf dem Friedhof die Zeit vertreiben. Aber der ganze Bereich vor dem Grab ist stark zertreten, sodass wir keine eindeutigen Abdrücke sicherstellen konnten.«

Filippos hakte den Punkt fürs Erste ab. Die Medizinerin und ihr Techniker brachen kurz darauf zum Flughafen auf, Kinka hatte einen ausführlichen Bericht für die nächsten Tage versprochen. Karis wollte seine freie Zeit für einen Bummel durch die Stadt nutzen.

»Ganz schön harter Brocken, die Kleine.« Xenia atmete auf, als die drei das Gebäude verlassen hatten. »Jetzt verstehe ich deine Vorbehalte und Karis tut mir leid«, sprach sie zu Filippos.

»Der hat ein dickes Fell. Wir treffen uns am Abend auf ein Bier, dann kann ich ihn persönlich darauf ansprechen.« Xenia hob ihren Daumen. »Und was Kinka betrifft, sie ist äußerst kompetent und zuverlässig.« Die Schlange hatte sich bei dem Polizeichef Respekt verschafft.

»Kommen wir zum nächsten Punkt. Konstantinos, was hat dein Besuch auf Naxos ergeben?«

»Die Witwe ist sauber«, war sein erstes Statement zu seinem Besuch in der Brennerei. »Da bin ich mir ziemlich sicher. Sie ist der festen Überzeugung, dass der Tod ihres Mannes mit der früheren Urlaubsclique zu tun hat.«

»Wie kommt sie darauf?« Filippos hakte nach.

»Weil er ihr nie von diesen Leuten erzählt hat. Und sie dachte, seine Vergangenheit zu kennen.«

»Das scheint ja nicht der Fall zu sein?«

»Das musste sie bei meinem Besuch schmerzlich lernen. Die Frage ist, warum hat er ihr nie von der Clique erzählt?«

»Und hast du eine Antwort gefunden?«

»Zumindest habe ich einen Ansatz gefunden, der das vielleicht erklären könnte.« Alle warteten gespannt auf Konstantinos' These.

»Ich habe mit dem Chef-Destillateur gesprochen und er hat mir den Betrieb gezeigt. Ich war danach ganz beduselt. Überall roch es nach Alkohol und mit jedem Atemzug hatte ich das Gefühl, ich trinke einen Schnaps.« Der Polizist tat so, als ob er schwankte. »Aber ich habe auch viel gelernt über die Herstellung unserer griechischen, geistigen Getränke.«

»Ja und? Wie sieht dein Ansatz aus?« Filippos drängelte.

»Ich habe zum Beispiel erfahren, dass bei jeder Destillation ein giftiger Teil, der sogenannte Vorlauf oder auch als Kopf bezeichnet, abgetrennt werden muss und nicht in den Handel darf.«

»Und was bedeutet das?«

»Ihr erinnert euch, dass unser Unfallopfer auch als der *Souma Mann* beschrieben wurde. Jannis hat die Truppe damals reichlich mit den Schnäpsen aus der elterlichen Brennerei versorgt.« Die Runde erinnerte sich.

»Was wäre, wenn er aus Versehen eine Flasche des Vorlaufs miteingepackt hat, eine Flasche mit einer tödlichen Konzentration an Methanol?«

»Methanol??«

»Das ist auch ein Alkohol, der bei der Destillation zuerst verdampft und giftig ist. Danach geht erst der Trinkalkohol, oder auch Äthanol genannt, ins Destillat über. Das Methanol muss unbedingt abgetrennt werden.«

»Dann hätte es aber doch mehrere Tote gegeben?« Spyros hatte aufmerksam zugehört und brachte den Einwand.

»Ja, würde man vermuten, wenn denn alle davon getrunken haben. Lisa und Alex waren nach Aussage der Wienerin als Letzte noch am Strand in dieser Nacht. Vielleicht hat sie alleine davon getrunken.«

»Und Jannis hat seinen Fehler später bemerkt und war sich den Folgen seiner Verwechslung bewusst.« Katharina setzte Konstantinos' Ausführungen fort.

»Das könnte ein Grund sein, weshalb er seiner Frau nie etwas von der Zeit erzählt hat«, mutmaßte sie weiter.

»Danke Katharina, das ist genau meine Vermutung«, schloss Konstantinos seinen Bericht ab und die Kommissarin folgte mit ihrem Bericht vom Besuch bei den Georgidis.

»Ich habe Adonis gefragt, ob Lisa eventuell ermordet worden sein könnte. Er hat es vehement abgelehnt. Eine Obduktion hat es damals leider nicht gegeben.«

»Es wäre dann ja auch eher ein Unfall gewesen, kein Mord«, korrigierte Konstantinos richtig.

»Wenn es denn tatsächlich eine Verwechslung war. Aber ich habe von Adonis noch andere interessante Informationen bekommen«, Katharina setzte an, ihre ganzen Erkenntnisse zu präsentieren, als sie von Filippos unterbrochen wurde.

»Moment, Moment. Ich mache mir ein paar Stichpunkte und ein kleiner Snack täte uns gut. Wie wär's, wenn ich uns eine Pizza bestelle? Das wird noch ein langer Nachmittag.«

Es hatte keiner etwas dagegen. Nachdem er die Order durchgegeben hatte, bat er um eine kurze Denkpause. Ein Resümee von Konstantinos' Besuch folgte.

»Nehmen wir einmal an, Konstantinos' Vermutung stimmt, dann könnte das der Grund sein, warum Petridis seiner Frau nie etwas erzählt hat. Aber warum musste er dann sterben?«

»Vielleicht hat jemand aus der Gruppe Wind davon bekommen. Zum Beispiel Frank, der jetzt wie vom Erdboden verschluckt ist?« Spyros kam mit dieser Idee um die Ecke.

»Und der bringt nach dreißig Jahren Jannis um??« Katharina glaubte nicht an diese Vermutung. Sie hatte vielmehr eine ganz andere Theorie.

»Jannis war mit Lisa zusammen, das hat mir Adonis eindeutig bestätigt. Und das, bevor sich die vier ins Christianos einquartiert haben.«

»Ganz schön umtriebig die Kleine.« Xenia brachte es auf den Punkt.

»Kann man so sehen und es kommt noch doller. Vor Jannis gab es einen weiteren Lover und die Geschichte ist ziemlich brisant.«

»Du machst uns neugierig. Erzähl, wen die Kleine noch so um den Finger gewickelt hat.« Alle warteten gespannt.

»Der Mann heißt Alexandros Gavalas und ist der Sohn eines Nachbarn des von den Deutschen im Jahre 1944 hingerichteten Nikolas Stellas.« Katharina machte eine Pause und ließ ihre Worte wirken. Aus den erstaunten Gesichtern entnahm sie, dass alle die alte Geschichte kanten.

»Alexandros Gavalas?« Spyros kannte den Mann sogar flüchtig.

»So ist es. Der muss Jannis gehasst haben und nicht nur ihn, so die Aussage von Adonis. Jannis, weil er ihm seine große Liebe ausgespannt hat und die Deutschen wegen der historischen Vorgeschichte.«

»Und du glaubst, der hat was mit dem Tod von Jannis und Alex zu tun?« Filippos runzelte die Stirn, machte dann aber eine weitere Notiz auf der Wandtafel.

»Zumindest sollten wir dem Herrn einmal ein paar Fragen stellen.« Die Kommissarin fasste den Rest ihres Gesprächs mit Georgidis zusammen, bevor Filippos zu einer zweiten Zusammenfassung ansetzte.

»Dann hätten wir jetzt zwei Verdächtige oder besser zwei Personen, die einer Überprüfung unterzogen werden sollten. Alexandros Gavalas und Frank Burger, beide verprellte Liebhaber und die sollen ja bekanntlich zu allem fähig sein.« Er zeichnete einen Kreis um beide Namen.

»Wobei einer davon flüchtig ist. Hat sich eines der Fährbüros oder der Flughafen gemeldet?«, wollte er von Xenia wissen.

»Leider nein. Ich habe alle, an die du das Bild von Frank Burger verschickt hast, noch einmal kontaktiert. Fehlanzeige!«

»Das wäre auch zu schön gewesen. Das heißt, wir haben keine Idee, wo er sich aufhalten könnte.«

»So sieht es aus. Und unsere verbliebenen Jubilare fürchten um ihr Leben.«

Spyros berichtete von seiner Nacht in der Pension und den Ängsten, die Sylvia und Sven ihm gegenüber geäußert hatten.

»Wir können keinen Schutz rund um die Uhr bieten«, stellte Filippos sogleich klar. »Wir können ihnen lediglich ein paar Verhaltenstipps mit auf den Weg geben und ich kann versuchen, einen Beamten aus Ermoupoli zu bekommen, der nachts Wache hält.«

»Dann musst du aber die Karten auf den Tisch legen. Das wird hohe Wellen schlagen.«

»Hm …?? Lasst uns das später beraten. Besser wäre, wenn wir den Deutschen schnellstens finden.« Es klingelte an der Tür. Ein Bote brachte ein dampfendes Tablett mit der Pizza, der Laden lag gleich um die Ecke. Die Dienststelle war Stammkunde und wurde stets bevorzugt bedient. Im Handumdrehen wurden ein paar Teller verteilt und das Team langte beherzt zu. Bis auf Katharina, die bei den Georgidis' reichlich beköstigt worden war.

»Was hat Kinka noch erwähnt?«, schmatzte Konstantinos los. »Ein Metzger oder Jäger käme als Mörder in Betracht. Das ist doch ein erster Ansatz und unsere beiden Verdächtigen könnte man daraufhin durchleuchten.«

»Guter Ansatz, aber einer von den beiden ist ausgeflogen.« Spyros erhob den Einwand.

»Da kann vielleicht die Wienerin helfen. Die scheint ganz gut zu sein im Erstellen von Personenprofilen.« Filippos berichtete ausführlich von ihren nächtlichen Recherchen zu Frank Burger.

»Die soll checken, was der gemacht hat in Deutschland in den letzten dreißig Jahren. Das macht die bestimmt gerne und dann ist sie beschäftigt.«

»Und geht uns nicht mit ihrer Angst auf den Geist«, ergänzte Spyros.

»Du bist gut. In deren Haut möchte ich nicht stecken«, gab Xenia zu bedenken.

»Hast ja Recht. Aber noch was anderes«, übernahm nun Spyros die Diskussion.

»Wie ihr wisst, war ich auf dem Friedhof, nachdem ich einen Anruf von der alten Zeugin erhalten habe. Der Fremde vom Grab muss mir nur knapp entkommen sein. Eine genaue Personenbeschreibung konnte mir die Frau zwar nicht geben, aber zumindest ein paar Anhaltspunkte.«

»Das würde bedeuten, der Mörder hält sich noch auf Paros auf und …«, Filippos überlegte, »wenn es Frank Burger ist, muss er in der Nähe untergetaucht sein.«

»Der kennt doch hier niemanden außer den Pensionsbesitzer«, gab Konstantinos zu bedenken.

»Stimmt! Aber ich wollte auf etwas anderes hinaus. Die Alte vom Friedhof hat eine schlanke Person in einer Trainingshose mit einem Kapuzenpulli gesehen. Wenn wir die beiden Verdächtigen auf eine Verbindung zu einer Metzgerei oder einem Jagdverein überprüfen, sollten wir das mitberücksichtigen.«

Filippos notierte auch das.

»Alexandros ist nicht sehr groß und eher schmächtig und der Berliner ist auch recht schlank«, skizzierte Sypros das Profil der beiden. Er würde dem Griechen in Kürze einen Besuch abstatten.

Während er auf seinem Smartphone nach dessen Telefonnummer suchte, fiel ihm noch etwas ein.

»Papa Petros hat mir noch einen Vertrag gezeigt wegen der Grabstätte. Da wird alle zehn Jahre von einem Konto aus Düsseldorf Geld an die Gemeinde überwiesen, damit die Kleine nicht ausgegraben wird.« Er zeigte das Foto, welches er von dem Schriftstück aufgenommen hatte.

»Das heißt, es gibt noch jemanden in Deutschland, der sich kümmert?«

»Muss wohl, es gibt auch jedes Jahr frische Blumen, jeweils am Geburtstag der Toten.« Spyros erzählte von den Beobachtungen der Friedhofsgängerin.

Für einen Moment herrschte Stille, jeder schien zu überlegen, was er mit dieser Information anfangen konnte. Schließlich schrieb Filippos *Kontakt in Düsseldorf* auf die Tafel.

Zuletzt blieb noch ein Punkt offen, die Überprüfung der Fahrzeughalter. Die Liste der elf Halter mit Telefonnummern und Adressen lag vor ihm.

»Acht der betroffenen Personen habe ich erreicht, sie haben alle ein Alibi«, übernahm Xenia sogleich. »Das habe ich zumindest mündlich. Fünf haben mir schon detaillierte Angaben dazu gemailt, die restlichen drei wollen sie mir in Kürze schicken.«

»Was ist mit den verbleibenden Haltern?«

»Denen habe ich auf Band gesprochen, mit dem Hinweis, sich schnellstens zu melden.«

»Gut! Bleibt dran! Wenn sich da innerhalb der nächsten 24 Stunden nichts tut, fahren wir dahin.« Filippos zeigte auf Spyros.

»Das wär's dann für heute. Wir sehen uns morgen.« Er gähnte, die Uhr zeigte kurz vor halb acht. »Und ich komme morgen etwas später ins Büro, ich möchte noch einmal mit der Wienerin sprechen«, verabschiedete er sich von seinen Leuten und wählte die Nummer von Karis.

»Ich wäre soweit, es ist leider später geworden«, meldete er sich bei seinem Exkollegen. »Aber das kennst du ja.«

»Alles gut, ich habe mir schon ein Bier genehmigt und schön, dass du dir Zeit nimmst.« Für Filippos war das eine Selbstverständlichkeit, auch wenn er den Abend lieber mit Irini und Dimitri verbracht hätte. Andererseits war er ziemlich neugierig, was sich so in der Mordkommission in Athen verändert hatte und wie Karis mit seiner neuen Chefin zurechtkam. Und dann war da noch diese neue Sondereinsatztruppe, zu denen sie beide gehörten, über die er mit Karis reden wollte. Quasi ein Team, aber so richtig ausgegoren war dieses Konzept für den Chef der Polizei in Parikia nicht. Zu besprechen gab es genug und schon in Athen waren die beiden Beamten des Öfteren zu einem Drink nach Feierabend aufgebrochen.

»Ich kann mich schon gar nicht mehr erinnern, wann wir das letzte Bier gemeinsam getrunken haben«, rief Karis ihm aus einer Ecke des To Mistrato zu. Filippos hätte ihn fast übersehen. Das Netz, welches zum Schutz der Gäste vor herabfallenden Blättern über den gesamten Platz mitten in Parikia gespannt war, nahm viel Licht der untergehenden Sonne.

»Ich liebe diesen Platz, er ist quirlig und heimelig zugleich«, wies er Filippos an, sich zu setzen.

»Und immer was los.« Filippos mochte das Plätzchen auch, er hatte nur viel zu wenig Zeit, um die Atmosphäre öfter zu genießen.

»Siehst müde aus. Ganz schön hart, die ganze Verantwortung?« Karis zeigte auf seine leere Flasche Bier und hielt zwei Finger hoch. Die Kellnerin verschwand zur Theke und kam mit zwei eisgekühlten Flaschen an den Tisch.

»Hab ich mir ja selber ausgesucht.« Sie stießen an und Filippos nahm einen Schluck aus der Flasche.

»Und gegen Athen ein Kindergeburtstag.« Er lachte. »Auch wenn dieser Fall mir ganz schön zusetzt«, gestand er dem Techniker.

»Die Zeiten sind härter geworden und ich befürchte, dass wir in diesem Team mehr Arbeit bekommen werden.« Karis spielte auf die neu gegründete Abteilung an.

»Auf Paros seid ihr gut aufgestellt, aber die unzähligen kleineren Inseln tun sich mit allem, was über Wohnungseinbrüche, Diebstahl und sonstigen Kleckerkram hinausgeht, sehr, sehr schwer.«

»Kann ich mir vorstellen. So wird uns auch so schnell nicht langweilig. Und wie geht es so mit Kinka?« Filippos setzte seine Flasche wieder an.

»Auf diese Frage habe ich gewartet. Dein Fall ist die Dame nicht?«

»Gut erkannt, aber ich habe zum Glück wenig mit ihr zu tun. Wie steht's um dich?«

»Dazu brauche ich einen Schnaps.« Der Techniker orderte, ohne lange zu fragen, eine Flasche Ouzo und Eis.

»Ich muss noch fahren.« Filippos wollte die Bestellung rückgängig machen.

»Ich zahl dir ein Taxi. Jetzt fang nicht an, du musst nach Hause.« Filippos spürte, dass es dem Techniker wichtig war.

»Du weißt, dass ich mich selbst auf die Stelle beworben habe und dann das …« Die Kellnerin stellte einen Kübel mit Eis und den Ouzo aus dem Hause Moràssi auf den Tisch. Es folgte ein Teller mit Paximadi-Häppchen, dem griechischen Gerstenzwieback, der mit einer Mischung aus Oliven und Tomaten belegt war. Karis füllte zwei Gläser und trank. »Ein feines Tröpfchen, ist in Athen nur schwer zu kriegen«, kostete er von dem hochprozentigen Brand.

»So groß ist die Ausbeute nicht und die decken zuerst den Bedarf auf Paros ab«, wusste Filippos zu berichten. Seitdem das alteingesessene Weingut in Naoussa auch mit den Klassikern der griechischen Getränkekarte Souma und Ouzo am Start war, wurde die lokale Marke immer mehr in den heimischen Tavernen angeboten.

»Das hat dann ja leider nicht geklappt mit der Stelle, obwohl ich mich nach dem Weggang von Angeliki mächtig ins Zeug gelegt habe.« Karis goss sich einen neuen Ouzo nach.

»Und dann, Abrakadabra, haben die Kinka aus dem Hut gezaubert, ohne mich vorher zu informieren.« Filippos hatte in ein Wespennest gestoßen und spürte, dass Karis dringenden Gesprächsbedarf hatte.

»Neue Besen kehren gut, frischen Wind in festgefahrenen Strukturen, die ganze Scheiße konnte ich mir dann anhören. Und dass mir der Doktortitel fehle.« Mit einem Satz kippte er den Anisschnaps in sich hinein. Filippos tat es ihm gleich.

»Aber …«, Karis suchte nach den richtigen Worten. »Nach einer ersten, tiefen Enttäuschung habe ich überlegt, wie ich weiter vorgehe. Ich habe noch ein paar Jahre zu arbeiten und musste mich damit arrangieren. Und Schritt für Schritt habe ich das Mädel kommen lassen. Mit ihrem wahnsinnigen Fachwissen und ihren Theorien.«

Filippos musste grinsen. Karis war kein Mann, der so schnell aufgab.

»Zuerst habe ich ihr klargemacht, dass Karriere nicht nur aus Können besteht. Networking heißt das Zauberwort, das hatte sie nicht so auf dem Schirm.« Die beiden Beamten stießen erneut an und für Filippos war schnell klar, dass er seinen Wagen stehen lassen würde.

»Ich habe ihr einen Deal angeboten bei einer Flasche Ouzo. Und du glaubst es nicht, sie ist drauf eingegangen.« Er jauchzte und füllte erneut zwei Gläser.

Filippos' Müdigkeit war plötzlich verschwunden, mit jedem Drink wurde ihm bewusst, dass ihm etwas Abstand zu den momentanen Ermittlungen guttat.

»Die war voll wie ein Eimer und seitdem sind wir ein ideales Gespann.« Er wies die Kellnerin an, eine zweite Flasche zu bringen. Filippos ergab sich seinem Schicksal.

»Die Kleine ist unheimlich gut in ihrem Fach und ihr Getue ist viel Fassade«, verriet er dem Polizeichef weiter. »Wenn wir in Athen alleine im Büro sind, ist die ganz anders. Sie bindet mich in alle Angelegenheiten ein, verlässt sich auf meinen Rat, so als väterlicher Freund und ich helfe ihr bei dem Aufbau ihrer Karriere.« Seine Augen blitzten schelmisch. »Ich bringe sie mit den richtigen Leuten in unserem Apparat zusammen und rate ihr, von wem sie sich fernhalten soll.« Ein

Teller mit Oktopus, Schafskäse mit getrockneten Tomaten und marinierten Sardellen wurde an den Tisch gereicht. Dazu gab es einen Korb mit Brot. Es folgte der Ouzo, Eis und Wasser.

»Das hört sich doch gut an und ich hatte schon das Schlimmste befürchtet. Dann sollte ich mit Kinka auch einmal einen trinken gehen, oder?« Die beiden Beamten prosteten sich zu.

»Ich glaube, das nennt man Win Win«, setzte Filippos nach und machte sich über den üppigen Meze-Teller her. Die leckeren Häppchen ersetzten durchaus ein volles Abendessen.

»Und hat die einen Mann?«, wollte der Polizist noch wissen.

»Bei dem Thema bin ich noch nicht so richtig weitergekommen. Ich vermute, sie hat ein Verhältnis mit ihrem Karatetrainer, so oft wie die zum Training geht.«

Ein munteres Getratsche durch alle Abteilungen der Athener Mordkommission folgte und der Polizeichef aus Parikia war wieder auf dem neusten Stand. Mit reichlich Schlagseite fuhr ihn ein Taxi spät in der Nacht zurück nach Naoussa.

Pension Christianos

Naoussa, Paros, Juni 2018

Sylvia Kerner befand sich in einer großen Zwickmühle. Schon dreimal hatte sie ihre Sprachnachricht auf Svens Handy hinterlassen, ihn gebeten, schnellstens nach Paros zurückzukommen, bislang ohne eine Rückmeldung. Das Mobiltelefon war inzwischen ausgeschaltet worden, der Kölner schien es ernst zu meinen. Langsam wusste sie sich keinen Rat mehr. Was sollte sie nur der Polizei erzählen? Auch das Hotel, das er für die nächste Woche gebucht hatte, konnte ihr nicht weiterhelfen, aber das hätte sie auch gewundert.

Sie war hin und hergerissen, was sie nun tun sollte. Die Anweisung des Kommissars, Paros nicht zu verlassen, hallte in ihr nach und die würden schnell dahinterkommen, dass sie von der Flucht des Kölners wusste. Sie verschob die Entscheidung auf später, in der Hoffnung, von Sven ein Lebenszeichen zu erhalten und widmete sich Frank Burger.

Jetzt, wo sie alleine in der Pension verweilte, machte ihr der ehemalige Freund noch mehr Angst. Auch wenn sie es sich nicht hatte anmerken lassen, das Profil, welches sie von ihm erstellt und mit Filippos geteilt hatte, war das eines Mannes, der unter extremem Druck stand. Sie schüttelte sich bei dem Gedanken, dass er sich noch in der Nähe aufhalten könnte. Mit Sven war wenigstens ein Ansprechpartner zugegen gewesen, obwohl er mit noch größerer Panik als sie selbst reagiert hatte.

»Wir könnten die nächsten Opfer sein«, hatte er mehrfach seine Angst zum Ausdruck gebracht. Für Sylvia war das der Grund für sein überstürztes Verschwinden. Angst war kein guter Ratgeber, das wusste sie nur zu gut. Während sie überlegte, wie sie den Tag gestalten sollte, kreisten ihre Gedanken immer um das gleiche Thema. Was hatte den Berliner so verändert? In ihrer Unruhe begann sie im Netz nach Einträgen zu Frank Burger zu suchen. Ihr Kenntnisstand war aus dem Jahre 88, es klaffte eine Lücke von dreißig Jahren. Eine sehr lange Zeit, in der gravierende Einschnitte im Leben eines Menschen zu starken Veränderungen führen konnten.

Sie wusste noch, dass er eine Ausbildung zum Schreiner absolviert hatte. Sein handwerkliches Geschick aus jenem Sommer war ihr noch positiv im Gedächtnis geblieben. Wie er im Handumdrehen einen Sonnenschutz für sie alle gebastelt hatte, aus ein paar angespülten Holzplanken oder anderweitigem Treibgut. Frank war immer da, wenn etwas repariert oder gebaut werden musste und er hatte es stets mit Freude getan. Ein guter Handwerker, der für alles eine Lösung parat hatte. Schnell stellten sich erste Ergebnisse ein: Es gab mehrere Frank Burger, die das Internet ausspuckte. Aber es gab nur einen in Berlin, der sich mit einer Schreinerwerkstatt selbstständig gemacht hatte.

Neugierig öffnete sie den Link. Eine lachende Belegschaft präsentierte einen Betrieb, umgeben von extravaganten Möbelstücken. Frank Burger saß auf einem überdimensional großen Schreibtisch und lachte fröhlich in die Kamera. Im Hintergrund war das Firmenlogo zu erkennen. *Wood Art-* stand auf dem in geschwungenen Buchstaben fixierten Banner.

Das war keine normale Schreinerei, wurde Sylvia sofort klar und im Textfeld der Firmenbeschreibung wurde ihr das bestätigt. *Möbel nach Wunsch, Unikate nach Ihren Bedürfnissen,* las sie nur ein paar Auszüge aus dem Angebot des Betriebs. Dass Frank auch eine künstlerische Begabung in sich trug, war ihr schon in jenem Sommer aufgefallen. Alles, was er zusammenbastelte, hatte stets Ästhetik, das war ihm sehr wichtig gewesen.

Die Präsentation musste schon älter sein, wenn sie das Gesicht des Betriebsleiters mit dem Bild von heute verglich. Sylvia fand weitere Einträge zu der Werkstatt, meist waren es Beiträge mit fertiggestellten Möbelstücken, die allesamt Einzelstücke darstellten und sich künstlerisch von normalen Möbeln deutlich unterschieden. Frank musste gut verdient haben, überlegte sie, für Sonderanfertigungen musste man immer tiefer in die Tasche greifen.

Sie scrollte weiter: Frank mit freudigen Kunden, Frank bei der Verleihung einer Urkunde, Frank beim Feiern mit seinen Mitarbeitern und immer wieder Bilder mit ausgefallenen Möbelstücken. Sie studierte die ganze Sammlung intensiv, irgendwie passte das nicht zu dem Eindruck, den der Berliner auf Paros in den letzten Tagen hinterlassen hatte. Sie suchte weiter, änderte ihre Suchkriterien und stieß auf einen Artikel, der knapp zwei Jahre alt war. Die Headline lautet: *Das abrupte Ende einer kreativen Werkstatt*. Das ließ die Wienerin aufhorchen.

Noch einmal konkretisierte sie ihre Suche, jetzt aber mit dem Fokus auf den Betrieb von Frank Burger und schon stellte sich die Situation in einem völlig anderen Licht dar. Im August 2016 musste der Betrieb nach mehr als fünfundzwanzig Jahren Insolvenz anmelden, entnahm sie dem Bericht. Acht Mitarbeiter standen plötzlich auf der Straße, ein Aus nach einem Vierteljahrhundert. Sylvia schloss aus den gesammelten Informationen, dass Franks Lebenstraum plötzlich weggebrochen war und langsam sortierte sich das Bild des Mannes neu. Ein plötzlicher Verlust von Wertschätzung und Erfolg war ein einschneidendes Ereignis, welches ganze Manager-Riegen in den Herzinfarkt trieb, wusste sie aus ihrer langjährigen Arbeit in der Praxis. Das galt gleichermaßen für erfolgsverwöhnte Betriebsleiter, die ganz unerwartet in ein tiefes Loch fallen, wenn plötzlich die Aufträge ausbleiben oder ihre Produkte oder Dienstleistungen nicht mehr gefragt sind. Eine unerträgliche Situation für alle, die mit viel Herzblut etwas Eigenständiges aufgebaut haben. Kommen dann noch größere Schulden mit dazu, entwickelt sich das Ganze für viele zur Katastrophe. Nicht selten spielten Männer nach solch traumatischen Erlebnissen mit Selbstmordgedanken. Dass jemand zum Mörder geworden war, kannte sie jedoch bislang noch nicht.

Die Psychologin speicherte den Beitrag ab und führte ihre Recherche fort. Vielleicht entdeckte sie ja außerdem, warum es zu der Pleite gekommen war. Was steckte dahinter? Ganz besonders interessierte sie, was Frank Burger danach gemacht hatte. War er wieder auf die Beine gekommen oder war es weiter mit ihm bergab gegangen? Gab es jemanden, der ihn aufgefangen hatte oder musste er die Misere alleine durchstehen? Alles Überlegungen, die zu einer schärferen Betrachtung dieses Menschen führen würden.

Ein Anruf riss sie aus ihrer Arbeit. Sie erkannte sogleich die Nummer des Kommissars. Wie sollte sie sich jetzt verhalten? Ihr wurde augenblicklich heiß.

Er wäre in einer Stunde bei ihr, um mit ihnen beiden noch einmal über Frank Burger zu reden. Die Betonung lag auf ihnen beiden, ihr wurde schlecht. Bevor sie die Angelegenheit klären konnte, hatte er schon aufgelegt. Sie unterbrach ihre Nachforschungen und entschied, ihr Frühstück einzunehmen. Mit leerem Magen wollte sie dem Polizisten nicht Rede und Antwort stehen. Manolis war schon seit Längerem im Garten aktiv, sie suchte sich eine ruhige Ecke an einem der kleineren Tische. Manolis brachte gleich zwei Gedecke.

»Eins reicht heute, ich frühstücke allein«, begrüßte sie den Pensionsbesitzer. Manolis stutzte.

»Sven ist schon in aller Frühe zu einem Ausflug aufgebrochen«, kam sie weiteren Fragen zuvor und beschloss, diese Variante auch so dem Kommissar mitzuteilen. Sogleich löschte sie ihre Telefonliste, in der noch die ausgehenden Anrufe zu Sven aufgeführt waren.

Ihre Hoffnung war immer noch, dass der Kölner rechtzeitig zur Vernunft und zurück nach Paros kommen würde. Dann begann sie erneut im Internet nach Spuren von Frank Burger zu suchen. Diesmal suchte sie nach seinem Beziehungsstatus, doch in den gängigen sozialen Netzwerken kam sie nicht weiter. Da kam ihr eine Idee. Mithilfe der Adresse des Berliners ermittelte sie die Telefonnummern von Nachbarn, die unter der gleichen Hausnummer eingetragen waren. Sie suchte willkürlich einen Namen aus und wählte die Nummer.

Eine schläfrige Frauenstimme nahm ab.

»Entschuldigen Sie die Störung, aber ich versuche seit Längerem, Frank Burger zu erreichen. Sie sind doch eine Nachbarin, oder?« Pause! Die Frau schien nachzudenken.

»Ja, bin ich. Was ist mit ihm?«

»Ich bin eine alte Freundin und er wollte mich schon seit zwei Tagen angerufen haben, aber er ist irgendwie verschollen. Vielleicht können Sie mir sagen, wo er ist?«

»Soweit ich weiß, ist er im Urlaub. Ich habe ihn auf jeden Fall mit einer Reisetasche in ein Taxi steigen sehen.« Sylvia frohlockte, ihr Plan schien aufzugehen.

»Wissen Sie auch, wohin?«

»So eng bin ich nicht mit dem. Warum wollen Sie das wissen?« Argwohn schwang in der Frage mit. »Haben Sie es denn nicht auf seinem Handy versucht?«

»Doch, aber auch da geht er nicht ran.«

»Das ist in der Tat merkwürdig, aber vielleicht braucht er einfach nur eine Auszeit.«

»Ja, das könnte ich verstehen«, zeigte die Wienerin Verständnis. »Aber er hat versprochen, sich bei mir zu melden. Ist er denn krank?«

»Na ja, die Pleite seiner Firma und dann noch die Trennung von seiner letzten Frau, das kann schon krank machen.« Sylvia jauchzte innerlich, ein weiteres Puzzleteilchen wurde ihr soeben präsentiert. Sie bedankte sich bei der Fremden und legte auf. Das Bild ihres ehemaligen Urlaubsbekannten bekam mehr und mehr Konturen. Das Gefahrenpotential, welches von ihm ausging, stufte sie immer höher ein. Manolis servierte ihr das Frühstück. »Hat er erzählt, wo er hin wollte?«, fragte er nebenbei.

»Nach Parikia und um die Insel«, log sie, um ihn schnell wieder loszuwerden.

»Filippos Panos kommt gleich, der will euch nochmal verhören«, rief er noch.

»Ist mir bekannt, der hat mich schon angerufen. Wird wohl mit mir vorliebnehmen müssen«, antwortete sie schnippisch.

»Wenn er sich damit zufriedengibt«, konterte Manolis und ging an den nächsten Tisch.

Das ebbte in ihr nach. Sie hatte kein gutes Gefühl, was die Abwesenheit des Kölners betraf. Aber Sylvia Kerner war professionell genug, um sich nichts anmerken zu lassen. Bewusst lässig empfing sie Filippos in der Pension. Der sah extrem müde aus und sie konnte sich dem Eindruck nicht erwehren, eine leichte Alkoholfahne bei ihm wahrzunehmen.

»Ist es spät geworden gestern Abend?«, fuhr sie ihm über den Mund, bevor er überhaupt etwas äußern konnte.

»Kommt auch bei Kripobeamten hin und wieder vor«, erwiderte Filippos leicht irritiert.

»Gibt es irgendein Lebenszeichen von Frank Burger? Hat er sich gemeldet?«

»Dann hätte ich Sie sofort informiert oder was glauben Sie?« Die Wienerin wunderte sich über die dämliche Frage.

»Ich hätte die gleiche Frage an Sie gehabt. Haben Sie noch keine Spur, der Sie nachgehen können?«

»Leider nein.«

»Das ist schade, ich mache mir ernsthafte Sorgen und seit heute noch mehr.«

»Warum? Gibt es etwas, dass ich wissen sollte?«

»Es hat mir keine Ruhe gelassen, nach weiteren Details zu Frank Burger zu suchen.« Sie berichtete von ihren Internetermittlungen. »Der Mann hat alles verloren, er ist in einem Extremzustand und somit unberechenbar. Ich traue mich kaum noch aus meinem

Zimmer.« Filippos notierte das Wesentliche in seiner Kladde.

»Wir vermuten, dass er noch auf der Insel ist. Haben Sie eine Idee, wo er sich versteckt halten könnte? Gab es damals einsame Plätze, wo er oder Mitglieder der Clique gerne hingefahren sind?« Der Kommissar hoffte auf ein paar neue Ansatzpunkte.

»Da fällt mir spontan nichts ein, aber ich werde darüber nachdenken.« Sylvia hatte ihre alten Bilder vor Augen. Vielleicht befand sich unter den Fotos der ein oder andere Rückzugsort.

»Und noch was. Fast hätte ich es vergessen. Hat Frank Burger einen Jagdschein? Oder hat er in einer Metzgerei gearbeitet?« Filippos erinnerte sich an Kinkas Aussage. Sylvia hatte keine Ahnung.

»Und fragen Sie auch Ihren Kumpel. Wo ist der überhaupt?«, bohrte Filippos nach.

Sylvia Kerner lief rot an, jetzt hatte es sie doch noch erwischt. Lügen war noch nie ihre Stärke gewesen.

»Müsste eigentlich längst hier sein, er wollte nach Parikia.« Sie wich dem Blick des Kommissars aus.

»Er soll sich bei mir melden, sobald er zurück ist.« Filippos spürte die Unsicherheit der Psychologin.

»Nein. Ja. Scheiße.« Die Wienerin fluchte laut. »Der ist heute früh nach Mykonos rüber. Hat die Situation nicht mehr ausgehalten«, druckste sie herum. »Der kommt aber bestimmt bald zurück.« Filippos konnte es nicht fassen.

»Das hätten Sie mir sofort melden müssen. Es gab eine klare Anweisung, die Insel nicht zu verlassen.« Stinksauer verließ er die Pension.

Frank Burger

Paros, Juni 2018, 2 Tage zuvor

Frank Burger inspizierte vorsichtig seine Umgebung und vergewisserte sich, dass niemand in der Nähe war. Das achtlos an der Hauswand abgestellte Fahrrad schien nicht abgeschlossen zu sein, zumindest hatte er beim Vorbeigehen keines dieser fetten Kettenschlösser bemerkt. Nachdem er ein geeignetes Versteck in der Nähe ausgemacht hatte, war er leise zurückgeschlichen, um den recht neuwertigen Drahtesel für sich und seine Flucht zu sichern. Unter einem Busch auf einer naheliegenden Brache würde es so schnell niemand finden, außerdem sollte es dort auch nur ein paar Stunden liegen. Schon bald würde er damit aus Naoussa verschwinden. Bis zum Morgengrauen wollte er sein Ziel erreicht haben, welches er als einen idealen Rückzugsort ausgewählt hatte. Erst hatte er überlegt, sich zu Fuß auf den Weg zu machen, dann war ihm die Idee mit dem Fahrrad gekommen. Einen fahrbaren Untersatz zu haben, konnte nur von Vorteil sein in der abgelegenen Gegend. Zudem wollte er unnötige Aufmerksamkeit unbedingt vermeiden. Die zog ein einzelner Fußgänger mit einer Reisetasche über der Schulter eher auf sich als ein Radfahrer.

Er war sich nicht sicher, ob er den Weg überhaupt noch finden würde, dreißig Jahre waren eine verdammt lange Zeit, da konnte sich einiges verändert haben. Ob das Haus überhaupt noch existierte?

Frank hatte keinen Schimmer, obwohl er sich schwerlich vorstellen konnte, dass jemand einen solchen Schatz einfach dem Erdboden gleichmachen würde. Erschwerend kam hinzu, dass er in der Nacht nach der abgelegenen Behausung suchen musste, welche ihn schon in jenem Sommer so fasziniert hatte. Nur durch einen Zufall hatte er sie damals entdeckt, als er zu einem Ausflug über die Insel aufgebrochen war. In diesem Sommer war er mehrfach dort gewesen. In dem steinalten Anwesen schien nur sporadisch jemand zu wohnen.

Später hatte er erfahren, dass nur ganz selten ein Maler aus Athen dort residierte, immer dann, wenn er neue Energie für seine künstlerische Arbeit suchte. Er hatte das alte Steinhaus vor einigen Jahren geerbt. Er sei aber nie im Sommer auf Paros, da er die Hektik der Touristen nicht ertragen könne, so die Aussage eines Anwohners aus dem nahegelegenen Kalami. Der besaß einen Schlüssel für das verwitterte Tor zu dem Areal und sorgte vor der Anreise des Malers für frische Bettwäsche und Lebensmittel. Seine Frau kümmerte sich vor und nach der Abreise des Besuchers stets um eine Grundreinigung des Hauses. Das Paar kannte die Besitzerfamilie schon lange Jahre und betrieb einen kleinen Supermarkt in dem verwaisten Nest.

Bei einem Einkauf war er an diese Insiderinformationen gelangt, als er ganz beiläufig nach dem Besitzer des Hauses gefragt hatte.

Sogar mit Lisa war er dort gewesen, hatte sie überrascht mit einem unvergesslichen Ausflug in ein Stück verwunschenes Niemandsland. Sie war ausgeflippt, als er ihr seinen Schatz in der Abenddämmerung stolz präsentiert hatte. Wie zwei Diebe waren sie im Licht der untergehenden Sonne über die völlig zugewucherte, antike Mauer geklettert. Dahinter offenbarte sich die gesamte Schönheit des verwilderten Grundstücks.

Die Eingangstür zu der maroden Villa war nicht verschlossen. Außer den sperrigen, altertümlichen Möbeln war in dem Haus auch nichts zu holen. Mit einer Flasche Wein waren sie auf das Dach gestiegen, von wo aus man einen ungetrübten Blick bis hin aufs Meer genießen konnte. Zwei unauslöschliche Nächte hatten sich für immer in sein Gehirn eingebrannt. Zu diesem Zeitpunkt hatte er noch fest daran geglaubt, dass aus Lisa und ihm etwas ganz Großes werden könnte. Vollkommen blind war er der flippigen Studentin ausgeliefert gewesen. Alle Zeichen, die dagegensprachen, hatte er verdrängt, eine Frau wie Lisa war ihm bis zu diesen Tagen noch nie begegnet.

In jenem Sommer hätte er alles darangesetzt, um sie für alle Ewigkeit für sich zu behalten. Dass gerade Alex seinen Traum zerstören würde, hätte er nie für möglich gehalten. Alex, dem es nur um das Eine ging und der nie wirkliche Gefühle für Lisa empfunden hatte. Frank wehrte sich gegen eine aufkommende Melancholie. Selbst nach dreißig Jahren stiegen ihm bei den zurückliegenden Erinnerungen noch Tränen in die Augen. Das Leben hatte es anders mit ihm vorgehabt und für Lisa war er nur einer ihrer zahlreichen Spielgefährten gewesen, wie er dann später recht bitter erleben sollte. Mit Macht beendete er seine Gefühlswallungen und widmete sich wieder seinem Plan.

Seine Reisetasche lag fertig gepackt auf seinem Bett. Auf der Kommode hinterließ er exakt den Geldbetrag, den er für seinen Aufenthalt zu zahlen hatte. Es sollte alles seine Richtigkeit haben. Er schaltete sein Handy ab und entfernte die SIM-Karte, dann wartete er auf einen passenden Moment und öffnete bedacht die Eingangstür zu dem nächtlichen Innenhof. Angespannt horchte er auf Geräusche, die auf die Anwesenheit von weiteren Personen hingedeutet hätten. Doch da war nichts, nur das nächtliche Orchester der Zikaden drang imposant an seine Ohren. Bei völliger Stille wirkten sie noch lauter als sonst.

Noch einmal blickte er nach beiden Seiten, bis auf die Wegbeleuchtung waren alle Zimmer dunkel. Flink huschte er zu dem Holztor und stahl sich im Schutz der Dunkelheit zu dem nur einen Steinwurf entfernt gelegenem Grundstück. Ein altes Feld, auf dem bei seinem ersten Besuch auf Paros ein Esel gestanden und jeden Morgen mit seinem lauten Iiii-Ahhh für einen Weckruf gesorgt hatte, war jetzt zu einem vergammelten Parkplatz verkommen. Das Mountainbike lag noch genauso da, wie er es dort hingelegt hatte. Behutsam legte er Ast für Ast zur Seite, die das Gefährt vor Blicken Fremder ein paar Stunden geschützt hatten. Die Meter bis hin zur Straße schob er das Rad, zog die Trageriemen fest, die seine Reisetasche stramm an seinen Rücken pressten. Aus der gegenüberliegenden Bäckerei am Ende der Straße zog ihm ein angenehmer Duft von frisch gebackenem Brot entgegen. Er schwang sich auf das Fahrrad und hielt sich links, kein Risiko eingehend wählte er einen Umweg.

Er wollte Naoussa über die Ortsumgehung verlassen. Auf der kürzeren Strecke rechts vermutete er selbst zu dieser frühen Stunde noch einzelne Nachtschwärmer, die aus den Clubs des alten Hafens zurück in ihre Hotels taumelten. Die Aufregung und die ansteigende Straße trieben ihm den Schweiß auf die Stirn. Nach gut zweihundert Metern schwenkte er nach rechts auf eine holprige Piste, aber nur ein kurzes Stück, dann war er auf der Ortsumgehung angelangt. Nun ließ er das Rad laufen, passierte mit hoher Geschwindigkeit die beiden neuen Supermärkte und stoppte abrupt am Ende der Straße, vor sich die alteingesessene Tankstelle des Ortes. Jetzt brauchte er sich nur noch links zu halten, rechter Hand lag der Piperi Beach. Die Straße nach Kolimbithres passierend, steuerte er auf den nächsten Abzweig zu. Er zählte lediglich zwei Fahrzeuge, die ihm entgegenkamen. Schwitzend erreichte er die alte Hauptstraße, die über Kamares nach Parikia führte, von hier an ging es eine längere Strecke bergab. Frank atmete durch, ab hier war zu dieser Zeit kaum noch mit Verkehr zu rechnen. In diesem Moment fühlte er sich erstmals sicher.

Nach knapp einem Kilometer hielt er an und trank einen Schluck Wasser. Im schalen Licht des Mondes versuchte er sich zu erinnern, viel gebaut worden war in dieser Ecke der Insel auf jeden Fall nicht. Das steigerte seine Hoffnung, den alten Kotten noch so vorzufinden, wie er ihn von vor dreißig Jahren in seinem Gedächtnis hatte. Mühsam strampelte er weiter, die Straße verlief von nun an stetig bergauf. Schwitzend ließ er Kamares hinter sich, immer darauf bedacht, das zerschossene Hinweisschild nach Kalami nicht zu verpassen. Plötzlich tauchte es auf. Zunächst nur die verblichenen Umrisse, das verbogene Hinweisschild schien die letzten dreißig Jahre dem Wetter die Stirn geboten zu haben. Er folgte weiter der Straße. Ab hier würde er sich zurechtfinden. Sein Rückzugsort war wie zum Greifen nah.

Das hölzerne, verwitterte Tor lag in einer Senke, umgeben von dunklem, dichten Baumbestand. Irgendwann in den letzten Jahren musste es einen blauen

Anstrich erhalten haben. Die Farbe war längst in ein milchiges Hellblau übergegangen. Eine rostige, grobgliedrige Kette sperrte den Zugang zu dem Grundstück ab.

Franks Herz machte vor Freude einen Sprung. Mit Ehrfurcht näherte er sich dem Gelände, das er zwangsläufig mit den seltenen Momenten des Glücks verband. Eine Mauer, die das gesamte Areal umrandete, war nicht mehr zu erkennen, die wildwuchernde Natur hatte sich ihren Teil erfolgreich zurückerobert. Er lauschte einen Augenblick. Außer seinem Atem und der nächtlichen Geräuschkulisse der Insekten war nichts zu hören. Mit verengten Sehschlitzen suchte er nach einer geeigneten Stelle, wo er die grüne Wand überwinden konnte. Das Fahrrad lehnte er hochkant an die Mauer, so konnte er das Transportmittel, wenn die Luft rein war, mit auf die andere Seite hieven. Es war stockfinster. Das allumfassende Grün der Bäume und üppigen Sträucher rund um die Villa verschluckte die letzten Lichtpartikel des silbernen Mondscheins.

Einzig frei von Gestrüpp war der Zugang zum Haus. Frank holte tief Luft. Er war angespannt bis aufs Äußerte, obwohl keinerlei Anhaltspunkte für die Anwesenheit weiterer Personen erkennbar waren. Er zückte eine Taschenlampe und leuchtete den Weg aus, erschrocken sprang er zur Seite, als ein Zischen hinter ihm ertönte. Bestimmt fühlte sich eine Natter gestört und bahnte sich ihren Weg ins Unterholz. Eine Warnung, die er ernst nahm. Schon damals hatte er sich fast in einen Skorpion gesetzt.

Ab jetzt würde er sich bei jedem Schritt gründlich umsehen, denn obwohl die Haustür verschlossen war, bot das verwaiste Gebäude vielfachen Unterschlupf für allerlei unliebsame Gäste. Auch wenn die Bisse und Stiche der hiesigen Schlangen und Skorpione in den seltensten Fällen zum Tode führten, wäre zumindest das Aufsuchen eines Arztes oder einer Apotheke vorprogrammiert.

Langsam drückte er die Türklinke hinunter, sein Herz klopfte wild, als sie nachgab. Es hatte sich nichts geändert. Die gekalkten Wände waren frisch gestrichen, das Licht seiner Stablampe wirkte im Inneren fast grell. Das gewölbeförmige Untergeschoss bestand neben einem Wohnraum aus einer großen Küche mit einem uralten, mit Holz beheizbarem Herd, einem antiken Küchenschrank, einem modernen Kühlschrank und einem mit Patina überzogenen Kupferkessel. Letzterer besaß eine beachtliche Größe. Damals hatte er dem seltsamen Gefäß wenig Beachtung geschenkt, zu sehr war er auf Lisa fixiert gewesen. Außerdem hätte er auch gar nicht gewusst, was es mit dem Behältnis auf sich hat.

Mittlerweile wusste er, dass es sich um eine traditionelle Kazani handelte. Jene klassischen Destillationsbehälter, die zum Brennen des lokalen Soumas benutzt wurden. Während einer Herbstreise nach Kreta war er mit dieser griechischen Sitte in Berührung gekommen. Eine bleibende Erinnerung, dieses Brennereifest, bei dem das ganze Dorf auf den Beinen war. Und er als Tourist mittendrin, nur dass der Souma auf Kreta Raki genannt wurde. Zum Glück wusste er seit seinem Aufenthalt im Sommer 88 von der starken Wirkung des Brandes, sodass er in dieser Nacht nicht völlig abgestürzt war. Jannis, der Souma Mann, hatte sie stets alle vor dem Zeug gewarnt. Es kam trotzdem einiges an Raki zusammen, denn jeder Bauer, der einen Monat zuvor seine Fässer mit dem Trester in der Kazani abgeliefert hatte, wollte mit ihm anstoßen. Während der vorhergegangenen dreißig Tage hatten die Pressrückstände aus der Weinherstellung eine alkoholische Gärung durchlaufen. Erst danach waren sie reif für die Destillation. Nachdem alle Chargen destilliert wurden, startete das große Besäufnis.

Frank leuchtete weiter den Raum aus. Neben dem Kessel stand ein dunkles Regal, bestückt mit unzähligen Flaschen.

Neugierig betrachtete er die unterschiedlichen Formen und Etiketten, Marken, die er in seinem Leben noch nie gesehen hatte. Hier musste ein Sammler und Liebhaber von hochprozentigen Getränken einen wertvollen Vorrat angelegt haben. Das Spirituosensortiment musste neu sein, bestimmt wäre ihm das damals ins Auge gefallen.

Er konzentrierte sich weiter auf die Erkundung des Gebäudes, die Anspannung seiner Flucht und der beschwerliche Weg zehrten an seinen Kräften. Eine ebenfalls weiß gekalkte Steintreppe führte in die obere Etage. Er lief spontan auf ein Zimmer zu, in dem ein breites Eisenbett gestanden hatte. Hier hatten sie sich zwei Tage und Nächte lang geliebt. Er staunte nicht schlecht, als er die Tür öffnete. Das Bett, bezogen mit weißer Bettwäsche, stand noch genauso in der Mitte des Zimmers, als wäre er nie fort gewesen.

An der kahlen Wand lehnten großformatige Leinwände, eine Staffelei und unzählige Tuben mit Künstlerfarbe, alles wirkte aufgeräumt, so als hätte jemand für Ordnung gesorgt. Er leuchtete auf einen Eimer mit allerlei Pinseln und tastete danach. Sie waren alle hart und eingetrocknet, für ihn ein Indiz, dass sie schon lange nicht mehr benutzt worden waren. Der muffige Geruch bestärkte ihn, dass schon länger nicht mehr gelüftet worden war. Die breite Flügeltür zu der oberen Terrasse war fest verschlossen, eine zweite Treppe führte hinauf zum Dach.

Draußen dämmerte es bereits, aus der Ferne hörte er das Krähen eines Hahnes. Er war unendlich müde. Schnell lief er zurück nach draußen und hob sein Fahrrad auf die Rückseite der Mauer, dann legte er sich auf das Bett, seine Reisetasche griffbereit. Sollte sich jemand dem Haus nähern, so konnte er über eine Außentreppe von der oberen Terrasse aus in dem verwilderten Garten untertauchen. Als Nächstes fiel er in einen tiefen Schlaf.

Sophia Petridis

Naxos, Juni 2018

Sophia Petridis saß erschöpft am Schreibtisch ihres verstorbenen Mannes und kämpfte mit den Tränen. Sie hatte ihre Kräfte gebündelt und sich zur Arbeit gezwungen, schließlich ging es um den Fortbestand ihres Betriebes. Ablenkung war die beste Therapie, auch wenn die ganze Tragödie sie um die letzten Energiereserven gebracht hatte. Mit Michalis wusste sie zum Glück einen Vertrauten von Jannis an ihrer Seite und sofort nach der Beerdigung hatte sie ihn zu ihrem Stellvertreter ernannt. Das war noch keine 24 Stunden her. Arbeit war das Einzige, womit sie in der nächsten Zeit ihre unsägliche Trauer ausblenden konnte.

In den vergangenen Tagen war vieles liegen geblieben und die eingegangenen Bestellungen mussten dringend ausgeliefert werden. Die Besucherströme auf den Inseln stiegen täglich und das machte sich bei den Auftragseingängen positiv bemerkbar. Das hatte jetzt Vorrang. Sie konzentrierte sich darauf, die Lieferpapiere und zugehörigen Rechnungen zu erstellen. Vieles in dem vollgestopften Büro erinnerte sie unentwegt an Jannis, obschon sie die meiste Zeit darin verbracht und es auch nach ihren Vorstellungen organisiert hatte. Lediglich ein Regal war für Jannis vertriebliche Aktivitäten reserviert gewesen. Dort sammelte er Informationen zu seinen zahlreichen Auslieferungs- und

Akquisitions-Aktivitäten. Fein säuberlich beschriftete Ordner enthielten Profile der dort ansässigen Hotels und Tavernen sowie deren Bestellverhalten. Das war schon immer Jannis' Job gewesen und er hatte aus den dort gesammelten Erkenntnissen ein Programm erstellt. Per Knopfdruck konnte er sich so zum Beispiel die Abnahmen einzelner Kunden aufrufen und schon im Vorfeld auf einen zur Neige gehenden Vorrat hinweisen. Oder neue Produkte aus ihrem Portfolio bestimmten Kundenprofilen zuordnen, die er dann in einem Mailing regelmäßig bewarb. Er nannte das Produktmarketing und war stolz darauf, so etwas auf die Beine gestellt zu haben.

Sophia musste an die hitzigen Diskussionen denken, wenn sie ihren Mann wieder einmal bremsen wollte.

»Du darfst den Kunden nicht zu sehr auf die Pelle rücken«, war ihre feste Meinung. »Zu viel Werbung schreckt eher ab«, befürchtete sie aus ihrem eigenen Verhalten, aber Jannis war in dieser Hinsicht kaum zu stoppen.

Jenes Bücherregal war völlig überladen und die Einlegeböden zeigten eine gefährliche Delle gen Boden. Schon lange war geplant, dort ordentlich auszumisten. Das würde sie jetzt wohl in Angriff nehmen müssen, verbunden mit einer kompletten Neuordnung des Geschäftszimmers.

Ihre Augen blieben an ein paar vergilbten Aktenordnern hängen, deren Rücken die Bezeichnungen der betreffenden Regionen trugen. Darunter die gängigen Touristikinseln Mykonos, Santorin, Paros, Kos und Rhodos, aber auch viele kleinere Inseln und Orte vom griechischen Festland. Eine Sektion des Regals war für außergriechische Geschäfte reserviert. Hier stapelten sich Dokumente von Touristikmessen oder Adressen eventueller Abnehmer ihres Sortiments. Für dieses Business war in den letzten Jahren immer weniger Zeit geblieben, dazu brummte der lokale Markt zu gut. Außerdem reichten ihre Produktionskapazitäten dafür auch gar nicht aus. Ein Thema, was immer wieder diskutiert wurde.

»Zuerst kommen unsere heimischen Kunden«, hatte sie ihren Mann oft angewiesen und ihn in die Realität zurückgeholt. Jannis hatte es sich trotzdem nicht nehmen lassen, ab und an ins Ausland zu fahren, um ihr Portfolio auf internationalen Ausstellungen zu präsentieren. Meist begleitet durch Michalis, der durch seine Ausbildung in Deutschland die richtigen Stellen und Organisationen kannte. So war auch der Kontakt zu dem Kesselbauer vom Bodensee entstanden, der in Kürze den neuen Destillationskessel liefern sollte.

Keine kleine Investition für das Unternehmen. Es hatte zahlreiche Gespräche im Vorfeld gegeben, bis die Entscheidung zur Kapazitätserweiterung gefallen war. Und jetzt fehlte die treibende Kraft, die dieses erweiterte Geschäft nach vorne bringen sollte. Instinktiv stand sie auf und holte sich den Ordner aus dem Regal, um die am Vortag eingetroffene Auftragsbestätigung abzuheften. Der passende Reiter war schnell gefunden, Sophia erkannte die Prospekte wieder, die ihr Michalis gezeigt hatte. Sie blätterte weiter, hinter den verbliebenen Reitern verbargen sich gesammelte Firmenbroschüren von einer großen Messe in Nürnberg, Unterlagen von Universitäten, die Getränketechnologie in ihren Studiengängen anboten und gesammelte Wettbewerbsinformationen.

Ein Reiter ganz am Ende war unbeschriftet. Das löste bei Sophia eine seltsame Neugier aus. Sie schlug die Dokumente zur Seite, in einer Klarsichthülle steckte ein größerer Umschlag, der verschlossen war. Weder auf der Vorder- noch auf der Rückseite befand sich ein Hinweis auf den Inhalt.

Ohne zu zögern griff sie nach einem Brieföffner und öffnete das Couvert. Ein in Handschrift verfasster Text in englischer Sprache erregte sogleich ihre Aufmerksamkeit. Er war an Jannis gerichtet. Höchst gespannt überflog Sophia die Zeilen und versuchte zu verstehen. Im Briefkopf war ein Datum und die Stadt Düsseldorf vermerkt, verfasst vor gut sechs Monaten. Mehrfach las sie den knappen Absatz, versuchte sich zu konzentrieren. Schnell wurde ihr klar, hier hatte jemand etwas zu Papier gebracht, der eng mit Lisa, der verstorbenen Studentin verbunden gewesen sein musste. Der Brief endete mit *Kind Regards Uli – Mit freundlichen Grüßen Uli.*

Sophia dachte angestrengt nach, doch den Namen hatte sie noch nie gehört. Spontan drehte sie das Stück Papier um, aber die Rückseite war leer, enthielt keine weiteren Angaben über den Adressaten. Auch den Originalumschlag des Briefes suchte sie vergeblich. Noch einmal ging sie Wort für Wort den Inhalt durch, von dem größten Verlust des Lebens war die Rede und dass man unbedingt Verantwortung dafür übernehmen sollte, übersetzte sie für sich den Text. Ein flaues Gefühl überkam sie und sogleich erschien ihr die Einladung zu dem Jubiläumstreffen vor Augen. Immer wieder diese Clique. Einmal mehr fühlte sie sich bestätigt mit ihrer Annahme, dass diese vermeintlichen Freunde von früher etwas mit dem Tod von Jannis zu tun haben mussten. Und wieder übermannte sie eine große Traurigkeit, nichts von Jannis über die geheimnisvolle Truppe erfahren zu haben.

Welches Geheimnis hatte er ihr vorenthalten? Warum musste er sterben? In ihrer Ungewissheit suchte sie nach der Visitenkarte des Polizisten. Mit dem Brief in der Hand wählte sie die Nummer von Konstantinos.

Sven Lindner

Mykonos, Juni 2018

Sven Lindner drückte sich ein Taschentuch auf sein linkes Knie. Bei seinem überhasteten Aufbruch nach der fürchterlichen Blamage am Strand war er über eine Baumwurzel gestolpert und hatte sich das Knie aufgeschlagen. Schlimmer konnte es an diesem Tag nicht mehr kommen. Er ließ sich auf einem Mauervorsprung nieder und tupfte sich das Blut von seiner Kniescheibe. Er hatte Glück im Unglück gehabt, bis auf ein paar Schrammen war der Sturz glimpflich verlaufen, ganz anders der Vorfall am Beach.

Am liebsten hätte er die ganze Peinlichkeit aus seinem Gedächtnis gestrichen. Der nächste Bus zurück ins Zentrum wartete bereits auf seine Fahrgäste. Er brauchte einen Drink und den konnte man am besten in Klein Venedig zu sich nehmen. In dem venezianischen Viertel, dessen Häuser farbenfrohe Balkone und Holzverandas schmücken, konnte man bei ruhiger See in einer coolen Bar direkt am Wasser sitzen und die flanierende Schar an Urlaubern beim Bummel beobachten. Bei rauer See konnte es durchaus passieren, dass man einen nassen Hintern bekam und die Drinks mit Meerwasser verwässert wurden. Das pittoreske Viertel mit seinen engen Gassen und angesagten Restaurants und Bars war die meist fotografierte Gegend auf der Insel und wurde auf unzähligen Postkartenmotiven verewigt.

Sven stieg an der Endstation aus und schlenderte gemütlich zu seinem Ziel, das Knie schmerzte, aber es war auszuhalten. Er wählte den Weg so, dass er über den Hügel Ano Mili in das Viertel gelangte. Dort oben standen die bekannten Windmühlen und von dort aus hatte man den besten Blick auf das quirlige Quartier. Es war heiß, aber noch nicht allzu voll, der Run begann erst gegen Abend.

Der Kölner hielt einen Augenblick inne und genoss den Blick. Bei jedem seiner Besuche auf Mykonos überkam ihn ein erhabenes Gefühl, wenn er hier verweilte. Für einen kurzen Moment dachte er daran, Sylvia anzurufen, verkniff es sich aber. Sie würde ihn bestimmt mit Vorwürfen überschütten und das täte seiner eh schon angeschlagenen Laune nicht gut. Am frühen Morgen würde er das erste Boot zurück nach Paros nehmen. Die Nacht würde er noch mitnehmen, wohl wissend, dass er sich unangenehmen Fragen der Polizei stellen musste.

Lässig bummelte er weiter. Im Caprina gab es die besten Cocktails und auch die heißesten Jungs und zu so früher Stunde sicher auch noch ein freies Plätzchen. Zum Sonnenuntergang ging ohne Reservierung gar nichts. Sein Plan ging auf, zielsicher steuerte er auf einen der in blau-weiß gehaltenen Regiestühlen zu, ein gut gestylter Kellner nahm ihn sogleich ins Visier. Er überlegte nicht lange: Zum Ausgleich auf den Schreck am Strand gönnte er sich ein Gläschen Champagner. Die Bedienung nahm die Bestellung lächelnd entgegen. Um ihn herum blubberte das teure Zeug überall, auf den meisten Tischen wurde aber direkt eine ganze Flasche geordert. Dementsprechend war das Klientel, Sehen und Gesehen werden war hier die Devise. Sven fühlte sich sichtlich wohl in diesem Umfeld.

Was hatte ihn nur geritten, sich auf dieses Treffen in der schnöden Pension in Naoussa einzulassen? Er hoffte nur, dass man in den Ermittlungen ein Stück weiter war und er nach seiner Rückkehr schnellstens von da wegkäme. Seine Angst, eventuell Opfer eines neuen Anschlages zu werden, hatte er erfolgreich ausgeblendet, obwohl ihn ab und an ein Schauer in die Gegenwart zurückholte. Diese Nacht würde er noch feiern und, wenn es das Schicksal gut mit ihm meinte, auch noch einen netten Kerl kennenlernen. Immer wieder streiften Urlauber an den in einer langen Reihe sitzenden Gästen vorbei, viel Platz war da nicht, der schmale Mauervorsprung bis zum Meer war vielleicht gerade einen Meter fünfzig breit.

Sven schlürfte genüsslich seinen gut gekühlten Schampus und fixierte die Gäste. Auffallend viele ältere Herren in exklusivem Outfit machte er aus, vereinzelt in Begleitung einer einzelnen Frau. Wahrscheinlich alles Paare mit bester Freundin, dachte sich Sven. Jüngere, knackige Burschen waren eindeutig in der Minderheit, was nur an den unverschämten Preisen der Bar liegen konnte. Eine Vierergruppe um die Dreißig war da die Ausnahme, aber anstatt sich das bunte Treiben anzuschauen, glotzten alle nur auf ihr Smartphone und das unentwegt. Bestimmt checkten sie ihre Dating-Apps, wer gerade zugegen und zu einem Nümmerchen bereit war.

Der Champagner zeigte Wirkung und langsam machte sich Entspannung breit. Der Vorfall am Strand wurde von der Kategorie »Katastrophe« in die Abteilung »Kleine Dummheit« herabgestuft. Mit sich allmählich wieder ins Reine kommend, bestellte sich der Kölner sogleich ein zweites Glas. Leicht angetüdelt stakste er zurück zum Hotel und verbrachte den Rest des Nachmittags dösend am Pool.

Für den Abend hatte er einen Tisch in seiner Lieblingsbar reserviert, einer Legende, die es schon seit 1976 gab. Dort würde er auch zu Abend essen und sich das ein oder andere Weinchen genehmigen. Der internationale Treffpunkt mit überwiegend schwulem Publikum aus der ganzen Welt versprach einen aufregenden Start in die Nacht. Falls dort keiner anbiss, war die Paraportiani ganz in der Nähe, Mykonos' bekannteste Kirche in Klein Venedig und nächtlicher Szenetreff allein reisender Herren.

Das ausgiebige Nickerchen im Hotel hatte gutgetan. Als Sven die Kastelli Bar erreichte, war sie bereits gut gefüllt. Er hatte auf einen Tisch im Innenbereich bestanden, seitlich des großen Panoramafensters über dem Meer, um die übrige Gästeschar besser studieren zu können. Draußen gab es in einem Seitengang auch ein paar Tische, aber das war eher für Besucher geeignet, die für sich sein wollten. Als er das Lokal betrat, wurde er sogleich euphorisch begrüßt. Sven genoss diesen Auftritt, ein Zeichen, dass er dazugehörte. Berauscht schwebte er zu seinem Tisch, genau den hatte er auch im Auge gehabt. Die Speisekarte hatte er schon online gesichtet, viel Neues im Vergleich zum letzten Jahr hatte er nicht ausgemacht.

Als Starter wählte er das Lachstartar mit Lemon-Creme und Oliven, eine erfrischende Vorspeise, die er hier schon öfter gegessen hatte. Auf Experimente bei nur einem Abend wollte er sich nicht einlassen. So wählte er auch den Hauptgang nach den Erfahrungen des letzten Jahres aus. Es gab Lamm mit Rosmarin in einer Orangensauce an Auberginenmus. Damit konnte man in Griechenland nichts falsch machen. Auch bei der Auswahl des Weins verließ er sich auf Altbewährtes. Eine Flasche Assyrtiko von einem Weingut auf Santorin musste es sein. Eine Flasche Wasser rundete sein Dinner ab. Der äußerst aufmerksame Kellner bescheinigte ihm eine gute Auswahl und lächelte ihm freundlich zu, er flüsterte fast, so wie alles in dem schummrig beleuchteten Lokal sehr gedämpft vor sich ging.

Die dezent klassische Musik im Hintergrund betonte die feierliche Atmosphäre. Sven freute sich schon auf die nächste Woche, wenn er dann länger auf der Insel verweilen würde und überlegte, wie oft er schon hier gesessen hatte. Meist zum Sonnenuntergang mit einem Cocktail, für ihn einer der schönsten Plätze der Stadt.

Das Essen war wie immer ausgezeichnet, der kräftige Weiße mit seiner mineralischen Note war das markante Erkennungszeichen dieser Rebsorte. Die kargen Böden in schwarzer, heißer Vulkanasche, auf denen dieser Wein unter extremen Bedingungen wuchs, gaben ihm einen ganz eigenen, charakteristischen Geschmack.

Der junge Kellner flirtete sich durch das ganze Lokal, die auch hier überwiegend reifen Gäste fühlten sich geschmeichelt. Die Besitzer hatten ihren Angestellten gut eingewiesen.

Sven genoss gelöst den lauen Abend, allmählich stellte sich die bezaubernde Atmosphäre dieses besonderen Platzes ein. Durch die breite Frontscheibe glitzerte die Gischt des Meeres wie kleine Kristalle in der Nacht, angestrahlt durch die vielen Lampen der Außenbeleuchtung. Die gut gelaunten Männer um ihn herum rundeten sein wohliges Gefühl ab. Immer wieder ließ er seinen Blick durch das Restaurant wandern, mehrere der kleineren Tische waren mit Einzelpersonen besetzt. Ein Schreck fuhr ihm durch die Glieder, als er für einen Moment glaubte, seinen Favoriten vom Strand erkannt zu haben. Bei näherem Betrachten stellte er aber fest, dass es jemand anderes war und bei einer weiteren Musterung gefiel ihm der Mann sogar noch besser.

Er musste den Gast einen Augenblick zu lange angestarrt haben. Der Fremde hatte es bemerkt und Sven fühlte sich unangenehm ertappt. Nervös zupfte er an seiner Serviette herum, das Glas Wein war nicht mehr zu halten und ergoss sich auf seiner weißen Hose. Sven erstarrte, eine Hitzewelle übermannte ihn, in seinem Schritt fühlte es sich feucht und klebrig an. Schweißperlen bildeten sich auf seiner Stirn, der Kellner brachte ihm diskret ein Handtuch, jetzt fehlte nur noch der Applaus der Menge.

Was hatte er nur verbrochen, dass ein Missgeschick dem nächsten folgte? Mit gesenktem Blick tupfte er sich das Gröbste von seiner Hose, der Ober kümmerte sich um den Tisch und schenkte ihm ein neues Glas Wein ein. Sven konzentrierte sich auf das Essen, versuchte das Malheur zu vergessen, wohlwissend, dass ihm nur noch ein paar Stunden blieben. Wäre da nur nicht dieses klamme Gefühl an seinem Oberschenkel. Er hoffte, dass er genügend Körperhitze besaß, um den peinlichen Fleck an prominenter Stelle schnell zu verdunsten.

Als schließlich die Flasche Wein zur Neige ging, war von der Misere kaum noch etwas zu sehen, Zeit, um sich ein wenig die Beine zu vertreten. Als hätten sie sich abgesprochen, machte auch der nette Fremde Anstalten zu zahlen.

Sven folgte dem attraktiven Typen nach draußen, der stand unweit des Lokals und zündete sich eine Zigarette an, sodass man den Eindruck bekommen konnte, er hätte auf ihn gewartet. Dann drehte er sich um und steuerte auf die gleich um die Ecke liegende Paraportiani zu. Sven deutete dies als eine erste Kontaktaufnahme und schritt in sicherem Abstand hinterher. Dabei verspürte er ein leichtes Kribbeln, wie er es immer bei nächtlichen Cruising-Touren erlebte. Da schien ja doch noch was zu gehen. Um ihn herum befanden sich ein paar einzelne Pärchen, meist aber Männer, die so taten, als machten sie einen Abendspaziergang kurz vor ihrer Nachtruhe. Nur ganz beiläufig suchten sie untereinander Blickkontakt. Sven wusste, dass nun auch er im Visier der Suchenden war. Der Fremde aus dem Lokal zog an seiner Zigarette und warf Sven einen schmachtenden Blick zu, für den Kölner nun ein klares Zeichen, ihm zu folgen. Sein Herzschlag hatte angezogen, seiner aufkommenden Erregung geschuldet.

Der Mann war in die schmale Gasse neben der Kirche eingetreten, von der aus man runter ans Meer kraxeln konnte, Sven kannte die Ecke nur zu gut. Er wartete noch einen Moment, während die innere Spannung weiter stieg, dann eilte auch er auf den engen Durchgang zu. Männerstimmen hinter ihm ließen ihn kurz aufhorchen, schnell versuchte er in der unbeleuchteten Passage unterzutauchen, als völlig unverhofft sein Name fiel. Starr vor Schreck blickte er sich um, vor ihm zwei Polizisten, die ihn grimmig musterten. Der eine von den Beamten nickte und hielt ihm sein Handy entgegen, eine Nahaufnahme von ihm selbst lächelte ihn an. Die beiden waren auf ihn angesetzt worden und nahmen ihn mit aufs Revier. Mit dem ersten Boot in der Früh wurde er zurück nach Paros gebracht.

Filippos Panos

Parikia, Paros, Juni 2018

Filippos Panos hatte nach seinem Gespräch mit der Wienerin unverzüglich einen Beamten in Mykonos über das Verschwinden von Sven Lindner informiert und um unbürokratische Unterstützung gebeten. Auch er war ein Mitglied der neuen Sondereinsatztruppe, da war Hilfe untereinander eine klare Sache. Mit einem Foto von dem Kölner war der Kollege auf die Suche gegangen, mit dem richtigen Gespür, wo er dem geflüchteten Mann begegnen könnte. Sven Lindner war brav in die Falle getappt. Jetzt wartete Filippos am Kai in Parikia auf den abtrünnigen Urlauber, um ihm gehörig die Leviten zu lesen. Kleinlaut ließ der Jubilar die Vorwürfe des Kommissars über sich ergehen. Er wäre auch viel zu müde gewesen nach der fürchterlichen Nacht in der Arrestzelle, um den Ausführungen Filippos' etwas entgegenzusetzen.

»Ich hatte Angst und brauchte dringend etwas Abstand«, versuchte er resigniert eine Entschuldigung.

»Als hätten wir nicht schon genug zu tun«, ereiferte sich Filippos. »Ich könnte Sie in Gewahrsam nehmen, aber ich hoffe, Sie haben es jetzt verstanden!«

»Habe ich! Nur keine Nacht mehr in diesen Gefängnisboxen. Das halte ich nicht aus.«

Svens Stimme zitterte. »Wie schützen Sie uns?«, wollte er wissen. Die Angst nach den zwei Anschlägen war voll zurück.

»Spyros wird in der Pension übernachten, bis auf Weiteres«, entschied er spontan. Ermoupoli miteinzubinden, war keine gute Option. Die würden noch früh genug Wind von dem Fall bekommen.

»Ich habe Ihrer Freundin noch ein paar Hausaufgaben mit auf den Weg gegeben, sie betreffen Frank Burger. Bitte sprechen Sie das gemeinsam durch. Und rufen Sie mich an, wenn Ihnen dazu etwas einfällt. Ich bin rund um die Uhr erreichbar«, entließ er den Kölner in ein Taxi, welches ihn zum Christianos bringen sollte.

In der Dienststelle wartete sein Team bereits auf ihren Chef, Spyros wurde gegen Mittag erwartet. Er war nach einer weiteren Nacht im Christianos nach Marpissa aufgebrochen, um Alexandros Gavalas zu verhören. Diesmal hatte er aber auf ein anständiges Bett bestanden, worauf Manolis ihm eines der Zimmer zur Verfügung gestellt hatte. Der Duft von frischem Kaffee belebte die Geister und das Team stieg in den aktuellen Ermittlungsstand ein.

Xenia hatte ernüchternde Ergebnisse, was die Fahrzeughalter der Nissans betraf. Alle konnten bezeugen, am Todestag von Jannis Petridis nicht in Drios gewesen zu sein. Keiner würde sich einer Untersuchung seines Fahrzeugs entgegenstellen, ergänzte Xenia noch, wenn es von der Polizei so angeordnet werden sollte. Filippos sah dazu zum jetzigen Zeitpunkt jedoch keine Veranlassung.

»Das ist keine gute Nachricht«, erklärte der Kommissar und strich die offenen Halter auf der Wandtafel durch.

»Das bedeutet, das Unfallfahrzeug muss irgendwo anders angemeldet worden sein«, schlussfolgerte Xenia aus dem Resultat ihrer Nachforschungen.

»Die Frage ist nur, wo? In Griechenland? Oder im Ausland? Wo sollen wir da anfangen?« Filippos stellte die Frage.

»Irgendwie muss die Karre aber auf die Insel gekommen sein und das geht nur über eine der zahlreichen Fähren«, stellte Konstantinos klar.

»Werden denn bei der Buchung die Fahrzeugtypen miterfasst?« Katharina war sich nicht sicher.

»Soweit ich weiß, muss nur die Kategorie des betreffenden Fahrzeugs angegeben werden, zum Beispiel Standard PKW bis 4,20 m Länge und 2,0 m Höhe. Eine genaue Typenerfassung findet meines Wissens nicht statt.« Ein Anruf in einem der Fährbüros sorgte schnell für Klarheit. Konstantinos lag richtig mit seiner Annahme.

»Dann hilft uns das nicht weiter.«

»Vielleicht ja doch.« Der Polizist hatte eine Idee. »Auf den Fähren wird das Be- und Entladen meist mit einer Kamera von der Brücke aus verfolgt«, erklärte er. »Wenn diese Aufnahmen länger gespeichert werden, könnte man sich die Dateien anschauen.« Er lächelte dabei Xenia zu.

»Weißt du, wie viele Fähren jeden Tag in Parikia anlegen?«, gab sie erschrocken zu bedenken.

»Habe ich noch nicht gezählt. Aber mir fällt nichts Besseres ein.«

»Das müsste Irini wissen.« Filippos fand den Ansatz gar nicht schlecht.

»Und wo soll ich da anfangen?«, stöhnte Xenia leicht angefressen.

»Ich schlage Piräus und Rafina vor.« Für Filippos war das beschlossene Sache. »Das sind die am häufigsten genutzten Routen zu unserer Insel. Irini kann eine Liste aller relevanten Fähren zusammenstellen.« Xenias Laune sank gegen Null, sie sah eine Menge Arbeit auf sich zukommen, Katharina lächelte ihr aufmunternd zu.

»Gut, machen wir weiter. Ich hatte gestern einen Anruf von der Witwe aus Naxos«, wechselte Filippos zu einem neuen Punkt auf der Agenda. »Sie hat einen Brief gefunden, datiert vor gut sechs Monaten. Es gibt zwar keinen Absender, aber im Briefkopf wird die Stadt Düsseldorf erwähnt.«

»Da kam die junge Frau doch her«, erinnerte sich Katharina.

»Genau. Die Unterschrift trägt den Namen Uli.« Filippos informierte in knappen Worten über den Inhalt des Briefes.

»Das muss die Mutter von Lisa sein.« Katharina war sich sicher. »Die Wienerin hat den Namen bei einem ihrer Verhöre erwähnt.«

»Stimmt! Sie hat uns von der Mutter erzählt, aber die trug meiner Meinung nach einen anderen Namen.« Filippos langte nach seiner Kladde und blätterte in seinen handschriftlichen Aufzeichnungen. »Hier hab ich's. Beerdigung in Naoussa auf Wunsch der Mutter, einer *Ulrike Wagner*«, las er laut vor.

»Sag ich doch. Uli ist die Kurzform von Ulrike. Aber wie sollt ihr das wissen, den Namen gibt es in Griechenland nicht«, triumphierte die Kommissarin mit ihren Deutschkenntnissen.

»Okay, kommen wir zum Text. Was kann sie damit gemeint haben? Man müsse Verantwortung übernehmen. Für was? Und warum findet sich der Brief bei Jannis Petridis?«

»Kann ja nur mit dem Tod ihrer Tochter zu tun haben. Mit was sonst? Vielleicht hatte der doch was mit dem Ableben der Frau zu tun.« Konstantinos brachte abermals seine These ins Gespräch.

»Könnte sein. Aber wir brauchen Beweise. Und warum wurde dann noch Alex ermordet?« Filippos klang extrem genervt. So viele Fragen, auf die es keine Antworten gab.

»Wissen wir, ob die Mutter noch lebt? Dann könnten wir sie fragen«, überlegte er laut.

»Sylvia Kerner hat das für unwahrscheinlich gehalten, aber Gewissheit haben wir nicht«, wusste Katharina noch aus dem Gespräch mit der Urlauberin.

»Das ist ja einfach rauszukriegen«, mischte sich Xenia ein und verschwand in ihr Büro zwecks Recherche.

»Wenn wir nur einen Anhaltspunkt hätten, wo wir nach dem Berliner suchen könnten«, wechselte Filippos unverhofft das Thema. Er war beunruhigt und alle spürten seine enorme Anspannung.

»Für mich ist das unser Hauptverdächtiger und wir müssen alles daransetzen, ihn zu finden. Weit kann er nicht sein.« Er redete sich in Rage. Katharina beobachtete es mit Sorge, ihr Nachfolger war recht selten aus der Ruhe zu bringen. Eine Eigenschaft, die sie ganz besonders an ihm schätzte.

»Ich hoffe, den beiden in der Pension fällt dazu etwas ein. Ich habe sie angewiesen, darüber nachzudenken, wo vermeintliche Verstecke hier auf Paros sein könnten. Rückzugsorte, einsame Ecken, die sie in jenem Sommer besucht haben.«

»Wir könnten sein Handy orten lassen«, schlug Konstantinos vor.

»Da habe ich auch schon drüber nachgedacht, aber das geht nur über Ermoupoli und du weißt, was das bedeutet und …«, er stockte. »Das funktioniert nur, wenn es eingeschaltet ist.«

In dem Moment kam Xenia zurück in den Besprechungsraum. »Das ist die Nummer vom Einwohnermeldeamt in Düsseldorf«, überreichte sie Katharina einen Zettel. »Den Anruf machst besser du in deutscher Sprache.« Die Kommissarin griff nach dem Zettel und verließ die Truppe, um zu telefonieren.

Es bedurfte ein paar Anrufe und eines Fax und sie hatten die Bestätigung, dass Ulrike Wagner noch lebte.

»Ich habe sogar die Adresse, es ist eine Seniorenresidenz in Düsseldorf«, kam sie freudig zurück zu dem Team. In Filippos' Gesicht flammte zum ersten Mal ein Lächeln auf. »Wenn wir hier fertig sind, werde ich versuchen, mit der Dame zu sprechen. Ich hoffe, sie ist noch in guter Verfassung.« Ein erster Strohhalm zum Greifen nah stimmte zuversichtlich. Alle sahen dem Gespräch mit großer Erwartung entgegen.

Filippos nutzte die positive Botschaft für eine Pause und rief seine Frau an. Irini versprach, noch am Nachmittag mit einer Auflistung aller infrage kommenden Schiffe vorbeizukommen. Sie verstand sich schließlich als ein Mitglied des Polizeiteams, wenn auch nur als ein inoffizielles.

Das Schlagen der Eingangstür kündigte Spyros an, er war zurück von seinem Besuch in Marpissa. Mit hochrotem Kopf stand er im Türrahmen, er machte einen abgehetzten und aufgewühlten Eindruck.

»Ein verdammt unangenehmer Zeitgenosse«, begrüßte er die Mannschaft und rang nach Luft. »Alexandros Gavalas war nicht sehr begeistert, als ich ihn mit meinen Fragen konfrontiert habe. Und das ist freundlich formuliert«, berichtete er von dem übellaunigen

Bauern. »Zuerst dachte ich, der geht auf mich los. Wie ich denn auf die Idee käme, dass er etwas mit den Morden zu tun hätte? Der hat mich für verrückt erklärt.«

»So heftig?«

»Darauf war ich nicht vorbereitet. Zunächst tat er so, als könne er sich kaum noch an die Studentin erinnern. Doch als ich den Namen Lisa Wagner aussprach, ist der fast ausgerastet.« In seiner neuen Rolle lernte der Beamte jeden Tag dazu. »Fast hätte ich meine Waffe gezückt.«

»Warum war der so aggressiv? Nach so langer Zeit könnte er die Sache doch ganz gelassen angehen.« Filippos konnte sich keinen Reim auf das Verhalten des Mannes machen.

»Keine Ahnung, aber den müssen wir auf jeden Fall überwachen. Denn ihr glaubt nicht, womit der beschäftigt war, als ich den Hof betrat.«

»Womit? Nun sag schon.«

»Er schlachtete ein Schaf. Kam mir mit blutbeschmierter Schürze entgegen. In der Hand ein Schlachtermesser.« Ein Raunen ging durch die Runde.

»Und? Hat er für die beiden Tatzeiten ein Alibi?«

»Er wäre zuhause gewesen, leider gibt es keine Zeugen. Seine Frau ist mit den Kindern bei seinen Schwiegereltern in Athen.«

»Das ist ganz schlecht für den Mann. Wir brauchen das Messer. Und das schnell.« Filippos war aufgesprungen. Ein zweiter Hoffnungsschimmer ließ seine Laune weiter steigen. »Kinka könnte feststellen, ob Alex Gräfe mit diesem Messer ermordet wurde. Wir fahren da heute noch hin und kassieren das ein.« Spyros war erleichtert, dass er diesen Job nicht alleine erledigen musste.

»Wir haben alle Hände voll zu tun. Xenia kümmert sich um die Fährgesellschaften und prüft, ob eventuelle Videoaufnahmen vorhanden sind, Katharina kontaktiert Lisa Wagners Mutter in Düsseldorf und ich fahre mit Spyros nach Marpissa.« Der Kommissar sprühte plötzlich vor Energie. »Konstantinos hält fürs Erste die Stellung und wenn wir Hilfe brauchen, kommst du nach«, fasste er die Arbeitspakete für die nächsten Stunden zusammen. »Und noch was. Rufe in der Pension an. Setze die beiden Deutschen unter Druck. Die sollen ihre grauen Zellen anstrengen, wo sich dieser Frank hin abgesetzt haben könnte.« Konstantinos wollte das sogleich in Angriff nehmen. »Wir treffen uns am späten Nachmittag wieder hier in der Dienststelle.« Filippos schnappte sich seinen Autoschlüssel und war schon auf dem Weg nach draußen, Spyros eilte ihm hinterher.

»Ganz schön unter Dampf, unser Chef«, bemerkte Konstantinos, nachdem die beiden Beamten das Gebäude verlassen hatten.

»Kann ich sehr gut nachvollziehen. Nicht auszudenken, was hier los ist, wenn es weitere Tote gibt.« Lange Jahre war Katharina selbst in dieser Rolle gewesen und wusste, welchem gewaltigen Druck ihr Chef jetzt ausgesetzt war.

»Lasst uns an die Arbeit gehen und rufe du Irini an«, schlug sie Xenia vor. »Vielleicht kann sie die Liste schneller schicken, die macht das gerne.« Die Kommissarin wusste von dem kriminalistischen Eifer, den Filippos' Frau an den Tag legte und dass er sie immer wieder zügeln musste. Bestimmt war sie schon längst dabei, die nötigen Informationen zusammenzutragen.

Katharina zog sich in ihr Büro zurück. Für das Telefonat mit Lisas Mutter brauchte sie zunächst einen

Gesprächsfaden. Die Frau musste weit über achtzig sein, da war viel Einfühlungsvermögen gefragt, zumal sie ihren momentanen Zustand nicht einschätzen konnte. Erschwerend kam hinzu, dass sie für die Frau eine Fremde war und Fragen zum Tod ihrer Tochter höchstwahrscheinlich starke Emotionen hervorrufen würden. Je nach Verlauf des Gespräches wäre vielleicht sogar ein persönlicher Besuch sinnvoll. Eine Stippvisite in ihre zweite Heimat konnte sie sich durchaus vorstellen. Doch die Zeit drängte und ein Telefongespräch war ein erster Versuch.

Eine sanfte Frauenstimme an der Rezeption der Seniorenresidenz nahm ihren Anruf entgegen. Katharina wurde weiterverbunden, nachdem sie ihr Anliegen geschildert hatte. Einen ersten Dämpfer erhielt sie, als sie anstatt Ulrike Wagner eine Männerstimme vernahm. Der Mann stellte sich als Pflegedienstleiter der Abteilung vor und berichtete, dass Frau Wagner momentan schliefe.

»Wann kann ich Frau Wagner denn erreichen?«, wollte die Kommissarin wissen, nachdem sie auch ihm die Dringlichkeit ihres Anrufes geschildert hatte. Für einen Moment herrschte Funkstille in der Leitung, dann meldete sich der Mann zurück.

»Sie scheinen den Zustand der Bewohnerin nicht zu kennen?«, fragte er vorsichtig nach.

»Woher denn? Ich rufe sie aus Griechenland an. Wir ermitteln in einem Mordfall und der Tod von Frau Wagners Tochter im Jahre 1988 könnte damit zu tun haben.«

»Frau Wagner schläft sehr viel, und sie verlässt ihr Bett immer seltener.« Die anfängliche Euphorie der Kommissarin war mit einem Schlag verflogen.

»Ist sie denn noch ansprechbar, ich meine bei klarem Verstand?«, wollte sie wissen.

»Das hängt ganz von ihrer Tagesform ab. Manchmal hat sie völlig klare Tage, dann wiederum ist sie vollkommen neben der Spur. Insbesondere, wenn es um Dinge geht, die weit in der Vergangenheit liegen, ist sie in der Lage, verständlich zu kommunizieren und Dinge des normalen Lebens zu bewältigen. In ihrer klaren Zeit liest sie viel und telefoniert mit ihren verbliebenen Bekannten. Oder sie schreibt stundenlang Briefe, oft an längst Verstorbene, die kommen dann immer zurück. Aber seitdem sie immer seltener Besuche von Angehörigen bekommt, wird es stetig weniger. Vielleicht kann ich Ihnen weiterhelfen?«, bot der Mann an.

»Wie denn das?«

»Sie schicken mir alle Fragen, die Sie interessieren, möglichst mit ein paar Hintergrundinformationen und ich versuche es mit ihr.« Für den Pfleger schien das nichts Besonderes zu sein.

Katharina dachte angestrengt nach. Was hatte sie sonst für eine Option? Das Pflegepersonal war der alten Frau vertraut, sie hingegen war nur eine Fremde. Wenn eine Chance bestand, etwas zu den Hintergründen dieses Briefes zu erfahren, dann vielleicht tatsächlich über den Pfleger. Je länger sie darüber nachdachte, umso mehr begrüßte sie das Angebot. Im Vorfeld hatte sie große Sorgen gehabt, dass man ihr Ersuchen ablehnen würde und rechtliche Schritte notwendig geworden wären.

»Das ist ein interessantes Angebot«, nahm sie schon deshalb den Vorschlag an. »Lassen Sie mir etwas Zeit zum Ausformulieren der Fragen, ich schicke sie noch heute. Ich füge die Kontaktdaten unserer Dienststelle bei, damit alles seine Richtigkeit hat. Dann können Sie Ihr Glück versuchen.« Es war auf jeden Fall einen Versuch wert. Nachdem der Pfleger ihr seinen Namen und die direkte Durchwahl gegeben hatte, beendete sie das Gespräch. Der Mann hatte Andeutungen gemacht, noch heute mit der Frau zu sprechen, wenn er denn schnellstens die Fragen bekäme. Katharina machte sich sofort an die Arbeit.

Pension Christianos

Naoussa, Paros, Juni 2018

Sylvia Kerner konnte ihre Verlegenheit nicht verbergen, als sie Sven aus dem Taxi aussteigen sah. Durch einen Anruf aus der Dienststelle in Parikia war sie über die nicht ganz freiwillige Rückkehr ihres Freundes informiert worden. Der Tonfall des Polizisten war alles andere als freundlich gewesen und sie war mit Nachdruck zum Nachdenken aufgefordert worden, eventuelle Rückzugsorte von Frank Burger abzuliefern. Von Sven erwartete sie Vorwürfe. Sie war es schließlich, die den Trip nach Mykonos an den Kommissar ausgeplaudert hatte. Doch Sven wirkte geläutert. Mit gesenktem Blick stand er vor ihr, ihm schien das Ganze furchtbar peinlich zu sein.

»Setz dich. Und schön, dass du wieder da bist«, begrüßte sie ihn sanft und winkte Manolis zu. »Ich konnte nicht anders. Der Kommissar hat mich in die Enge gedrängt.« Gespannt wartete sie auf eine Reaktion.

»Schon gut. Das Kapitel habe ich abgehakt. Lass uns nur hoffen, dass dieser Albtraum hier bald vorüber ist.« Sylvia glaubte, ein wenig Reue in seiner Stimme zu erkennen.

»Das hoffe ich auch, aber die haben immer noch keine Spur von Frank. Er soll sich in der Nähe aufhalten und wir sollen darüber nachdenken, wo er untergetaucht sein könnte. Die haben mich schon mehrfach darauf angesprochen.«

»Mich auch. Aber ich habe keine Ahnung.« Manolis war an den Tisch getreten und klopfte dem Kölner auf die Schulter. »Ein spätes Frühstück gefällig?«, fragte er aufmunternd.

Sven willigte freudig ein, er hatte einen Mordshunger. Auf dem Gartentisch lag neben Sylvias Frühstücksresten ihr abgegriffenes Fotoalbum mit den Erinnerungsfotos von 1988.

»Ich schaue mir schon den ganzen Morgen die alten Aufnahmen an und suche krampfhaft nach Anhaltspunkten. Wo könnte Frank abgetaucht sein?«

»Ich überlege, aber mir fällt dazu auf Anhieb nichts ein.« Er nahm den Bildband in die Hand und blätterte darin herum.

»Meistens sind wir alle zusammen los«, lachte er, als er eine Serie sah, auf denen sie alle mit einem Moped an einer Steilküste standen und Grimassen zogen. »Aber nicht immer.«

»Wie meinst du das?«

»Als Frank mit Lisa zusammen war, da haben die zwei sich ganz schön abgeschottet, so als hätte er Angst, jemand könne ihm Lisa wieder wegnehmen.«

»Stimmt!«

»Und da sind die beiden auch über Nacht weggeblieben. Ich erinnere mich.« Sven blätterte weiter in dem Album.

»Wir haben damals alle gedacht, dass sie am Strand übernachtet haben, und sie damit noch aufgezogen.« Dem Kölner erschienen immer mehr Bruchstücke aus jenem Sommer vor Augen.

»Jetzt fällt es mir wieder ein. Er sprach mehrfach von einer Liebeslaube in einer grünen Hölle. Wie gemacht für ihn und Lisa. Er hat immer wieder den Ausdruck

›Grüne Hölle‹ benutzt.« Sylvia versuchte sich an weitere Einzelheiten zu erinnern.

»Er hat uns aber nie verraten, wo diese Liebeslaube war. Alex hat sich darüber fürchterlich aufgeregt und ist ihm sogar einmal heimlich hinterhergefahren.«

»Genau!« Sven wurde ernst. »Und als Frank es bemerkt hat, muss es richtig Zoff gegeben haben. Alex kam stinksauer zurück.«

»Den können wir leider nicht mehr fragen.« Beide blickten sich eine ganze Weile betroffen an, Sven wehrte sich gegen eine aufkommende Panik.

»Auf jeden Fall sollten wir das der Polizei melden«, nahm er den Faden wieder auf. »Die sind über jeden noch so kleinen Hinweis dankbar. Vielleicht kennen die ein abgelegenes Haus im Grünen? So viel Vegetation gibt es hier ja nicht.«

»Ich rufe den Kommissar an. Vorher versuche ich aber noch herauszukriegen, was Frank die letzten zwei Jahre gemacht hat. Wovon hat er gelebt? War er alleine nach seiner Pleite?« Sylvia erzählte ihrem Freund von ihren Internetrecherchen und dem daraus abgeleiteten Profil von Frank. »Der ist zu allem fähig, das habe ich auch so der Polizei geschildert.«

Sven hustete laut los, er hatte sich vor Schreck an seinem Kaffee verschluckt. Für ihn stand fest, er würde die Pension vorerst nicht mehr verlassen.

Er versuchte sich abzulenken, indem er Seite für Seite in dem Fotoalbum blätterte. Bei vielen Aufnahmen kamen tatsächlich Erlebnisse zurück, die er ohne die Bilder längst vergessen hatte. Sylvia konzentrierte sich auf ihre Spurensuche im Netz.

Als sie begann, nervös auf ihrem Stuhl hin und her zu rutschen, ahnte Sven, dass sie etwas gefunden hatte. »Er hat zuletzt in einem Küchenstudio gearbeitet.« Sie drehte ihr Notebook zu Sven herüber. »Als gelernter Schreiner passt das ja«, kommentierte sie noch. Auf dem Display war das Foto einer Filialeröffnung zu erkennen.

»Ein kleiner, feiner Laden mit hochwertigen Küchen und Zubehör.« Sie klickte auf die Webseite der Firma, die ein paar Designerküchen, edles Geschirr und japanische Messersets zeigte.

»Auf gute Messer hatte er auf jeden Fall Zugriff«, stotterte sie mit versteinerter Miene. Ihre Stimme bebte, als sie den Satz aussprach. Auf dem Bildschirm erschien in Großformat ein extrem scharfes japanisches Kochmesser.

Sie legte ihr Notebook zur Seite, das genügte ihr jetzt. Diese neuen Informationen füllten die Lücke der vergangenen dreißig Jahre. Fast hatte sie schon die Nummer des Kommissars gewählt, als ein Mann mit einem Krückstock langsam zu ihrem Tisch spaziert kam. Manolis eilte ihm besorgt hinterher.

»Erkennt ihr ihn noch?«, wartete er gespannt auf eine Antwort. »Ich konnte ihn nicht davon abbringen, euch zu begrüßen.« Der Pensionswirt beugte sich zu den beiden Urlaubern und flüsterte: »Ich habe ihm nichts von der Katastrophe erzählt. Er würde es nicht verstehen.« Sylvia signalisierte ihr Verständnis. Der alte Mann streichelte zärtlich ihre Wange.

Gerührt holte sie einen Stuhl an den Tisch und half dem Mann sich zu setzen, dann suchte sie in ihrem Album nach Fotos, auf denen der ehemalige Chef des Christianos mit seiner Frau abgebildet war. Ehrfürchtig betrachtete der Greis die vergilbten Aufnahmen. Sein zerfurchtes Gesicht erhellte sich bei jeder Szene. Die Bilder waren ausschließlich im Garten der Pension geschossen worden, meistens wenn Maria, seine verstorbene Frau, für die Clique gekocht hatte.

Sylvia glaubte Tränen in den dunklen Augen des Mannes zu erkennen. Er zeigte auf ein Bild, auf dem sie neben seiner Frau saß mit einem Glas Wein in der Hand, dann zeigte er auf die Wienerin.

»Er hat mich erkannt«, nickte sie freudestrahlend und deutete auf Sven und dann auf eine Aufnahme in dem Fotoband. »Sven, das ist Sven.« Der Alte blickte abwechselnd auf das Foto, dann auf den Kölner. »Nai, nai – Ja, ja«, murmelte er in seinen Bart, während er mit seinem zittrigen Finger über die Köpfe der weiteren Personen strich. Plötzlich wurde sein Blick finster, vor ihm lag das Gruppenfoto, welches die Polizei auf dem Friedhof vorgefunden hatte. »Lisa«, stammelte er. »Lisa!« Er hechelte nach Luft. Das Bild schien ihn aufzuregen. Sylvia zog das Album schnell weg und versuchte, ihn zu beruhigen, Manolis brachte ein kaltes Glas Wasser.

»Die alte Geschichte hat er nie vergessen. Auch ein Grund, weshalb ich ihn nicht in die aktuelle Entwicklung eingeweiht habe.« Manolis legte seinem Vater beruhigend einen Arm auf die Schulter und redete besänftigend auf ihn ein. Sylvia verstaute den Bildband unter dem Tisch außer Sichtweite des Alten, sie wollte weitere Aufregung vermeiden.

Sven und Manolis halfen dem Mann auf die Beine. Als er sich behäbig von dem Tisch entfernte, drehte er sich noch einmal um und sprach mit klarer Stimme: »Pou iene Uli? Pou iene Uli?« Dann wankte er zurück ins Haus.

Sylvia und Sven blieben ratlos zurück, als Manolis wiederauftauchte, wollten sie wissen, was er damit gemeint hatte.

»›Wo ist Uli‹ hat er gefragt und das gleich mehrmals«, übersetzte er die Frage seines Vaters.

»Ich weiß nicht, wen er damit gemeint hat, manchmal ist er halt ziemlich durcheinander«, war seine einzige Erklärung. Sylvia hingegen wusste sofort, nach wem der alte Mann gefragt hatte.

»Er muss Ulrike Wagner, Lisas Mutter, gemeint haben«, stand für sie fest. Sie war verwundert, dass er sich an die Frau erinnerte. Grübelnd wählte sie die Nummer von Filippos.

Filippos Panos

Parikia, Paros, Juni 2018

Der Adrenalinspiegel von Filippos Panos stieg mit jedem Kilometer, je näher sie dem Hof von Alexandros Gavalas kamen. Spyros' Schilderung von dem Bauer machte nicht gerade Mut auf eine friedliche Kooperation. Zur Not würden sie ihn mitnehmen müssen, zusammen mit dem besagten Messer, die KTU war schon informiert.

»Dich kennt er, am besten führst du das Gespräch«, wies er Spyros an, als sie den Wagen vor der Einfahrt des Grundstücks parkten. »Ich halte mich im Hintergrund, bereit, sofort einzugreifen, wenn er nicht mitspielt.« Beide Polizisten prüften vorsichtshalber den Sitz ihrer Dienstwaffen, in der Hoffnung, dass sie nicht zum Einsatz kommen würden. Das Anwesen lag etwas außerhalb der Ortschaft, nicht weit weg vom Campingplatz, die Straße führte weiter in Richtung Kefalos.

»Von hier bis zum zweiten Tatort sind es nur ein paar Minuten«, bemerkte Filippos, als sie aus dem Wagen ausstiegen.

»Stimmt!«, bestätigte Spyros. »Aber wie soll er gewusst haben, dass Alex Gräfe an seinem Todestag gerade dorthin wollte? Laut Aussage von Sylvia Kerner plante der Mann einen Schwimmausflug.«

Filippos hatte keine Ahnung und konzentrierte sich jetzt auf ihre brisante Mission.

Ausschau haltend nach dem Bauer näherten sie sich einem Schuppen, dessen Tor offen stand. Laute Schlaggeräusche drangen nach draußen.

»Herr Gavalas, sind Sie da?«, rief Spyros mehrmals den Namen des Mannes. Schlagartig verstummten die Geräusche.

»Sie schon wieder. Jetzt kommen Sie mir nicht schon wieder mit Ihrer alten Geschichte.« Der Bauer erschien im Türrahmen.

»Oh, die Herren sind zu zweit? Hast dich wohl alleine nicht mehr her getraut?« Er fixierte Spyros provozierend, in der rechten Hand hielt er einen Vorschlaghammer, die linke war mit einem Verband umwickelt.

Filippos verfolgte jede Bewegung des Mannes, jederzeit bereit, dem Typen Einhalt zu gebieten, wenn die Situation aus dem Ruder laufen sollte. Er war zwar nicht sonderlich groß, aber für sein Alter wirkte er äußerst drahtig. Besonders der schwere Hammer in der Hand bereitete ihm Sorgen.

»Gut erkannt«, antwortete Spyros ganz ruhig. »Wir tun nur unsere Arbeit und wenn Sie mitspielen, sind wir schnell wieder vom Hof.«

Der Bauer kam langsam näher. »Ich hatte mich doch klar ausgedrückt. Ich habe mit den Toten nichts zu tun. Warum sollte ich nach dreißig Jahren wegen einer deutschen Schlampe anfangen zu töten?« Schweißtropfen perlten auf seinen Hemdkragen.

»Die Frage stellen wir uns auch«, meldete sich Filippos. »Legen Sie den Hammer weg, damit wir in Ruhe mit Ihnen reden können.« Der Mann dachte nicht daran. Unbeeindruckt machte er einen weiteren Schritt auf die beiden Polizisten zu, als Filippos in einem Satz neben ihm stand und ihm mit einem gezielten Schlag auf seinen Unterarm den Hammer aus der Hand schlug. Der Bauer schrie auf vor Schmerz, Filippos drückte ihm seine Arme auf den Rücken.

»So, und jetzt reden wir oder wir nehmen Sie mit in unsere Dienststelle.« Die Ansage saß, der Mann stöhnte vor Schmerzen.

»Ich habe mit dieser Sache nichts zu tun. Wie kommen Sie auf so eine Schnapsidee«, wiederholte er ständig.

»Wir möchten Ihre Schlachtutensilien sehen«, fuhr Spyros ihm über den Mund. »Wir suchen eine Tatwaffe, ein Schlachtermesser«, betonte er bewusst laut. »Und ich denke, Sie haben davon mehrere.«

Der Bauer starrte die beiden an, als verstehe er die Welt nicht mehr. Erst jetzt schien er die Ernsthaftigkeit des Polizeibesuches zu begreifen.

»Das haben Sie doch gesehen.«

»Dann zeigen Sie uns Ihren Messervorrat und wir lassen den kriminaltechnisch untersuchen. Mehr wollen wir nicht von Ihnen.«

»Sie glauben tatsächlich, dass ich ein Mörder bin?« Völlig überrumpelt schüttelte der Bauer seinen Kopf und zeigte auf sein Haus. »Kommen Sie und nehmen Sie alles mit, was Sie brauchen.« Sein Widerstand war gebrochen.

Im Keller des Wohnhauses fanden die Beamten das Schlachtwerkzeug, Spyros verstaute mehrere Messer in einem Kunststoffbeutel.

»Warum nicht gleich so? Sobald die KTU die Klingen untersucht hat, bringen wir sie zurück. Und Sie halten sich bis dahin zur Verfügung.« Der Mann nickte resigniert, sein Kampfgeist hatte sich gelegt. Auf dem Weg zum Dienstwagen hielt Filippos noch einmal an.

»Eine Frage habe ich noch«, drehte er sich zu dem Bauer um. »Was ist mit Ihrer linken Hand passiert?« Fast hätte er es vergessen.

»Sind nur ein paar Schrammen. Ich bin einem Fahrzeug ausgewichen auf der Dorfstraße. Konnte mich nur durch einen Sprung in den Graben retten. Dabei habe ich mir die Hand aufgerissen.« Alexandros Gavalas hob den linken Arm. »Wenn ich den Idioten kriege, dann Gnade ihm Gott.« Er fluchte laut. »Mit einem Affentempo war der unterwegs.«

»Ist nicht zufällig bei dem tödlichen Überfall auf Alex Gräfe passiert?«, unterbrach ihn der Kommissar abrupt.

Der Bauer blieb mit offenem Mund zurück.

Katharina war in der Dienststelle mit der Formulierung ihrer Fragen beschäftigt, die sie dem Pfleger schnellstens zusenden wollte. Unterbrochen wurde sie durch einen Anruf von Irini, sie hatte schon darauf gewartet.

»Endlich kann ich noch einmal mitmischen«, überfiel sie die Kommissarin. Sie sprühte vor Tatendrang. »Ich habe Dimitri zu meinen Eltern gebracht, damit ich ungestört arbeiten kann.« Katharinas Vermutung wurde bestätigt. An Filippos' Frau war eine engagierte Kriminalbeamtin verloren gegangen. »Das nenne ich Einsatz, Miss Marple! Hast du denn schon was erreicht?«

»Nach so langer Zeit im Reisebüro kann ich dir alle Fähren von Piräus und Rafina nach Paros herunterbeten. Die Liste ist bereits fertig«, überschlug sich ihre Stimme. »Ich bin gerade dabei zu klären, auf welchen Schiffen Videoaufnahmen gemacht und länger aufbewahrt werden. Das dauert noch gut eine Stunde.«

Die Kommissarin war begeistert. »Dann schicke sie zu. Und super Arbeit! Wann darf ich Dimitri noch einmal abholen?«, fragte sie noch. In regelmäßigen Abständen nahm sie sich einen Tag frei, um mit ihrem Patenkind etwas zu unternehmen. Das klappte erst, seitdem sie nicht mehr die Leitung der Dienststelle innehatte.

Der kleine Racker war ihr und Dawid so richtig ans Herz gewachsen. Für eigene Kinder hatte sich nie eine Gelegenheit ergeben, das war zumindest ein spärlicher Ausgleich.

»Besprechen wir im Büro. Ich komme vorbei, dann kann ich euch meine Aufzeichnungen erläutern.«

Katharina versuchte erst gar nicht, ihr den Besuch auszureden, Irini nutzte jede Gelegenheit, bei der Polizeiarbeit mitzuwirken, auch wenn es offiziell nicht gern gesehen wurde.

Sofort informierte die Kommissarin Xenia, die Kontakt zu den Fährgesellschaften aufnehmen sollte.

Als sie sich wieder auf ihren Fragenkatalog konzentrierte, versuchte sie sich in die alte Frau hineinzuversetzen. Nach den Schilderungen des Pflegers war Ulrike Wagner durchaus noch in der Lage zu kommunizieren, besonders wenn es sich um Ereignisse aus der Vergangenheit handelte. Was waren die dringlichsten Dinge, die sie wissen musste und wie konnte sie es verständlich zu Papier bringen?

An erster Stelle stand die Frage im Raum, welche Verbindung es zwischen Ulrike Wagner und Jannis Petridis gab. Warum hatte sie ihm den Brief geschrieben und das nach so langer Zeit? Und warum forderte sie ihn auf, Verantwortung zu übernehmen? Für was, und war Jannis überhaupt gemeint? So genau konnte man das nicht aus dem Text herauslesen. Sie tippte die erste Frage in ihr Notebook. Weiter sollte der Pfleger die Frau nach Frank Burger und Alexandros Gavalas befragen. Er sollte ihre Reaktion beschreiben, wenn sie die beiden Namen hörte. Und zu guter Letzt hatte Filippos ihr noch eine Aufgabe mit auf den Weg gegeben, nachdem Sylvia Kerner von dem Gespräch mit Panajotis Theodorakis berichtet hatte, dem ehemaligen Pensionswirt. Auch hier interessierte sie, wie die Mutter von Lisa auf den Namen des früheren Pensionsinhabers reagieren würde. Versehen mit ein paar einleitenden Worten schickte sie die Datei an die E-Mail-Adresse des Pflegers. Ihre Hoffnung war, noch heute eine Rückmeldung aus Düsseldorf zu erhalten, um in der nachmittäglichen Besprechung darüber berichten zu können.

Im Untergeschoss der Dienststelle wurde es hektisch. Die beiden Beamten aus Marpissa stürmten zur Tür herein, beide immer noch im Kampfmodus.

»Die müssen schnellstens nach Athen«, warf Filippos Xenia den Kunststoffbeutel mit den Messern auf den Tisch.

»Wie heißt das Zauberwort?«, erwiderte sie pikiert. Als hätte sie nicht genug um die Ohren. Und dann noch dieser Ton.

»Entschuldigung, aber der Typ war nicht sehr umgänglich.« Der Kommissar bemerkte den Druck seiner Sekretärin. »Bitte lasse die Messer sofort zum Flughafen bringen. Und informiere Athen, mit welcher Maschine die Dinger ankommen«, korrigierte er seine Anweisung betont freundlich.

»Geht doch und wird gleich erledigt«, lenkte Xenia ein. »Und wenn du diesen Tonfall so beibehältst für den Rest des Tages, mache ich uns sogar einen Frappé.« Filippos warf ihr einen Luftkuss zu.

Die Kaffeepause tat dem Kommissar gut, Zeit, um wieder auf ein normales Gefühlslevel herunterzukommen. Das Gleiche galt für Spyros, ihm war die Anspannung immer noch anzusehen. Mit einem Taxi ließ Xenia die Beweismittel zum Flughafen bringen, anschließend gab sie Kinka die Flugnummer der nächsten Maschine durch. Sie rechnete frühestens am nächsten Morgen mit einem Ergebnis. Ein Abgleich der Schnittkanten am Hals des Toten mit den einzelnen Klingen war nur unter dem Mikroskop möglich und das dauerte.

Dann rauschte Irini ins Büro. »Ich habe mir gedacht, ich komme eben vorbei«, erklärte sie, schmiss ihre Handtasche auf einen Stuhl und zog daraus eine Mappe hervor.

»Alle Blue-Star-Fähren haben eine Kamera am Heck«, startete sie direkt mit ihren Ermittlungsergebnissen. Ihre Augen sprühten vor Eifer. »Die Aufzeichnungen werden allerdings nach vierzehn Tagen gelöscht«, gab sie zu bedenken.

»Das hört sich schon mal gut an.« Filippos war zu seiner Frau getreten und drückte ihr einen Kuss auf die Wange. »Das bedeutet aber, dass der Täter in diesem Zeitraum mit der Fähre gekommen sein muss. Ist er früher nach Paros geschippert, haben wir Pech.«

»Das ist richtig, aber besser als nichts.« Konstantinos freute sich über die Umsetzung seiner Idee.

»Hier ist die Liste der betreffenden Boote«, zeigte Irini stolz auf ihre Aufzeichnungen. »Die brauchen vorher aber ein offizielles Anschreiben wegen des Datenschutzes. Ansprechpartner, Telefonnummern und E-Mail-Adressen findet ihr neben den Bootsnamen.«

Xenia schielte vorsichtig auf das Papier, sie befürchtete eine hohe Anzahl an Überstunden. Irini hatte die Liste nach den beiden Häfen Piräus und Rafina separiert. Die häufigste Verbindung war die von Piräus aus.

»So viele Boote sind das nicht«, bemerkte sie erleichtert.

»Weil die Schiffe jeweils pendeln. Wir sollten uns im ersten Schritt auf die Videos von Piräus nach Paros konzentrieren«, schlug Konstantinos vor. »Wenn nichts dabei ist, können wir die Verbindungen aus Rafina überprüfen.«

»Das macht Sinn. Hast du eine Ahnung, wie lang die Videos jeweils sind?« Die Frage galt Irini.

»Das habe ich nicht gefragt, aber so ein Stopp am Anleger geht recht schnell. Ich schätze, das dauert nicht länger als dreißig bis vierzig Minuten«, mutmaßte sie.

»Gut! Dann rufe bitte die Fährbüros an und maile denen die entsprechenden Dokumente zu. Wir brauchen die Dateien so schnell wie möglich. Das hat jetzt höchste Priorität«, sprach Filippos zu Xenia gewandt.

»Sobald ein passendes Fahrzeug gesichtet wird, müssen wir die Passagierlisten anfordern.«

Konstantinos hatte schon Vorarbeit geleistet und Modelle eines Nissans in verschiedenen Perspektiven ausgedruckt. Xenia studierte die Bilder genau.

»Ich kann dir dabei helfen.« Irini hätte am liebsten sofort losgelegt.

»Sehr gerne. Wenn dein Gatte nichts dagegen hat?«

»Das bleibt aber in diesen vier Wänden, verstanden«, war Filippos' Antwort. Irini strahlte.

»Rufe mich an, sobald du die Videos hast, ich bringe etwas zu essen mit.« Freudestrahlend verließ sie die Dienststelle.

Frank Burger

Paros, Juni 2018

Frank Burger schreckte hoch und verharrte. Er wusste nicht, wie lange er auf dem schwarzen Eisenbett geschlafen hatte, erst ein Blick auf seine Uhr zeigte ihm, dass es Mittag war. Er war sofort hellwach und lauschte nach draußen, ein Auto hatte ihn jäh aus seinen düsteren Träumen gerissen. Vorsichtig richtete er sich auf und griff nach seiner Reisetasche, durch die Terrassentür schlich er zu der steilen Treppe, die in den Garten führte.

Ein gleißender Sonnenstrahl streifte seine Augen. Ein sumpfiger Geruch, den er schon im Haus wahrgenommen hatte, schwebte über dem gesamten Areal. Mehrere tief in die Erde eingelassene Betonbecken, die das Wasser einer Quelle in sich trugen, waren der Grund dafür. Im Schutz des üppigen Gestrüpps suchte er nach einem Versteck. In geduckter Haltung wartete er ab, immer damit rechnend, dass jemand das Grundstück betrat. Eine ganze Weile hockte er dort, ohne sich zu rühren, um ihn herum unzählige Mücken, die in dem fremden Gast ein willkommenes Opfer sahen. Nach einer gefühlten halben Stunde wagte er sich langsam aus der Deckung, nachdem ein Motor gestartet wurde und das Fahrgeräusch sich entfernte hatte. Bestimmt hatten sich Touristen hierhin verirrt und waren genauso von dem grünen Fleck auf der Insel begeistert gewesen wie er.

Frank atmete mehrfach kräftig durch, wartete ab, bis sein Puls wieder einem normalen Rhythmus folgte und verspürte einen unbändigen Hunger. Bis auf eine Flasche Wasser und ein paar Kekse war er ohne Proviant aufgebrochen. Ihm würde wohl ein Besuch in Kalami nicht erspart bleiben. Der Anwohner, der sich um das Anwesen kümmerte, hatte damals einen Supermarkt betrieben, vielleicht gab es den ja noch. Dort könnte er sich für die nächsten Tage mit dem Nötigsten eindecken.

Mehrere Stufen auf einmal nehmend, hechtete er die Treppe hoch zurück ins Haus. Sein Körper juckte, der Mückenschwarm hatte ihm reichlich zugesetzt. In der Küche durchforstete er das alte Küchenbuffet nach etwas Essbarem, aber außer Geschirr und Kochtöpfen sowie unzähligen Gläsern war dort kein Vorrat angelegt. Der Kühlschrank war ausgeschaltet und zwischen der Tür klemmte ein altes Handtuch. Das sah nicht gut aus für jemanden, dem der Magen knurrte. Blieb das Regal mit der Flaschenbatterie hochprozentiger Schnäpse, nicht wirklich eine Alternative.

Hungrig sackte er zu Boden, er brauchte dringend Nahrung und die Aufregung verstärkte das dumpfe Gefühl in seiner Bauchgegend. Entschlossen suchte er in seiner Reisetasche nach seiner Baseballkappe, zog sie weit ins Gesicht und setzte sich eine Sonnenbrille auf. Dann versteckte er die Reisetasche sicherheitshalber im Unterholz des Gartens, falls ein Besucher zwischenzeitlich das Haus betreten sollte. Gut, dass er ein Fahrrad dabeihatte, ein Sprint ins Dorf und wieder zurück wäre schnell erledigt.

Nachdem keinerlei Fremdgeräusche jenseits der Grundstücksmauer zu hören waren, schwang er sich die Mauer hinauf, hievte seinen fahrbaren Untersatz hinterher und auf der Straßenseite wieder hinunter. Blitzschnell sprang er nach unten und war schon auf dem Weg nach Kalami. Es war nicht weit, die kurze Strecke hätte er auch laufen können, so aber war er flexibel und mit dem Rad konnte er im Notfall jeden Verfolger abhängen.

Sein Herz machte einen Sprung, als er den kleinen Minimarkt erblickte, hier inmitten der Insel war von den gravierenden Veränderungen auf Paros scheinbar noch nichts angekommen. Er parkte das Fahrrad an der Hauswand, eine grauhaarige, ältere Frau an der Kasse gähnte gelangweilt in den Tag. Sie beachtete ihn kaum, als er sich durch die bis zur Decke vollgestopften Regale vorarbeitete, auf der Suche nach Konserven und abgepackten Lebensmitteln. Eine Schrecksekunde ereilte den Berliner, als er darüber nachdachte, wie lange er wohl in seinem Versteck verharren würde. Er wusste es nicht, so wie er auch nicht wusste, wie das alles weitergehen sollte. Sein Rückflug nach Berlin würde in wenigen Tagen starten, die Polizei fahndete bestimmt schon nach ihm.

Frank wurde schlecht, der leere Magen, die verzweifelte Lage, in der er sich befand und die Angst, entdeckt zu werden, setzten ihm zu. Hektisch warf er die Nahrungsmittel in einen Korb und schob sich zu der Kassiererin vor, seine Baseballmütze tief ins Gesicht gezogen.

Als sie die Preise in ihre altertümliche Kasse eintippte, blickte sie kurz auf, Frank glaubte sich an die Frau zu erinnern, ihre markante Nase war ihm damals schon aufgefallen. Er zahlte und verstaute alles in seinem Rucksack. Als er ging, stand die Alte auf und verfolgte ihn mit ihrem Blick. Wie auf der Flucht trat er in die Pedale und erreichte schweißnass seinen Zufluchtsort, keine Menschenseele weit und breit. Mit letzter Kraft zog er sein Fahrrad in Sicherheit und sank erschöpft auf dem Küchenboden nieder. Sein Puls raste.

Wahllos griff er nach einer Flasche in dem gut gefüllten Spirituosenregal, er brauchte etwas zur Beruhigung. Der kräftige Brand wirkte. Sein Herzschlag verlangsamte sich allmählich und sein knurrender Magen schien sich auch zu beruhigen. Neugierig studierte er das Etikett, er hatte sich an einer Flasche Tsikoudia aus dem Bergdorf Spili auf Kreta vergriffen. Während er einen zweiten kräftigen Schluck aus der Flasche nahm, stand er auf und inspizierte den Schnapsvorrat etwas genauer und geriet dabei ins Staunen. Hier hatte sich jemand aus ganz Griechenland einen hochwertigen Vorrat zusammengekauft. Neben mehreren Ouzo-Flaschen der Marke Canava aus Santorini gesellten sich verschiedene Bouteillen von Pilavas, die ihren Ouzo seit 1940 in Patras herstellten. Die Klassiker wie Plomari von Lesbos oder Mini von Mytilini sowie viele weitere bekannte Marken waren in den unteren Regalen eingereiht. Darüber war eine Batterie von Tsipouro-Herstellern untergebracht. Einige davon kannte er von Jannis, der sie bei ihrem ersten Urlaub mit den verschiedenen geistigen Getränken Griechenlands bekannt gemacht hatte. Viele der Flaschen waren ihm aber völlig unbekannt.

Die oberen zwei Regale waren mit Likören bestückt, auch hier Rezepturen, die ausschließlich in Griechenland produziert wurden. Frank empfand augenblicklich den süßlichen Geschmack von Rakomelo auf seiner Zunge, dessen Name schon zwei seiner Zutaten verriet.

So sind die zwei Hauptkomponenten Raki und Honig – im griechischen Meli genannt –, die mit Gewürzen wie Nelke und Zimt gemischt werden. Ein Trunk, den man gerne im Winter warm zu sich nimmt. Oder der Mastix, der durch Destillation des Harzes vom Mastixstrauch auf Chios hergestellt wird. Sie hatten damals alles durchprobiert.

Wieder setzte er die Flasche an. Jeder Schluck verstärkte seine Schwermut. Abgerundet wurde die hochprozentige Kollektion mit dem gesamten Sortiment des Kitrons von Naxos, den Jannis immer als etwas ganz Besonderes angepriesen hatte. Er war stolz auf den bekannten Familienbetrieb. Wenn ihr Likör ausgeschenkt wurde, erkannte man seine Verbundenheit zu der elterlichen Manufaktur. Melancholie stieg in Frank auf, als er an das erste Treffen mit Jannis zurückdachte. Lisa hatte ihn mitgebracht, in einer Kiste eine Kostprobe der altehrwürdigen Brennerei. Das war das erste Mal, dass er Kitron getrunken hatte, der Abend hatte in einem lustigen Besäufnis geendet. Zu diesem Zeitpunkt wusste er noch nicht, dass auch Jannis eine Liaison mit Lisa hatte. Irgendwann hatte sie es eher beiläufig erwähnt.

Wie blind er gewesen war. Spätestens nach dieser Beichte hätte er aufwachen müssen, doch er war der Studentin ausgeliefert. Eine immer größer werdende Leere forderte weiteren Schnaps ein, die Flasche Tsikoudia war bereits halb geleert. Der Alkohol dämpfte seinen Hunger, beschleunigte aber auch seinen Rausch. Der Brand hatte über vierzig Prozent. In sich zusammengesunken und mit feuchten Augen hockte er auf dem nackten Fußboden. In seinem Kopf herrschte Chaos, was ihn weiter zum Trinken animierte.

Gedanken aus jenem Sommer vermischten sich wirr mit seiner aktuellen Situation. Er war gescheitert auf ganzer Linie. In den letzten zwei Jahren war ihm alles aus den Händen geglitten, seine Existenz und auch seine Beziehung. Dazwischen blitzten ständig Sequenzen mit Lisa auf, der einzigen Frau, die ihm je etwas bedeutet hatte. Es war der größte Fehler gewesen, nach Paros zurückzukehren, gestand er sich in seiner Betrunkenheit ein. Er hatte gedacht, ein paar Tage ausspannen zu können, genau das Gegenteil war eingetreten. Alles war wieder hochgekommen, der Hass auf Alex, dem er selbst nach dreißig Jahren nicht verzeihen konnte. Die Wut auf Jannis, für den Lisa auch nur eine seiner zahlreichen Urlaubsflirts war und Sylvia mit ihrem hochgestochenen Gerede war ihm schon nach wenigen Minuten auf die Nerven gegangen. Jetzt saß er in der Sackgasse, es konnte sich nur noch um Stunden handeln, bis sie ihm auf die Spur kommen würden.

Kraftlos sackte er zur Seite und schlief ein.

Er musste eine ganze Weile so gelegen haben, bis ihn der kalte, harte Fußboden wach werden ließ. Außerdem verspürte er einen unendlichen Durst. Draußen war bereits die Dämmerung auf gutem Wege in die Nacht, es musste schon spät sein. Mit versteiften Gliedern streckte er sich, alles schmerzte und sein Magen rebellierte. Der Rucksack mit seinen Einkäufen lag zu seiner Rechten. Benebelt von dem vielen Schnaps zerrte er eine Flasche Wasser heraus. Zusammen mit einer Konservendose Fisch und einem Stück Brot schleppte er sich die Treppe hinauf, in dem breiten Bett plante er, nach einem Imbiss seinen Vollrausch auszuschlafen. Verunsichert ließ er seinen Blick schweifen, irgendetwas war anders. Es dauerte ein wenig, doch schließlich bemerkte er, dass eine Seite der Flügeltür offen stand. Er war der festen Überzeugung gewesen, sie verschlossen zu haben. Vielleicht hatte der Wind sie aufgedrückt oder sein Gedächtnis spielte ihm gerade einen Streich, versuchte er sich zu beruhigen. Bei den Mengen an Tsikoudia war das durchaus denkbar.

Heißhungrig riss er die Lasche der Konservendose auf, eine rote Soße ergoss sich sogleich auf dem Steinboden. Mit einem Stück Brot in der Hand machte er sich über die Heringsfilets in Tomatensoße her, lauschte zwischendurch immer wieder nach draußen. Außer dem vertrauten Gesang der Zikaden konnte er nichts Ungewöhnliches feststellen. Sein Schädel brummte und er schmiss sich auf das weiße Laken, binnen Sekunden war er zurück in einem tiefen Schlaf. Draußen war es mittlerweile stockfinster geworden, der Berliner schnarchte mit dem lauter werdenden Chor der Natur um die Wette. Die nur angelehnte Flügeltür zur Terrasse schaukelte leicht im zunehmenden Abendwind.

Filippos Panos

Parikia, Paros, Juni 2018

Katharina hatte schon ungeduldig auf einen Anruf aus dem Seniorenheim der Pflegeeinrichtung in Düsseldorf gewartet, als sie eine Mail mit einer Audiodatei in ihrer Mailbox entdeckte. Er habe alles mitgeschnitten, sodass sie sich die Fragen nebst Antworten selber anhören könne, teilte der Pfleger ihr mit. So habe sie die Möglichkeit, neben den Antworten auch die Reaktionen der alten Frau besser zu verstehen. Sie habe durchaus unterschiedlich emotional auf die verschiedenen Fragen reagiert, aber er erwähnte noch, dass sie heute einen ihrer schlechteren Tage hätte. Die Idee verblüffte Katharina, der Mann hatte sich Gedanken gemacht.

Sie zog sich sogleich in ihr Büro zurück, stöpselte einen Kopfhörer in ihr Notebook und öffnete gespannt die Datei. Die Stimme des Pflegers war zu hören, eine angenehme und warme Stimme, die viel Empathie vermuten ließ. Er sprach mit Ulrike Wagner wie mit einem kleinen Kind und erklärte ihr sein Vorhaben. Mehrfach brachte er sein Anliegen vor, so lange, bis die Frau leise antwortete. Mit einem müden »Ja« signalisierte die Seniorin, dass sie verstanden hatte.

»Ja, Klaus, ich habe verstanden«, wiederholte sie. »Du willst mich etwas fragen«, hörte sie die Frau weiter sagen. Jetzt war sie sehr viel deutlicher zu verstehen.

Die Kommissarin schloss ihre Augen und versuchte, sich die Situation bildlich vorzustellen. Vermutlich hatte Ulrike Wagner geschlafen und der Pfleger wollte sicherstellen, dass sie auch vollkommen bei Verstand war.

Nachdem er sich sicher sein konnte, dass die Frau ihm zuhörte, stellte er die erste Frage und erkundigte sich nach Frank Burger und Alexandros Gavalas. »Kenn ich nicht«, war spontan ihre Antwort. Der Pfleger musste die beiden Namen aufgeschrieben haben, denn Katharina hörte die Aufforderung des Pflegers, sie solle sich die Namen auf dem Zettel ansehen und an früher denken. An die Zeit, als ihre Tochter noch gelebt hat. Als er den Namen Lisa erwähnte, hörte die Kommissarin ein tiefes Seufzen.

»Lisa? Meine Lisa. Ist sie da?« Die Frau war plötzlich sehr aufgeregt und sie rief laut den Namen ihrer Tochter. Mehrere Minuten vergingen, in denen der Pfleger besänftigend auf sie einredete, so lange, bis sie sich wieder beruhigt hatte. Noch einmal startete er einen Versuch und sprach die beiden Namen an. Ein trotziges »Nie gehört« ließ die Hoffnung auf mehr Transparenz in diesem Fall gegen Null sinken. Die Reaktion auf den Namen des früheren Pensionsbesitzers ergab ein ähnliches Resultat, erst als er schließlich nach Jannis Petridis fragte, wurde die Frau ungehalten. Katharina hörte, wie sie nach dem Pfleger schlug und dabei immer wieder »Jannis, Jannis« rief. Der Souma Mann musste irgendetwas in ihr ausgelöst haben.

»Trinken Sie einen Schluck, trinken Sie«, hörte sie den Pfleger sanft auf Ulrike Wagner einreden, aber die Frau schlug ihm das Glas aus der Hand. Das war der Punkt, an dem der Pfleger das Interview abbrach. Energisch betonte er, dass weitere Aufregung der Frau unbedingt erspart werden müsse und Katharina ja selbst höre, wie es um Frau Wagner stehe. Die Kommissarin verstand seine Bedenken. Im Hintergrund hörte sie, wie Ulrike Wagner wirres Zeug stammelte. Dabei fielen ständig drei Namen. Lisa, Jannis und Uli.

In einem letzten Satz bat der Pfleger noch um Verständnis und dass er weiteren Befragungen nicht zustimmen könnte. Katharina akzeptierte es mit großer Enttäuschung.

Wie so oft bei ihrer kriminalistischen Arbeit fiel ein Kartenhäuschen in sich zusammen, der einzige Trost war, dass sie schon mit so etwas gerechnet hatte.

Grübelnd blieb sie noch eine Weile sitzen. Aus der unteren Etage drangen ununterbrochen Xenias Telefonate an ihr Ohr. Die erledigte alle Formalitäten mit den Fährgesellschaften, um schleunigst an die Videos zu gelangen.

Filippos hatte sich mit Spyros in den Besprechungsraum zurückgezogen, mit ihnen Konstantinos. Die drei Kriminalbeamten bereiteten das nächste Meeting vor.

»Der Mörder muss in der Nähe sein, da bin ich mir sicher«, überlegte Konstantinos lautstark. »Wie soll er sonst so schnell auf den Friedhof gekommen sein, um das Foto abzulegen?«

»Für Frank wäre das ein leichtes Spiel gewesen. Er könnte es getan haben, bevor er abgetaucht ist. Alexandros Gavalas hätte es da schon schwerer gehabt. Im Übrigen frage ich mich ständig, wie er von Alex Gräfes Besuch auf dem Kefalos Wind bekommen haben soll.« Spyros hatte diese Frage schon einmal gestellt.

»Er muss ihn abgepasst haben, eine andere Erklärung habe ich nicht«, entgegnete Konstantinos.

Das Klingeln von Filippos' Smartphone unterbrach ihre Diskussion.

»Grüne Hölle, sind Sie sich sicher?« Filippos flüsterte den beiden zu, dass Sylvia Kerner in der Leitung war. »Aber wo dieses Versteck sein könnte, wissen Sie nicht?«, fragte der Kommissar nach. »Trotzdem danke und wenn Ihnen noch weitere Unterschlüpfe einfallen, rufen Sie uns sofort an. Wir haben einen Hinweis, wo sich Frank Burger aufhalten könnte«, sprach er aufgeregt zu den beiden. »Lasst uns alle zusammen überlegen, ob uns dazu etwas einfällt.« Er trat auf den Gang und rief Katharina und Xenia zu der Runde.

»Wo könnte sich ein Ort befinden, den ihr mit ›Grüne Hölle‹ bezeichnen würdet?«

»Na ja, so viele grüne Flecken haben wir ja nicht auf der Insel, insbesondere nicht im Sommer«, gab Xenia zu bedenken.

»Das stimmt nicht. Denke nur zum Beispiel an Petaloudes, unser Schmetterlingstal. Da ist es ganzjährig grün und es ist einer der Touristen-Hot-Spots.« Katharina war erst letztens mit ihrem Patenkind dort gewesen.

»Klar, das stimmt, aber der fährt bestimmt nicht dahin, wo Tausende von Touris unterwegs sind.«

»Da könntest du Recht haben. Aber mir fallen noch andere grüne Oasen ein, die einsam sind. Wie wäre es mit Bamboo Beach? Viel Grün, um sich zu verstecken und längst nicht so frequentiert wie die bekannten Strände.«

»Und nachts?« Xenia glaubte nicht an einen Unterschlupf unter freiem Himmel. Filippos stimmte ihr zu.

»Ich glaube eher an ein Haus, einen Stall oder eine ähnliche Behausung. Er ist mit der Studentin mehrfach über Nacht dageblieben, hat die Wienerin erzählt.« Filippos forderte weitere Vorschläge ein.

»Was ist mit dieser Quelle in Kalami?« Spyros stellte die Frage.

»Quelle? Welche Quelle?«

»Oben in Kalami befindet sich eine Quelle und die sorgt für viel Grün rundherum.«

Katharina war überrascht. Von dieser Quelle hatte sie noch nie gehört.

»Kenn ich nicht. Gibt es da denn Häuser? Verlassene Häuser?«, wollte sie wissen.

»Es gibt da ein paar verstreute Behausungen. Ob die unbewohnt sind, kann ich nicht beurteilen. Ich war lange nicht mehr da.«

»Dann sollten wir das prüfen. Wenn wir ihn dort nicht aufspüren, müssen wir Ermoupoli einschalten und eine Handyortung beantragen.« Alle wussten, was das bedeutete. Die Bezirksregierung auf Syros würde ab dann jeden Schritt des Teams überwachen.

»Spyros, du kennst dich dort aus. Konstantinos kann dich begleiten. Fragt im Dorf nach einzelnen Reisenden. Vielleicht hat jemand etwas beobachtet.« Filippos drängte.

»Was hat die Befragung der Mutter in Düsseldorf ergeben?«, wechselte er zum nächsten Punkt ihrer Untersuchungen.

»Sehr ernüchternd. Da war nicht viel rauszuholen«, berichtete die Kommissarin von der Audioaufzeichnung. »Die Mutter von Lisa Wagner ist in keinem guten Zustand und mit ihren Äußerungen konnte ich nichts anfangen, obwohl eine Sache mich im Nachhinein stutzig gemacht hat.« Sie überlegte einen Augenblick.

»Und was?«

»Die Frau war fürchterlich aufgeregt, sodass der Pfleger die Befragung abgebrochen hat. Am Ende hat sie nur noch wirres Zeug gerufen. Aber andauernd drei Namen erwähnt.«

»Was ist daran so ungewöhnlich? Du hast ihr doch Namen genannt, um ihre Erinnerungen abzurufen.«

»Aber sie rief immer Lisa, Jannis und Uli.«

»Und? Was hat dich daran stutzig gemacht?«

»Dass sie auch ihren eigenen Namen genannt hat. Lisa und auch Jannis verstehe ich, weil Lisa ihre Tochter war und an Jannis hat sie den Brief geschickt. Aber warum nennt sie im gleichen Atemzug auch ihren?«

In dem Besprechungsraum herrschte Ratlosigkeit. Auf diese Frage hatte keiner eine Antwort.

Die Runde löste sich auf und die beiden Kriminalbeamten machten sich auf den Weg ins Inselinnere nach Kalami. Xenia arbeitete weiter die Liste der Fährgesellschaften ab. Gut eine Stunde später trafen bereits die ersten Videos bei ihr ein. Die Reederei der Blue Star Ferries mit Sitz in Piräus reagierte am schnellsten. Das Team hatte sich auf ein Zeitfenster von einer Woche vor Anreise der Jubiläumstruppe geeinigt und sie erwarteten alle Aufzeichnungen aus dieser Zeitspanne.

Die Fährgesellschaft hatte ihr einen Link geschickt, über den sie auf die Dateien nach Datum und Uhrzeit sortiert zugreifen konnte. Zu den verschiedenen Passagen hatten sie die Anzahl der Passagiere aufgeführt, was den Ermittlern einen Hinweis auf die Auslastung der Schiffe gab. Xenia wählte sogleich Irinis Nummer.

»Wenn du heute Abend noch nichts vorhast, kannst du sofort anrücken«, berichtete sie aufgedreht. »Die Jungs von der Blue Star haben mir alle Videos geschickt. Das wird ein langer Abend.« Irini ließ sich nicht zweimal bitten. Dimitri würde sie bei ihren Eltern einquartieren und für das leibliche Wohl hatte sie schon vorgesorgt.

Xenia bat Filippos an ihren Rechner und öffnete den Link.

»Die Männer kann man gebrauchen, alle Verbindungen von Piräus nach Paros in dem angefragten Zeitraum«, berichtete sie ihm und zeigte begeistert auf die einzelnen Clips.

»Mit welcher Fährverbindung soll ich anfangen?« Filippos überflog die mitgelieferten Passagierzahlen.

»Ich würde mit der 17:30-Fähre anfangen, mit dem Boot einen Tag vor der Anreise der Jubilare. Auf dieser Abendfähre haben jeweils die meisten Passagiere eingecheckt. Und dann würde ich rückwärts den Rest der Woche überprüfen.« Xenia nickte und suchte in ihrem Kalender nach dem entsprechenden Datum. Neben ihrem Computer lagen die Ausdrucke, auf denen ein Nissan Qashqai abgebildet war. Dann öffnete sie das Video. Sie und Filippos starrten gebannt auf den Clip. Die Aufnahmen starteten, als die ersten Fahrzeuge in Parikia von Bord gelassen wurden. Die Qualität war zur Freude der beiden gut genug, um die unterschiedlichen Fahrzeugtypen sauber erkennen zu können. Damit hatten sie nicht gerechnet, da es nach der fünfstündigen Fahrt auf Paros bereits dunkel gewesen war. Konzentriert verfolgten die zwei Beamten die Ausschiffung der vielen PKWs. Das ganze Anlegemanöver dauerte nicht mehr als eine halbe Stunde. Xenia entspannte sich ein wenig, das war dann doch eine durchaus überschaubare Aufgabe. In diesem Moment stürmte Irini in ihr Büro, mit ihr ein Blech mit gefüllten Paprika und Tomaten.

»Warum habt ihr nicht auf mich gewartet?«, fragte sie enttäuscht und schubste ihren Mann von seinem Stuhl.

»Testlauf, meine Liebe. Nur ein Testlauf, damit wir ab jetzt zusammen durchstarten können«, wiegelte Xenia ab und schnupperte nach dem Backblech, welches Irini auf ihrem Schreibtisch abgestellt hatte.

»Ich dachte, eine Portion Gemista muss reichen. Viel Zeit habt ihr mir ja nicht gelassen. Das müsste für den ganzen Haufen genügen.«

»Das glaube ich auch.« Xenia stand auf und holte in der Küche ein paar Teller und Besteck. »Die muss ich jetzt erst einmal probieren, dann können wir loslegen.« Sie schaufelte sich eine große, gefüllte Fleischtomate auf einen Teller. In dem vollgepackten Büro roch es wie in einer Taverne.

Genüsslich schob sie sich ein Stück Gemüse in den Mund und startete den nächsten Clip.

»Sind die lecker!«, nuschelte sie mit vollem Mund. »Das ist jetzt zwei Tage vor Eintreffen der Truppe«, zeigte sie auf das Datum. »Ein Tag vor der Anreise war kein passender Nissan dabei.« Irini konzentrierte sich voll auf den Bildschirm.

Ein großer Aufschrei folgte, als ein erster Qashqai von der Fähre rollte, leider war es kein schwarzes Modell.

»Dieser Fahrzeugtyp ist selten dabei«, bemerkte Filippos' Frau, nachdem auch an diesem Datum kein Treffer gelandet werden konnte.

»Mal sehen, was die verbleibenden fünf Tage so hergeben.« Xenia wechselte zur nächsten Datei und kratzte sich den Rest des Gerichtes vom Teller.

Wieder stierten zwei Augenpaare auf die Ausschiffungsaufnahmen, scannten jedes Fahrzeug, das von Bord ging.

»Langsam brennen mir die Augen.« Irini war es nicht gewohnt, so angespannt auf einen Bildschirm zu glotzen.

»Hast du dir ja selber eingebrockt. Wir haben noch vier Tage, das sind gut zwei Stunden Arbeit. Schaffst du das?« Irini reagierte empört.

»Was denkst du denn? Nur weil mir die Augen brennen, gebe ich doch nicht auf.« Sie holte eine Brille aus ihrer Handtasche.

»Los! Weiter geht's mit Tag vier vor der Anreise.«

Filippos hatte sich in sein Büro zurückgezogen und war in ständigen Kontakt mit seinen zwei Mitarbeitern, die mittlerweile in Kalami angekommen waren.

In einer freien Minute hatte er sich schon die Telefonnummer eines Kollegen in Ermoupoli herausgesucht, für den Fall, dass er eine Handyortung beantragen musste.

Keine angenehme Aufgabe, er würde sich kritischen Fragen stellen müssen. Er suchte nach einer Begründung, warum er die Bezirksregierung erst so spät benachrichtigt hatte, als er aus Xenias Büro die hektischen Stimmen der beiden Frauen hörte.

»Filippos, Filippos, schau dir das an«, schrie Xenia zu ihm hoch. Mit einem Satz sprang er die Treppe hinunter, Xenia druckte gerade einen Screenshot aus.

»Ein schwarzer Nissan Qashqai«, hielt sie den Ausdruck wie eine Trophäe in der Hand.

»Und man kann sogar erkennen, dass ein Mann am Steuer sitzt.« Alle drei waren auf das Bild fixiert und allen war die Erregung anzumerken.

»Es sieht nach einem griechischen Kennzeichen aus«, vermutete der Kommissar nach intensiver Betrachtung des Ausdrucks, doch das Bild war zu unscharf für eine eindeutige Festlegung.

»Hauptsache, wir haben einen ersten Treffer, dann brauchen wir jetzt schnellstens die Passagierlisten dieser Passage«, schlussfolgerte er. »Die sollen die Liste noch heute zusenden, wenn einer Probleme macht, sagt mir Bescheid.«

Xenia suchte nach den Informationen von Irini, die ihr die richtigen Ansprechpartner bei den verschiedenen Reedereien geliefert hatte. Entschlossen wählte sie die Nummer der Fährgesellschaft.

Spyros und Konstantinos

Kalami, Paros, Juni 2018

Die beiden Polizisten waren am Ortsausgang von Parikia links in Richtung Naoussa abgebogen und folgten der alten Verbindungsstraße. Auf der kurvenreichen Strecke musste Konstantinos immer wieder die Geschwindigkeit drosseln, wenn ihnen ein Fahrzeug entgegenkam. Während der Fahrt wurde nicht viel gesprochen. Der Druck, nun endlich einen Erfolg zu vermelden, lastete auch auf den beiden Beamten. Mit Schrittgeschwindigkeit passierten sie den Ortseingang des Dorfes, wobei die Bezeichnung Dorf geschmeichelt war. Es gab zwar eine kleine Kirche, aber ansonsten bestand der Ort nur aus einer Handvoll Ferienhäusern, ein paar privaten Behausungen und einem Supermarkt. Spyros, der die Gegend kannte, parkte vor dem hell erleuchteten Laden.

»In dieses Kaff verschlägt es mich recht selten, obwohl man einen wunderschönen Ausblick von hier hat«, bemerkte Spyros, als er den Wagen verließ.

»Die Quelle liegt außerhalb der Ortschaft, aber ganz in der Nähe. Das ist der einzige Laden hier, einmal abgesehen von der Kirche. Vielleicht hat jemand etwas beobachtet«, hoffte er noch, bevor sie das überladene Geschäft betraten.

Eine ältere Frau an der Kasse nickte ihnen missmutig zu.

Spyros holte sogleich sein Handy aus der Tasche, suchte nach dem Foto, auf dem Frank Burger zu sehen war und hielt es der Frau direkt vor die Nase. Konstantinos zückte parallel seinen Dienstausweis.

»Wir suchen diesen Mann«, eröffnete er das Gespräch. Die Alte zuckte erschrocken zusammen, man merkte, dass sie sich in Anwesenheit der Polizei unwohl fühlte. Dann kramte sie aus einer Schublade eine Brille hervor und betrachtete das Bild intensiv.

»Da war ein Fremder heute am späten Nachmittag«, kam es zögerlich über ihre Lippen. »Aber der hatte eine Kappe und eine Sonnenbrille auf, das Gesicht habe ich nicht gut erkannt. Er könnte es aber gewesen sein, hat ein paar Lebensmittel bei mir gekauft.«

»Ein Fremder? War er vorher noch nie bei Ihnen im Geschäft?« Spyros war augenblicklich hellwach.

»Nein, noch nie. Und der Typ kam mir sonderbar vor. Ist meinem Blick ständig ausgewichen. Was ist mit ihm?«

»Könnte er sich hier irgendwo aufhalten? Oder anders, wir suchen nach unbewohnten Häusern in der Nähe der Quelle.« Spyros ging auf die Frage der Alten nicht ein, die Frau bekreuzigte sich mehrfach.

»Der Mann wird von der Polizei gesucht? Hier in unserem Dorf?«, erahnte sie folgerichtig und stöhnte, als hätte sie starke Schmerzen.

»Bitte beantworten Sie meine Frage«, drängte Spyros auf eine Antwort.

Die Frau begann mit zittriger Stimme von dem Steinhaus zu berichten und bestätigte, dass es inmitten einer grünen Oase lag. Die beiden Polizisten wurden mit jedem Satz aufgeregter.

»Er ist mit seinem Fahrrad in diese Richtung davongefahren. Glauben Sie wirklich, er könnte dort eingebrochen sein?«

»Das würden wir gerne überprüfen. Können Sie uns zu dem Haus bringen?«

Die Alte blickte ängstlich auf. »Ich? Ich kann hier nicht weg. Ich rufe meinen Mann.« Sie griff zu einem Telefon und wählte eine Nummer, ihre Furcht erfüllte den ganzen Laden.

Wenige Minuten später hielt das Polizeifahrzeug in sicherer Entfernung zu dem gesuchten Haus. Nachdem der Supermarktbesitzer den beiden Polizisten genauestens die Gegebenheiten des Grundstückes beschrieben hatte, übergab er ihnen den Schlüssel für das Eingangstor. Er selbst bekam die klare Anweisung, den Wagen nicht zu verlassen.

Vorsichtig stiegen die zwei Kollegen aus dem Fahrzeug, darauf bedacht, keinerlei Geräusche zu verursachen. Konstantinos nahm noch eine Stablampe mit, es war finster und es gab weder eine Straßenbeleuchtung in dieser abgelegenen Gegend, noch drang das Restlicht des Mondscheins bis zu ihnen durch.

»Und Sie bewegen sich nicht vom Fleck. Verstanden?«, wiederholte Spyros seine Ansage. Er stand genauso wie Konstantinos unter höchster Anspannung.

Mehr schleichend als gehend bewegten sich die zwei Polizisten langsam auf die Außenmauer zu. Ihre Augen brauchten eine Weile, um sich an die Dunkelheit zu gewöhnen. Immer wieder hockten sie sich nieder und lauschten in die Nacht, dann standen sie vor dem verwitterten Tor. Die schwere Eisenkette hing unberührt an dem Gatter, keinerlei Spuren eines Einbruchs waren erkennbar. Spyros nahm langsam das Schloss in die Hand, während Konstantinos den Schlüssel ansetzte.

»Wenn unser Mann hier eingestiegen ist, muss er sich einen anderen Zugang verschafft haben«, flüsterte Konstantinos und drehte den Schlüssel. Zentimeter für Zentimeter zogen sie die rostige Kette zur Seite, dann war der Weg zu dem Grundstück frei. Mit äußerster Behutsamkeit schoben sie das Tor einen Spalt auf, nur soweit, dass sie hindurch schlüpfen konnten. Der muffige Geruch des Feuchtbiotops schlug ihnen entgegen. Wieder verweilten sie einen Moment in der Hocke, Spyros zog seine Waffe aus dem Halfter. Ab jetzt war absolute Konzentration gefordert. Der Supermarktbesitzer hatte von zwei Zugängen ins Haus berichtet, einer davon war die Eingangstür und der zweite Zugang führte über eine Außentreppe an der Rückseite des Gebäudes in die erste Etage.

Mit einem Handzeichen klärte Konstantinos, dass er den hinteren Eingang übernehmen würde, auch er hatte jetzt seine Dienstwaffe im Anschlag. Spyros sollte über die Eingangstür ins Haus eindringen. So waren beide Fluchtwege blockiert, sollte sich der Gesuchte tatsächlich in dem Gebäude aufhalten. Konstantinos setzte gerade an, zur Rückseite des Hauses zu schleichen, als ein lautes Geräusch sie aufschreckte. Das Schlagen einer Tür knallte wie ein Pistolenschuss durch die Nacht. Minutenlang verharrten die beiden Polizisten dicht an die Hauswand gedrängt und warteten ab. Bis auf ein wiederholtes Klappern der Tür und das Pfeifen des Windes in den Baumkronen war nichts zu hören. Die beiden Kollegen nickten sich kurz zu, dann machten sie sich auf für ihren Kontrollgang im Inneren des Gebäudes.

Konstantinos lugte um die Ecke die Treppe hinauf, nachdem er wie eine Katze beim Anpirschen ihrer Beute ums Haus geschlichen war. Jetzt konnte er sehen, welche Tür sie in Aufruhr versetzt hatte. Stufe für Stufe erklomm er die Betontreppe nach oben.

An der Vorderseite drückte Spyros mit einer Hand bedacht die Klinke der Haustür hinunter. Sein Herz raste, seine Waffe war eisern nach vorne gerichtet. In Zeitlupe schloss er die Tür wieder und schaute sich um. Ein halbvolles Glas mit einer klaren Flüssigkeit konnte er im Dunkeln erkennen, daneben befand sich eine Flasche auf dem glatten Steinboden einer Küche. Sein Atem flatterte einen Moment, als ihm klar wurde, dass jemand im Haus sein musste. Mit ausgestreckten Händen, die Waffe fest in der Hand, inspizierte er die unteren Räume, Konstantinos musste mittlerweile den oberen Eingang erreicht haben. Nachdem er das Erdgeschoss gecheckt hatte, stieg auch er die Innentreppe zum ersten Stock hinauf, eine verschlossene Tür ließ ihn innehalten.

Konstantinos hatte sich seitlich der Terrassentür an der Hauswand bis an den Eingang herangeschoben, alle seine Muskeln waren wie eine Feder gespannt. Er atmete mehrfach tief durch, dann trat er die Flügeltür auf und sprang mit einem Satz in das enge Zimmer. Fast wäre er über das schwarze Eisenbett gestolpert, auf dem eine Person bäuchlings zu schlafen schien.

Spyros, ermutigt durch das laute Vorgehen seines Kollegen, öffnete blitzschnell die Tür und sprang nun auch von innen in das Zimmer, beide Polizisten standen mit gezückter Pistole vor dem Bett.

»Polizei! Polizei! Richten Sie sich ganz langsam auf«, schrie Konstantinos den Mann an, während Spyros hektisch nach einem Lichtschalter tastete.

Der Mann rührte sich nicht, beiden Beamten klopfte das Herz bis zum Hals. Konstantinos stupste den Fremden in die Seite, der grelle Lichtschein einer Glühbirne flutete das Zimmer, dann realisierte Spyros als Erster die gespenstische Situation.

Mit einem beherzten Griff drehte er den Mann auf den Rücken, ein Schrei entwich seiner Kehle, Konstantinos machte einen Sprung rückwärts gerichtet.

»Da muss einer vor uns hier gewesen sein«, stammelte Spyros, während Konstantinos hechelnd nach Luft rang. Wie gebannt starrten sie beide auf die weit aufgerissenen, blutunterlaufenen Augen von Frank Burger. Ein heftiger Todeskampf hatte sein Gesicht in eine schreckliche Grimasse verwandelt.

»Der muss erdrosselt worden sein, das sieht ja furchtbar aus«, fand Konstantinos langsam wieder zu sich. Um den gesamten Hals zog sich eine blutrote Falte, die sich an vereinzelten Stellen bläulich verfärbt hatte.

»Verdammt, und wir dachten, er ist unser Mörder. Was machen wir jetzt?« Spyros begriff langsam, was der Leichenfund für ihren Fall bedeutete.

»Ruf Filippos an. Der rastet aus. Drei Tote innerhalb kürzester Zeit. Das haben wir auf Paros noch nicht erlebt.« Seine Worte überschlugen sich.

»Wir dürfen jetzt nicht die Nerven verlieren«, mahnte Konstantinos zur Besonnenheit. Er war im Gegensatz zu Spyros in der Vergangenheit viel stärker in die Ermittlungen von Kapitalverbrechen eingebunden gewesen. »Da läuft einer herum, der es auf diese Truppe abgesehen hat. Jetzt sind wir wieder ganz am Anfang. Scheiße!« Resigniert wählte er die Nummer von Filippos, während Spyros stotterte: »Ich wette, auf dem Friedhof liegt ein weiteres Foto.«

Filippos' Reaktion war so heftig, dass Konstantinos das Telefon von seinem Ohr weghielt. Verzweiflung und auch Angst vor weiteren Opfern setzten dem Chef der Polizeidienststelle gehörig zu.

»Schicke Katharina zum Friedhof, damit sie nach dem Foto Ausschau halten kann«, schlug Konstantinos vor, nachdem sich Filippos wieder beruhigt hatte.

»Gute Idee, die kann dann auch direkt die KTU in Athen informieren. Ohne die Unterstützung der Gerichtsmedizin und ihren Technikern wird es auch bei diesem dritten Mord nicht gehen.« Wut war aus Filippos' Antwort herauszuhören, dann war er auf dem Weg nach Kalami.

In der Zwischenzeit informierte Spyros den Supermarktbesitzer, der bei der Nachricht des vorgefundenen Toten aus allen Wolken fiel. Der Zugang zum Grundstück wurde abgesperrt und der Mann nach Hause geschickt, vorher wurde er zu absoluter Verschwiegenheit verdonnert. Mit quietschenden Reifen traf Filippos schließlich ein, Schweißflecken auf seinem Hemd zeugten von seinem Zustand.

»Alles auf null«, rief er, während er in das Gebäude stürmte. »Die nächsten Tage werden hart, ich brauche jetzt jeden! Und das rund um die Uhr.« Die beiden Polizisten hatten verstanden.

»Ich habe Katharina angewiesen, nach der Überprüfung auf dem Friedhof zur Pension zu fahren. Wir dürfen jetzt kein Risiko mehr eingehen«, stellte er klar, bevor er sich ein Paar Gummihandschuhe überzog.

»Erdrosselt! Bestimmt im Schlaf überrascht«, begutachtete er den Toten aus der Nähe.

»Habt ihr Spanopoulos informiert?«

»Schon auf dem Weg. Der hat gefragt, ob er sich bei uns einnisten soll.«

Filippos blickte verärgert auf, zum Scherzen war ihm weiß Gott nicht zumute.

»Bleibt als potentieller Täter unser Mann aus Marpissa übrig«, entgegnete Konstantinos. »Ich könnte noch heute Nacht überprüfen, wo er sich in den letzten 24 Stunden aufgehalten hat.«

Filippos hatte einen ähnlichen Gedanken gehabt. Jetzt zählte jede Minute.

»Mach das. Er soll lückenlos aufzeigen, wo er war. Ohne Wenn und Aber. Spyros bleibt bei mir.«

»Ich könnte Katharina mitnehmen, nur zur Sicherheit. Die Pension liegt auf dem Weg«, gab Konstantinos zu bedenken. Keiner wusste, wie Alexandros Gavalas reagieren würde und da wollte er keinen Alleingang wagen.

»Unbedingt! Das wäre auch mein Vorschlag gewesen. Bitte sorgt aber dafür, dass der Deutsche und die Österreicherin sicher untergebracht sind. Verdonnere sie dazu, ihre Zimmer nicht zu verlassen, bis Katharina zurück ist.«

Der Polizist nickte, obwohl er die Lage etwas anders beurteilte.

»Glaubst du wirklich, dass die beiden auch gefährdet sind?«

»Was ich glaube, ist egal. Wir müssen alles tun, um ihre Sicherheit zu gewährleisten«, antwortete Filippos ungehalten.

»Bislang hat es immer nur Liebhaber von dieser Studentin erwischt«, blieb Konstantinos hartnäckig bei seiner Meinung. »Sylvia Kerner ist eine Frau und der Kölner ist schwul. Da war nix mit Lisa Wagner.«

Filippos wurde sauer, seine Augen sprühten Feuer. Er hatte keine Lust, weiter zu diskutieren.

»Vielleicht hast du recht, aber deine These besprechen wir später. Bring die zwei Urlauber in Sicherheit, so wie ich es angewiesen habe.« Damit war das Gespräch beendet und Konstantinos unterwegs ins Christianos.

»Woher hat der Täter nur gewusst, wo der Berliner sich aufhält?«, widmete sich Filippos wieder dem Toten.

»Die gleiche Frage haben wir uns schon beim Mord an Alex Gräfe gestellt. Es kann nur jemand sein, der alle Aktivitäten der Jubiläumstruppe aus der unmittelbaren Nachbarschaft beobachten konnte.« Spyros hatte diese Ansicht schon vorher vertreten.

»Und das ist für Alexandros Gavalas schwierig. Außerdem wäre er bestimmt aufgefallen, der Mann ist bekannt in Naoussa.«

In dem Moment klingelte Filippos' Handy. Am anderen Ende war eine atemlose Katharina.

»Es gibt tatsächlich ein weiteres Foto.« Sie keuchte. »Es lag genau an der Stelle, wo auch die vorherigen Bilder abgelegt wurden.« Die Kommissarin rang nach Luft.

Filippos schoss das Adrenalin in seine Blutbahn, als er die Botschaft vernahm. Hätte er doch nur einen Beamten auf dem Friedhof postiert, ärgerte er sich und ein schlechtes Gewissen übermannte ihn. Er war zu sehr auf Frank Burger fixiert gewesen, an einen weiteren Mord hatte er im Traum nicht geglaubt. Augenblicklich musste er an Konstantinos' Worte denken.

»Bislang hat es immer nur Liebhaber von dieser Studentin erwischt.« Dieser Satz ging ihm nicht mehr aus dem Kopf.

Katharina Waldmann

Paros, Juni 2018

Katharina war vom Friedhof ins Christianos gerannt, atemlos stürmte sie zur Rezeption.

»Wo sind die beiden Urlauber?«, überfiel sie Manolis. Der wusste sofort, wer gemeint war, obwohl es in seinem Gästehaus viele Urlauber gab. Schnell erkannte er, dass etwas passiert sein musste.

»Die sind zum Essen.«

»Haben Sie eine Idee, wo sie sein könnten?« Die Resolutheit, mit der Katharina fragte, hielt den Pensionsbesitzer davon ab, Fragen zu stellen.

»Nein, habe ich nicht, aber ich kann sie anrufen.« Schnell suchte er die Telefonnummern der beiden in seinem Computer. Er fühlte, dass Gefahr im Verzug war.

Die Kommissarin übernahm das Telefonat und verriet, dass es Neuigkeiten zu Frank Burger gebe, alle Einzelheiten würde sie mit ihnen in der Pension besprechen. Es war jetzt schon das zweite Mal, dass die beiden Jubilare in ihre Unterkunft zitiert wurden, voller Erwartung trafen sie kurze Zeit später dort ein.

Als die Kommissarin sie mit der aktuellen Entwicklung konfrontierte, fehlten der sonst so wortgewandten Psychologin die Worte. Für die Wienerin brach eine Welt zusammen. Alle ihre Analysen nach den umfangreichen Recherchen im Netz hatten für sie eindeutig auf Frank als Mörder hingedeutet. Jetzt geriet ihr komplettes Weltbild ins Wanken. Sven, der teilnahmslos zugehört hatte, wurde aschfahl im Gesicht, keine Spur mehr von seiner bereits erworbenen Urlaubsbräune. Manolis, ebenfalls im Schockzustand, brachte für alle einen Souma.

Die Kommissarin erklärte sachlich den Stand der Dinge und riet den beiden, vorläufig die Pension nicht zu verlassen. Noch heute Nacht würde es eine zweite Überprüfung geben. Sie vermied es, forsche Anweisungen zu geben, dann wäre eine Panik vorprogrammiert gewesen.

»Ich muss jetzt noch einmal weg, später wird ein Beamter Wache halten«, sprach sie betont ruhig. Die Mimik der beiden verriet ihr, dass sie sich an ihren Ratschlag halten würden. Bevor Sylvia Kerner ihre Sprache wiederfand, war sie schon zum Ausgang unterwegs, Konstantinos war soeben vorgefahren.

»Ich hoffe, Gavalas macht uns keine Schwierigkeiten«, öffnete der Polizist die Beifahrertür.

»Wir müssen besonnen vorgehen, zum Glück sind wir zu zweit«, entgegnete Katharina routiniert. »Wenn der wirklich in der Sache mit drin hängt, wartet er bestimmt nicht zu Hause auf uns«, vermutete sie.

»Ich glaube sowieso nicht an die Täterschaft des Bauern«, erwiderte Konstantinos. »Ich habe eine ganz andere Vermutung und wenn der ein wasserdichtes Alibi vorweisen kann, dann stehen wir tatsächlich wieder am Anfang.«

Katharina suchte nach einer Erklärung, während der Polizist mit hohem Tempo in Richtung Marpissa raste.

»Welche Vermutung? Und hast du das mit Filippos besprochen?« Die Kommissarin wollte seine Aussage verstehen.

»Der war so in Rage, der hat mich gar nicht ausreden lassen.« Katharina bemerkte den Unmut des Polizisten.

»Dann sprich mit mir. Was glaubst du?« Ihr Apell war so eindringlich, dass Konstantinos die Geschwindigkeit drosselte und eine Stelle am Straßenrand suchte, wo er anhalten konnte.

»Überlege doch mal. Was haben alle Opfer gemeinsam?«, begann er mit seiner Version.

»Da gibt es einige Merkmale, zum Beispiel sind es alles Männer«, fiel Katharina spontan ein. »Und es sind alles Mitglieder dieser ehemaligen Urlaubsclique.«

»Ja, alles richtig. Aber was gibt es darüber hinaus noch für Gemeinsamkeiten …?« Konstantinos forderte ihre volle Konzentration.

»Jetzt mach es nicht so spannend. Wir haben noch einen Einsatz vor der Brust.« Katharina wurde ungehalten.

»Alle drei Opfer hatten mit Lisa Wagner eine Beziehung«, kam Konstantinos endlich zur Sache. »Nie lange, aber für die Männer, so die Aussage der Wienerin, sehr intensiv.«

»Da stimme ich dir zu. Und was schließt du daraus?«

»Dass hier jemand einen Rachefeldzug führt, wahrscheinlich jemand, der Lisa Wagner sehr nahestand.

Katharina schloss ihre Augen und versuchte, die Äußerungen ihres Kollegen richtig einzuordnen.

Mit einem Ruck drehte sie sich plötzlich zu Konstantinos um. Ihre Augen waren weit aufgerissen, sie suchte nach den passenden Worten.

»Dann fehlt noch einer«, stellte sie mit Entsetzen fest.

»Fahr los!«, schrie sie unverhofft Konstantinos an. »Wenn deine Theorie stimmt, ist Alexandros Gavalas nicht unser Mörder, sondern vielleicht das nächste Opfer.«

Der Beamte startete erschrocken den Wagen, der harsche Gefühlsausbruch seiner ehemaligen Chefin hatte ihn kalt erwischt.

»Dann glaubst du, dass meine These stimmt?«, freute er sich über Katharinas Zustimmung.

»Jetzt, wo wir Frank Burger ausschließen können, klingt das durchaus realistisch. Und …«, sie fing vor lauter Aufregung an zu stottern, »… was hat Alexandros Gavalas noch zu der Verletzung an seiner Hand gesagt? Spyros hat uns doch davon im Meeting berichtet.«

»Dass er einem Auto ausgewichen sei …«, Konstantinos begriff langsam, worauf die Kommissarin hinauswollte.

»Genauso hat er es erzählt. Weder Filippos noch Spyros haben ihm geglaubt. Was ist, wenn er die Wahrheit gesagt hat?« Katharina spann den Faden weiter.

»Dann könnte er vielleicht schon tot sein, überfahren von dem tatsächlichen Mörder.« Konstantinos hatte es auf den Punkt gebracht, während sie in Höchstgeschwindigkeit durch die Nacht flogen.

Xenia

Parikia, Paros, Juni 2018

Xenia ließ die Mitarbeiterin der Blue Star Ferries erst gar nicht zu Wort kommen. Mit Nachdruck forderte sie die Frau auf, ihr die Passagierlisten des Schiffes zu schicken, auf dem sie das Modell des gesuchten Fahrzeugtyps entdeckt hatten. Es war nicht das erste Telefonat mit der Dame und die Dringlichkeit war der Reederei bekannt, daher wurden ihr die Daten innerhalb der nächsten halben Stunde zugesichert. Jetzt saß sie auf heißen Kohlen und wartete auf die Mail. Irini, noch aufgeregter als die Beamtin, spekulierte bereits über den Inhalt der Liste.

»Wenn es wirklich ein griechisches Fahrzeug ist, werden wir einige Namen überprüfen müssen«, verwies sie auf die Tatsache, dass auf den Passagierlisten zwar zwischen Reisenden mit und ohne Fahrzeug unterschieden wurde, es aber keine Erfassung der Fahrzeugmarken gab.

»Das heißt, wir müssen alle Namen mit den Autos abgleichen und das kann dauern«, Xenia zeigte auf ihre Uhr.

»Zum Glück müssen alle Passagiere ihre Handynummern hinterlassen, ansonsten wäre es eine Sisyphusarbeit.« Es war nicht die erste Aktion, bei der Irini anhand von Fährverbindungen Unterstützung bei Ermittlungsarbeiten geleistet hatte.

»Fahrzeuge von außerhalb Griechenlands wird es nicht viele geben, für die meisten ist die Anreise zu umständlich und zu teuer«, wusste Xenia noch zu berichten. Erfahrungsgemäß schifften meistens Athener mit ihrem Auto auf die Inseln ein.

Gebannt starrten sie auf den Bildschirm, eine E-Mail war soeben eingetroffen, im Anhang eine Liste mit den Daten. Sie rechneten mit 22 Namen, das war genau die Anzahl von PKWs, die sie beim Videocheck gezählt hatten.

»Bingo! Blue Star Ferries hat geliefert.« Mit einem Doppelklick öffnete Xenia die mit Spannung erwartete Namensliste. Schon beim Überfliegen wurde ihre Vermutung bestätigt, bis auf einen ausländisch klingenden Passagier waren nur griechische Namen nebst Telefonnummern aufgeführt.

»Am besten, wir teilen sie auf und telefonieren die einzelnen Halter ab«, machte Irini einen Vorschlag.

Für das Telefonat selbst hatten sie sich zusammen mit Filippos einen einheitlichen Text überlegt.

Nach Absprache mit der Reederei hatte man sich darauf geeinigt, eine Beschädigung am Heck der Fähre als Grund für die Überprüfung zu benennen. Man sei auf der Suche nach einem schwarzen Nissan, der vermutlich für die Beschädigung verantwortlich sei. Zur Bestätigung sollten die Halter ein Foto ihres Fahrzeuges oder des Fahrzeugscheins zusenden.

Mit diesen Vorgaben und elf Haltern auf der Liste zog sich Irini in ein leeres Büro zurück. Xenia startete die Telefonabfrage von ihrem Schreibtisch aus.

Katharina Waldmann

Paros, Juni 2018

Spyros hatte den beiden Kollegen die Anfahrt zu Alexandros Gavalas' Anwesen genauestens beschrieben. Gute zweihundert Meter zum Grundstück entfernt stellten sie das Polizeifahrzeug ab und schlichen zu dem Gebäudekomplex. Im Wohnhaus brannte Licht, das war schon aus der Ferne zu erkennen.

»Es ist auf jeden Fall jemand zuhause«, stellte Katharina erleichtert fest, während sie den Sitz ihrer Dienstwaffe überprüfte.

»Ich klingele ganz normal an«, erklärte sie Konstantinos ihr Vorgehen, beide hatten sich vorsichtshalber eine Schutzweste übergezogen. »Und du sicherst mich ab.« Der Polizist nickte stumm und positionierte sich seitlich von der Haustür, in der Hand einsatzbereit seine Walther.

Mit klopfendem Herzen drückte die Kommissarin die Klingel, im Hintergrund hörte sie Stimmen.

Mit einem Schwung wurde die Tür geöffnet, eine Frau Mitte fünfzig blickte verängstigt auf die Kommissarin.

»Polizei?«, stotterte sie.

»Ist Ihr Mann zu Hause?«, fragte Katharina freundlich und zog ihren Dienstausweis aus der Tasche.

»Jetzt begreife ich. Er hat mir von Ihrem Besuch erzählt. Was wollen Sie von ihm?« Die Frau hatte ihre

Fassung wiedergewonnen und ihre Angst war in Verärgerung umgeschlagen.

»Bitte beantworten Sie meine Frage. Ist Ihr Mann zu Hause?«, wiederholte Katharina ihre Frage, jetzt aber mit Nachdruck.

»Nein, ist er nicht. Er ist zu seinem Boot gefahren und müsste eigentlich längst zurück sein«, antwortete sie gereizt.

»Davon würden wir uns gerne selbst ein Bild machen.« Erst jetzt gab sich Konstantinos zu erkennen. »Bitte gehen Sie alle in einen Raum, wir überprüfen kurz das Haus.« Zwei Jugendliche waren neugierig an der Tür erschienen.

»Dürfen Sie das denn?« Die Frau war fassungslos.

»Das dürfen wir. Und wenn wir schon dabei sind, wo hat Ihr Mann sich in den letzten 24 Stunden aufgehalten?«, konfrontierte Katharina die Hausbesitzerin mit der Frage zu dem Alibi.

»Na hier, auf dem Hof. Wir sind erst gestern aus Athen zurückgekommen«, antwortete sie trotzig und nahm ihre beiden Kinder in den Arm.

»Wenn dem so ist, hat Ihr Mann nichts zu befürchten. Gibt es außer Ihnen Zeugen, die das bestätigen können?«, ergänzte Konstantinos noch.

»Ja, unsere Nachbarn waren hier.« Sie zeigte auf ein Haus in größerem Abstand zu ihrem Hof.

»Gut, dann kooperieren Sie bitte mit uns, lassen uns kurz in Ihr Haus und sagen uns genau, wo Ihr Mann sich aufhält.« Die Kommissarin bugsierte die Frau mit ihrem Anhang in den Wohnraum, Konstantinos folgte ihnen.

Katharina wartete, bis die Frau mit ihren Kindern im Schlafzimmer verschwunden war, dann inspizierte Konstantinos alle Zimmer.

»Grünes Licht. Hier ist kein Alexandros Gavalas«, kehrte der Polizist schwitzend zurück, Katharina holte die Ehefrau zu sich.

»Habe ich Ihnen doch gesagt«, sie musste ihre Tränen unterdrücken. »Was hat mein Mann Ihnen getan? Er hat mir von Ihren Vorwürfen berichtet. Vollkommen irrsinnig, so was Alexandros anzudichten«, gestikulierte sie hilflos.

»Nochmal, wenn Ihre Aussage stimmt, hat Ihr Mann nichts zu befürchten. Wir werden das überprüfen. Wo befindet er sich jetzt? Womöglich ist er in höchster Gefahr.« Konstantinos wurde wütend. Wenn seine These zutraf, mussten sie den Mann schleunigst finden. Er hatte den Satz noch nicht ganz beendet, als die Frau ihre Fassung verlor.

»In was ist Alexandros da hineingeraten?«, druckste sie weinerlich und skizzierte den beiden Beamten auf einem Stück Papier den Liegeplatz ihres Bootes.

»Wir melden uns, sobald wir ihn gefunden haben und wenn er vorher hier eintrifft, informieren Sie uns umgehend«, versuchte die Kommissarin die aufgebrachte Frau zu beruhigen und überreichte ihr eine Visitenkarte.

Schon waren sie weiter unterwegs auf der Suche nach Alexandros Gavalas.

Xenia

Parikia, Paros, Juni 2018

Die meisten Passagiere waren so perplex über den Anruf der Polizei, dass sie ohne große Diskussionen die Fragen beantworteten. Nicht alle konnten direkt ein Foto ihres Wagens oder des KFZ-Scheines schicken, aber sie gaben anstandslos den Typ ihres Fahrzeugs durch und versprachen, die geforderten Unterlagen schnellstens nachzureichen. Nach gut einer Stunde Telefonarbeit blieb noch ein Name übrig. Filippos, inzwischen in der Dienststelle zurück, konnte das Ergebnis der beiden Kolleginnen kaum abwarten. Spyros war zum Verbleib in Kalami verdonnert worden, bis zum Eintreffen der KTU am nächsten Morgen.

»Wie weit seid ihr?«, rief der Kommissar und stürmte an Xenias Schreibtisch.

»Das muss der Fahrer sein«, hielt sie ihrem Boss den Namen vor die Nase.

»Alle anderen haben wir persönlich gesprochen. Der hier geht nicht an sein Handy.«

Filippos stierte auf die Liste, nur ein Name war nicht durchgestrichen.

»Eine deutsche Vorwahl«, erkannte er sofort.

»Korrekt und der Name klingt auch deutsch«, wusste Irini aus ihren Jahren im Reisebüro.

Spontan wählte der Kommissar noch einmal die Nummer, aber auch er landete nur auf der Mailbox.

»Was wissen wir sonst noch über die Person, außer, dass sie sich von Piräus nach Paros mit einem schwarzen Nissan eingeschifft hat?«, fragte Filippos ungehalten.

Beide Frauen schüttelten verärgert ihren Kopf. Sie waren heilfroh, so schnell zu einem Ergebnis gelangt zu sein. In der Kürze der Zeit war das mehr als ein Erfolg.

»Wir müssen dringend wissen, wo sie sich auf Paros aufhält und wo die Person in Deutschland gemeldet ist«, drängte Filippos weiter, er war plötzlich furchtbar aufgeregt.

Xenia mahnte sich zur Besonnenheit und wusste, was sie zu tun hatte. Als Polizeibehörde hatten sie das Recht auf Auskunft, was die Speicherung der Meldedaten in Hotels und anderen Beherbergungsstätten betraf. In ihrem Computer suchte sie nach den Zugangsdaten auf den zentralen Rechner.

Ein Eingabefenster forderte sie auf, ihren Code einzutippen. Flink gab sie den noch offenen Namen von der Passagierliste ein.

Dicht gedrängt glotzten alle drei auf den Rechner, keiner wagte laut zu atmen. Dann erschienen ein Hotel auf Paros und eine Adresse aus Deutschland auf dem Bildschirm. Filippos traute seinen Augen nicht.

Katharina Waldmann

Paros, Juni 2018

Der Ankerplatz von Alexandros Gavalas' Boot läge seitlich einer holprigen Schotterpiste, an einem abgelegenen Steg nahe des Punda Strandes, so lautete die Beschreibung seiner Frau. Katharina versuchte sich ein Bild der Gegend ins Gedächtnis zu rufen, während sich Konstantinos auf die dunkle Straße konzentrierte. Mit der Skizze in der Hand näherten sich die beiden Beamten mit hoher Geschwindigkeit ihrem Ziel. Die Kommissarin nutzte die Fahrstrecke, um Filippos noch schnell den aktuellen Stand der Dinge durchzugeben. Ohne groß nachzufragen, gab er grünes Licht für ihren Einsatz in Punda. Katharinas Erklärungen reichten aus, um ihn zu überzeugen.

Beim Verlassen des Hauses hatte Alexandros' Ehefrau noch eindringlich darauf hingewiesen, dass sie ein Stück zu Fuß laufen mussten, der Wagen ihres Mannes müsste auch dort stehen. Die Strecke zu dem Liegeplatz führte zunächst über Piso Livadi nach Logaras. Am Ortsende angekommen, bogen sie rechts ab ins Landesinnere, um die Ortschaft Punda zu umfahren. Bis zu diesem Fleck der Insel waren die Straßen gut ausgebaut. Jetzt, wo sie sich wieder dem Meer näherten, mahnte Katharina mit Nachdruck, langsamer zu fahren. Konstantinos nahm ihren Rat an, schon zweimal hatte der Wagen hart aufgesetzt.

»Hier muss der Abzweig irgendwo sein«, deutete sie die Skizze nach intensivem Betrachten.

Konstantinos schaltete das Fernlicht ein und fuhr jetzt nur noch im Schritttempo in Richtung Küste weiter.

»Da geht ein Weg ab«, sah er den Pfad im hellen Licht der Scheinwerfer. Von hier aus konnte es nicht mehr weit sein. Langsam, den unzähligen Schlaglöchern ausweichend, näherten sie sich dem Wasser, die Piste wurde immer unwegsamer.

»Mach besser die Festtagsbeleuchtung aus«, riet Katharina. »Das Boot muss hier irgendwo liegen.« Der staubige Feldweg wurde immer enger und machte eine scharfe Rechtskurve. Fast wäre Konstantinos in ein unmittelbar hinter der Kurve geparktes Fahrzeug gefahren.

»Das muss sein Wagen sein, er ist also noch hier«, flüsterte Katharina, während Konstantinos den Wagen stoppte.

Behutsam verließen sie das Fahrzeug. Nicht weit von ihnen erkannten sie ein schaukelndes Licht in der seichten Dünung.

»Er scheint noch an Bord zu sein, dann war unsere Fahrt wenigstens nicht umsonst«, stellte der Polizist zufrieden fest. Sie pirschten sich näher an den Kahn heran.

Ihre Augen brauchten eine Weile, bis sie sich der Dunkelheit angepasst hatten, immer wieder blieben sie stehen, um die Situation neu einzuordnen.

Es waren vielleicht noch zweihundert Meter bis zum Steg, als Konstantinos auf eine Stelle neben dem Schotterweg zeigte. Mit zusammengekniffenen Augen versuchte er, etwas zu erkennen.

»Was ist? Wonach suchst du?« Katharina schaltete die Taschenlampe an ihrem Smartphone ein.

Dann sah sie es auch. In einer Mulde neben dem Pfad lag ein Moped. Sie waren nicht allein.

»Hoffentlich kommen wir nicht zu spät«, reagierte sie auf den Zufallsfund und blickte sich vorsichtig nach allen Seiten um.

»Was hat die Frau noch erwähnt? Ihr Mann müsste längst zurück sein. Ich befürchte das Schlimmste.«

Abrupt blieben sie stehen, ein heftiger Schlag ließ sie zusammenfahren.

»Was war das? Es scheint vom Boot zu kommen.« Konstantinos lauschte in die Nacht.

In gebückter Haltung schoben sie sich weiter vor. Ein zweiter Schlag folgte wie ein Donnerschlag in einer Gewitternacht, beide Polizisten zuckten vor Schreck zusammen. Holz splitterte und ein lauter Schrei ließ ihnen das Blut in den Adern gefrieren. Konstantinos richtete sich auf, versuchte zu erfassen, was da vor sich ging. Dann rannte er los.

Xenia

Parikia, Paros, Juni 2018

Kennst du das Hotel?« Xenia drehte sich zu ihrem Chef um, der wie gelähmt auf den Bildschirm stierte.

»Hey, was ist los? Ich habe dich was gefragt.« Sie stupste Filippos in die Seite. Er wirkte vollkommen abwesend. Xenias Attacke riss ihn aus seiner Betäubung.

»Und ob ich das kenne«, antwortete er und schlug mit der Faust auf den Tisch. Irini schreckte erschrocken zurück.

»Das ist das neue Boutique-Hotel direkt gegenüber vom Christianos.« Er schrie jetzt fast. Irini legte ihm beruhigend ihren Arm auf die Schulter.

»Was regt dich daran so auf?« Derartige Gefühlsausbrüche ihres Mannes kamen sehr selten vor. Da musste schon etwas Gravierendes passiert sein.

»Ich habe einen Riesenfehler gemacht«, wiegelte er ab und wand sich Xenia zu.

»Setze dich mit der zuständigen Polizeibehörde in Deutschland in Verbindung. Ich brauche noch heute Nacht Auskünfte zu dem Passagier.«

Während er weitere Anweisungen gab, wählte er die Nummer des Boutique-Hotels in Naoussa. In seinem Kopf war die Hölle los. Warum war er nicht vorher darauf gekommen, die nähere Umgebung des Christianos auf potentielle Täter abzusuchen? In ihren

Meetings hatten sie mehrfach darüber spekuliert, dass es jemand sein musste, der die Jubiläumstruppe beobachten konnte. Das kleine Hotel auf der anderen Seite der Pension war wie geschaffen dafür. Ihm wurde heiß bei dem Gedanken, dass der mögliche Mörder jeden Schritt der Truppe verfolgt hatte, während sie im Dunkel tappten. Ungeduldig wartete er auf eine Antwort des Portiers. Er war auf Anweisung des Kommissars zum Zimmer des Gastes gelaufen, um sicher dessen Abwesenheit festzustellen. Er bedankte sich und beendete mit einem lauten Fluchen das Telefonat. Der Fremde war nicht im Haus, Filippos malte sich sogleich die schlimmsten Szenarien aus. Aufgewühlt setzte er sich mit Katharina in Verbindung.

»Wir wissen jetzt, wer der Fahrer des schwarzen Nissans ist«, informierte er die Kommissarin. »Er hat gegenüber des Christianos gewohnt, mehr muss ich dir nicht erklären. Seid bitte auf alles gefasst, der Mann ist nicht im Hotel. Ich schicke dir den Namen auf dein Handy.« Die Worte schnellten wie Geschosse durch die Leitung. Katharina hatte die Botschaft verstanden. Dass sie bereits mitten im Einsatz waren, ließ sie ihren Chef nicht wissen. »Ich fahre sofort los. Wartet auf mich«, rief er noch ins Telefon, dann hatte er aufgelegt.

Katharina Waldmann

Paros, Juni 2018

Katharina war so überrascht von Konstantinos' Aufbruch, dass sie Mühe hatte, ihm zu folgen. Mit rasendem Puls war sie ihm hinterher gehastet, jetzt standen sie an dem modrigen Holzsteg, keine hundert Meter von dem Boot entfernt. Konstantinos hockte knietief im Wasser und hielt seinen Zeigefinger vor den Mund, seine Dienstwaffe fest im Anschlag. Die Kommissarin rutschte auf der anderen Seite des Steges ebenfalls ins Wasser, um ihre weitere Vorgehensweise abzustimmen. Von jetzt an wurde nur noch über Handzeichen kommuniziert.

Wieder krachte ein Schlag durch die Nacht und jetzt konnten sie auch deutlich erkennen, was den Lärm verursachte. Ein winziger Blickkontakt genügte und mit einem Sprung stand Konstantinos auf dem hölzernen Anleger.

Mit voller Wucht preschte er nach vorne, nur einen Gedanken im Kopf: den Mann in seiner Raserei zu stoppen. Der Fremde holte gerade wie besessen zu einem erneuten Schlag aus. Holzstücke barsten und die Kajütentür des alten Bootes zeigte ein immer größer werdendes Loch. Dahinter Alexandros Gavalas, stöhnend in einer Blutlache liegend. Katharinas Puls raste, schussbereit folgte sie Konstantinos, den tobenden Mann nicht aus den Augen lassend.

Fast stand Konstantinos jetzt hinter ihm, als er auf dem glitschigen Steg den Halt verlor und der Fremde sich unerwartet umdrehte. Ein hämisches Grinsen drückte seine Überlegenheit aus.

Konstantinos war bei seinem Sturz die Waffe entglitten und er versuchte verzweifelt, an sie heranzukommen. Der Fremde war schneller und mit einem Tritt kickte er die Pistole ins Meer. Katharina konnte für einen Moment das teuflische Blitzen in seinen Augen erkennen. Blitzschnell hob er seinen Arm, in der Hand eine Axt, als ein Schuss übers Meer peitschte und das mörderische Werkzeug krachend auf das morsche Holz des Steges niederfiel. Ein greller Schrei überlagerte das gesamte Geschehen. Der Fremde lag wimmernd auf dem Anleger, sein Oberarm eine klaffende Wunde. Mit einem Satz war Katharina zur Stelle und drehte den Mann auf den Bauch. Konstantinos sprang ihr zur Seite, sodass sie ihn gemeinsam unter Kontrolle bringen konnten.

Als Filippos am Einsatzort eintraf, war bereits ein Krankenwagen auf dem Weg nach Punda. Nicht nur, um den angeschossenen Deutschen zu versorgen, sondern auch um Alexandros Gavalas auf schnellstem Weg in das städtische Krankenhaus nach Parikia zu transportieren. Die Sanitäter brauchten alle Unterstützung, um die beiden Verletzten durch das unwegsame Gelände bis zu ihrem Fahrzeug zu transportieren. Gavalas war zwar noch ansprechbar, hatte aber eine Menge Blut verloren, verursacht durch einen Messerangriff des Fremden. Schwer verletzt war er dem Angreifer entkommen und hatte sich in seinem Boot verschanzt.

Filippos schloss seine Kollegen in die Arme, glücklich darüber, sie wohlbehalten vorgefunden zu haben.

»Das wäre fast in die Hose gegangen«, atmete Konstantinos überglücklich durch und drückte die immer noch zitternde Kommissarin.

»Du hast mir das Leben gerettet.« Er war beinahe den Tränen nahe. Katharina musste schmunzeln, als sie in das verzagte Gesicht ihres gestandenen Kollegen blickte.

»Da kannst du mal sehen. Deine Ex-Chefin ist doch noch ganz gut in Schuss«, entkrampfte sie die Situation. Auch sie war heilfroh, so gut aus der Sache herausgekommen zu sein.

Während sich der Krankentransport auf den Weg nach Parikia machte, suchte sie nach Filippos' Mail, in der er ihr den Namen des Deutschen geschickt hatte. Mehrfach überflog sie den Namen, dann wurde ihr einiges klar.

Filippos Panos

Parikia, Paros, Juni 2018

Die Dienstbesprechung am darauffolgenden Tag war für zehn Uhr in der Früh angesetzt. Etwas später als üblich, dem nächtlichen Einsatz vom Vortag geschuldet. Xenia blieb es leider nicht erspart, zur gewohnten Zeit in der Dienststelle zu erscheinen. Sie hatte gut zwei Stunden zur Verfügung, um noch wichtige Informationen aus Deutschland zu beschaffen, die zur endgültigen Aufklärung des Falles beitragen sollten.

Nach Tagen voller Anspannung zeichnete sich erstmals wieder etwas Gelassenheit ab, obwohl noch längst nicht alle Hintergründe der Mordserie erkennbar waren. Der mutmaßliche Mörder, ein Deutscher aus Düsseldorf, lag unter Polizeibewachung im städtischen Krankenhaus. Eine erste Vernehmung noch am Krankenbett war schon um acht von Filippos anberaumt worden. Katharina sollte ihm dabei als Dolmetscherin zur Seite stehen. Nach der Festnahme des Mannes in der vergangenen Nacht war es dem Kommissar mithilfe Katharinas zwar gelungen, ein Geständnis aus dem Mann herauszuquetschen, aber zu den genauen Beweggründen seiner Tat waren noch viele Fragen offen.

Katharina konnte einen ersten Denkfehler bei ihren Ermittlungsarbeiten aufdecken.

»Spyros, kannst du bitte das Foto zeigen, welches du bei Papa Petros gemacht hast?«, bat sie ihren Kollegen um dessen Mithilfe, nachdem sich alle in dem Meeting-Raum eingefunden hatten.

Alle warteten gespannt, bis der Beamer ein Dokument an die Wand warf, darauf erkennbar ein Rechnungsbeleg, ausgestellt von der Stadtverwaltung in Naoussa.

»Das ist die Quittung für Lisa Wagners Grabstätte. Die Gemeinde hat alle zehn Jahre eine Gebühr erhoben, weil das Grab immer wieder verlängert wurde«, startete Katharina ihre Erklärung.

Das Team erinnerte sich an Spyros' Bericht, nachdem er von Papa Petros zurückgekommen war. Warum sie den Beleg jetzt zeigte, war ihnen aber nicht klar.

»Beachtet bitte die Unterschrift.«

Spyros zeigte ein zweites Foto, auf dem die Unterschrift vergrößert dargestellt wurde.

»Was ist daran so besonders?« Konstantinos stellte die Frage.

»Unterschrieben hat ein Ulrich Wegener. Versteht ihr jetzt, worauf ich hinauswill?«

»Unser Mörder!«, rief Xenia überrascht. »Und wir dachten immer Ulrike Wagner, Lisas Mutter, hätte sich um alles gekümmert.«

»Stimmt! Und jetzt wird auch klar, warum Lisas Mutter in dem Interview immer neben den Namen Lisa und Jannis einen Uli erwähnt hat.«

Die Truppe rätselte über Katharinas Ausführungen, bis die Kommissarin ihnen auf die Sprünge half.

»Sie hat nicht ihren eigenen Namen gemeint, sondern den von Ulrich Wegener. Uli steht im Deutschen sowohl für Ulrike als auch für Ulrich.« Ein Raunen füllte den Raum.

»Das bedeutet, unser Mörder muss in engem Kontakt zur Mutter gestanden haben«, schloss Konstantinos richtig.

»Nicht nur zur Mutter«, übernahm nun Filippos das Wort, der mit der Kommissarin direkt von der Vernehmung zur Dienststelle geeilt war. »Der Mörder hat sich heute Morgen alles von der Seele geredet«, legte er los.

»Er war in jenem Sommer der langjährige Freund von Lisa Wagner. Sie waren gemeinsam zu einem längeren Aufenthalt nach Griechenland gestartet und planten danach ihre Verlobung. Für Lisas Mutter muss er schon so was wie der zukünftige Schwiegersohn gewesen sein.« Filippos goss sich ein Glas Wasser ein.

»Während ihrer Ferien kam es dann zur Trennung. Für den jungen Mann aus Düsseldorf eine Katastrophe. Er musste mit ansehen, wie sich seine Lisa durch ganz Paros vögelte.« Filippos erschrak über seine eigene Wortwahl, Spyros konnte sich ein Grinsen nicht verkneifen.

»Das muss ja ein Schock für den Mann gewesen sein«, befand Xenia betroffen.

»Das war es. Er konnte nichts machen und musste begreifen, seine große Liebe verloren zu haben.«

»Das heißt, er hat die ganzen Liebhaber gekannt?«, wollte Spyros wissen.

»Auf jeden Fall ist er noch eine ganze Weile auf der Insel geblieben und hat zwangsläufig ihre Umtriebigkeit mitverfolgt.«

»Und was hat den Mann nach dreißig Jahren auf den Plan gerufen, solch scheußliche Verbrechen zu begehen?« Für Konstantinos war das Motiv nicht nachvollziehbar. Katharina führte Filippos' Ausführungen fort.

»Laut einer sehr emotionalen Aussage am heutigen Morgen hat er sich von diesem einschneidenden Erlebnis nie mehr erholt. Sein komplettes Leben war eine Achterbahn der Gefühle, die ihn aus der Bahn geworfen hat.« Xenia unterbrach die Kommissarin.

»Kann ich bestätigen. Er war Dauergast in der Psychiatrie, habe ich heute Morgen in einem Telefonat mit der Polizei in Düsseldorf erfahren.«

»Danke Xenia, der Mann ist ein seelisches Wrack, davon haben wir uns selbst ein Bild machen können. Eine der wenigen Bezugspersonen war Lisas Mutter, mit der er zusammen den Verlust von Lisa verarbeiten musste.«

»Ich stelle nochmals meine Frage: Warum dann die Morde erst nach dreißig Jahren?«, mischte sich abermals Konstantinos ein.

»Langsam, das haben wir natürlich auch gefragt«, beschwichtigte Filippos.

»Nachdem Lisas Mutter in einem Heim untergebracht wurde, hat sie mehr und mehr Aufgaben an Ulrich Wegener übertragen. So auch die Zahlung an die Gemeinde in Naoussa wegen der Grabstätte und jetzt passt auf …« Filippos nippte an seinem Glas, alle Augen auf ihn gerichtet.

»Bei einem seiner Besuche im Heim hat sie ihm dann ein Geheimnis verraten, welches sie fast dreißig Jahre mit sich herumgeschleppt hat. Das muss vor gut sechs Monaten in einer klaren Stunde gewesen sein.« Alle warteten ungeduldig auf die Fortsetzung.

»Sie hat Ulrich Wegener von einem Gespräch mit Jannis Petridis erzählt, der ihr noch am Tag der Beerdigung unter Tränen einen Verdacht anvertraut hat. In diesem Gespräch hat er die Vermutung geäußert, dass Lisa vielleicht von einer nicht zum Verkauf geeigneten Flasche Schnaps getrunken hat. Er soll ein furchtbar schlechtes Gewissen gehabt haben.«

»Sie hat vom Kopf getrunken, so wie ich es vermutet habe«, sprang Konstantinos unverhofft auf. »Der Kopf oder auch Vorlauf genannt, mit einem viel zu hohen Methanolgehalt«, ergänzte er.

»Und warum hat die Frau nichts unternommen?«, fragte Xenia empört.

»Sie hatte ja nichts in der Hand. Lisa war beerdigt und die Getränke längst entsorgt. Außerdem hatte Jannis lediglich von einer Vermutung gesprochen und der Amtsarzt war sich seiner Diagnose sehr sicher. Tod durch übermäßigen Drogen- und Alkoholgenuss. Ulrike Wagner war der Meinung, das mache ihre Tochter auch nicht wieder lebendig.«

»Die arme Frau.« Xenia fühlte spürbar mit.

»Und jetzt kommen wir zu Ulrich Wegener?«, forderte Filippos wieder die volle Konzentration seines Teams. »Der war da ganz anderer Meinung und hat Jannis diesen Brief geschrieben, indem er ihn aufforderte, Verantwortung zu übernehmen.«

»Der muss ja aus allen Wolken gefallen sein nach so langer Zeit?«, befand Spyros.

»Das können wir ihn leider nicht mehr fragen, laut Ulrich Wegener hat er aber nicht auf den Brief reagiert. Und nachdem unser Mörder keinerlei Rückmeldung bekommen hat, ist ihm die Idee mit der Jubiläumseinladung gekommen.«

»Der muss voller Hass gewesen sein.«

»Er hatte nur noch eine Sache im Kopf. Rache! Schwer nachzuvollziehen, aber so hat er es uns beschrieben.«

Katharina versuchte noch eine bessere Erklärung, schließlich hatte sie in der Muttersprache des Mörders mit ihm gesprochen. »Er hat es folgendermaßen versucht zu erklären. Dreißig Jahre Trauer um seine große Liebe hätten sein Leben zerstört und sein einziger Wunsch war nur noch, sich an den Männern zu rächen, die seinen Traum vernichtet hatten.«

Die letzten Worte schwebten wie eine dunkle Wolke über dem Team der Polizeidienststelle in Parikia. Sie brauchten eine Weile, um das Geständnis des Täters zu verdauen. Xenia empfand fast Mitleid mit Ulrich Wegener, der ihrer Meinung nach an einer schwerwiegenden psychischen Störung leiden musste.

In den folgenden Tagen klärten sich dann nach und nach noch weitere Ungereimtheiten auf. So wurde der schwarze Nissan in Piräus angemietet und nach dem Mord an Jannis Petridis in Parikia abgestellt. Die KTU in Athen bestätigte nach einer eingehenden Untersuchung des Fahrzeugs, dass es sich eindeutig um den gesuchten Unfallwagen handelte. Für Entsetzen sorgten die Details zum Mord an dem Souma Mann, der unter dem Vorwand, dass sich jemand für die Brände seines Unternehmens interessiere, zu einem Parkplatz am Stadtrand von Naoussa gelockt worden war. Bevor die K.-o.-Tropfen ihre volle Wirkung entfacht hatten, hatte der Täter den volltrunken wirkenden Mann in seinem Wagen verstaut und war zu der einsamen Landstraße nahe Drios gefahren. Wegeners Idee, den Mord als Unfall zu kaschieren, war nicht ganz aufgegangen. Er hatte diesen Weg gewählt, um die übrigen Mitglieder der Clique nicht zu verunsichern.

Für Fahrten auf Paros hatte der Täter sich ein Moped in Naoussa besorgt, von dem Hotel gegenüber des

Christianos konnte er jede Bewegung der Jubiläumsmitglieder verfolgen.

Zur Versendung der Einladungen war er extra im März nach Athen gereist, deshalb dachten alle, Jannis wäre der Verteiler gewesen. Bei diesem Aufenthalt hatte er sich zusätzlich Informationen zu der Autovermietung und den Fährverbindungen beschafft.

Zum Versand der Mail an die Pension, in der er um die Reservierung der Zimmer bat, hatte er sich ein Internetcafé gesucht und den Account anschließend sofort wieder gelöscht.

Die Frage, wie er an das Gruppenfoto gelangt war, konnte auch beantwortet werden. Lisas Mutter hatte die Kamera ihrer Tochter zurück mit nach Deutschland genommen und sie später an Ulrich Wegener weitergegeben. Durch einen Zufall erfuhren sie noch, warum der alte Pensionsbesitzer so eindringlich nach Uli gefragt hatte. Sein Cousin betrieb wie er selbst ein Gästehaus auf Paros, in dem Lisa und Ulrich Wegener längere Zeit vor ihrer Trennung gewohnt hatten. In dieser Zeit muss der alte Mann die beiden häufiger dort getroffen und sich mit ihnen angefreundet haben. Damit war auch seine heftige Reaktion beim Anblick des Fotos mit der Studentin begründet.

Auch wenn der Fall gelöst war, ließ es sich Kinka nicht nehmen, zu einer abschließenden Telefonkonferenz einzuladen, um die noch ausstehenden Ergebnisse der KTU zu präsentieren.

So hatten die mikroskopischen Untersuchungen der Messer aus Marpissa folglich keine Übereinstimmungen mit der Schnittkante am Hals von Alex Gräfe ergeben. Die Tatwaffe, so das Resultat einer weiteren Vernehmung, stammte von Ulrich Wegeners Vater, der einen Jagdschein besaß und damit auch das entsprechende Werkzeug.

Filippos besuchte den Bauern auf seinem Hof persönlich, um sich im Namen der Polizei bei ihm zu entschuldigen. Der Mann kurierte die Folgen seiner Schnittverletzung aus. Er hatte Glück gehabt und bedankte sich eindringlich bei der Polizei für ihren beherzten Einsatz. Hätte er nicht zu den Verdächtigen gehört, könnte er tot sein, kamen sie beide zu einer Übereinstimmung.

Frank Burger war mit einer Drahtschlinge erdrosselt worden, die Wegener neben dem Messer als Tatwaffe stets bei sich getragen hatte. Da von dem schlafenden Berliner keine große Gegenwehr zu erwarten war, hatte er sich spontan für die Schlinge entschieden.

Blieb noch die Frage im Raum, warum Frank sich von der Truppe abgesetzt und damit die Aufmerksamkeit der Polizei auf sich gezogen hatte. Eine mögliche Erklärung lieferte Sylvia Kerner, die anhand ihrer sorgfältigen Recherchen glaubte, den Mann am besten zu kennen. Er hätte den Druck der Polizei und die Enge seines ehemaligen Rivalen unterschätzt, so die Psychologin, und hätte in seiner Flucht den einzigen Ausweg gesehen.

Die Wienerin entschloss sich, ihren Aufenthalt um eine Woche zu verlängern, da nun die Ausgangssperre aufgehoben war. Sven Lindner brach noch am selben Tag nach Mykonos auf.

Ein Anruf aus Ermoupoli ließ nicht lange auf sich warten. Filippos wurde ins Präsidium bestellt und Katharina Waldmann war einmal mehr froh, nicht mehr in der ersten Reihe zu stehen.

Personen und Lokales

Aliportas, Angelos
Betreiber des beliebten Treffpunktes der jährlich wiederkehrenden Touristenfamilie, des Aliportas

Aliportas, Café
Zentrales Café in Naoussa, Treffpunkt der Touristenfamilie und Kommunikationszentrale

Bachl, Dawid
Schreiner aus Österreich, der vor vielen Jahren nach Paros ausgewandert ist, der Mann an Katharinas Seite

Burger, Frank
Schreiner aus Frankfurt

Caprina Bar
Angesagte Bar auf Mykonos, nahe den Windmühlen

Christianos
Alteingesessene Pension in Naoussa

Gavalas, Alexandros
Bauer in Marpissa

Georgidis, Adonis
Ehemaliger Polizeichef auf Paros und Vorgänger von Katharina Waldmann, mittlerweile im Ruhestand

Georgidi, Nektaria
Ehefrau von Adonis

Gräfe, Alex
Ingenieur aus Hamburg

Karis
Techniker der KTU und Mitarbeiter von Kinka

Karafoulidou, Angeliki
Ehemalige Chefin der Gerichtsmedizin in Athen

Kastelli
Bar und Restaurant auf Mykonos, nahe der Paraportiani

Katsaros, Kinka
Neue Chefin der Gerichtsmedizin in Athen

Kerner, Sylvia
Psychologin aus Wien

Konstantinos
Polizist in Parikia und Mitarbeiter von Filippos

Lindner, Sven
Studienkollege von Alex

Michalis
Chef-Destillateur in Chalki

Minoli
Traditionelles Hotel und Taverne in Naoussa

Panos, Dimitri
Sohn von Irini und Filippos

Panos, Filippos
Kommissar und Leiter der Polizeidienststelle in Parikia auf Paros

Panou, Irini
Ehefrau von Filippos

Paros Life
Beliebtes Insel-Magazin

Petridis, Jannis
Betreiber einer Brennerei auf Naxos

Petridis, Sophia
Frau von Jannis

Spanopoulos, Dr.
Der Arzt für alle Fälle, auf ganz Paros im Einsatz

Spyros
Polizist in Parikia, Mitarbeiter von Filippos

Theodorakis, Manolis
Besitzer der Pension Christianos

Theodorakis, Panajotis
Vater von Manolis

Wagner, Lisa
Kunststudentin aus Düsseldorf

Wagner, Ulrike
Mutter von Lisa

Waldmann, Katharina
Mutter Griechin, Vater Deutscher; spricht fließend Deutsch und Griechisch; Kriminalhauptkommissarin und Mitarbeiterin von Filippos Panos, frühere Chefin der Polizei in Parikia

Xenia
Mitarbeiterin von Filippos, uneingeschränkte Chefin des Sekretariats

REZEPTE (FÜR 4 PERSONEN)

APRIKOSE MIT FETA UND MINZE
zum Souma im Christianos

Zutaten
500g reife Aprikosen, 250g Fetakäse, Minzeblättchen

Zubereitung
Die Aprikosen vierteln und kühl stellen. Den Fetakäse würfeln, mit jeweils einem Aprikosenstückchen und einem Minzeblatt auf einem Teller anrichten. Mit etwas Olivenöl beträufeln.

GEMÜSESUPPE IRINI

Zutaten
2 große Kartoffeln, 4 kleine Zucchini, 3 Karotten, 1 Stange Lauch, 2 Zwiebeln, 2 Knoblauchzehen, 1 Sellerie, 2 geschälte und zerkleinerte Fleischtomaten, 100ml Olivenöl, 1,5l Gemüsebrühe, 150g Fetakäse, Zitronensaft, Salz, Pfeffer, gehackte Petersilie

Zubereitung
Olivenöl erhitzen und die gehackten Zwiebeln und den Knoblauch andünsten. Das geschälte und geputzte Gemüse in Würfel schneiden und zu dem heißen Olivenöl geben. Dann die zerkleinerten Fleischtomaten zugeben. Alles kurz anrösten, anschließend mit Pfeffer und Salz würzen und die Gemüsebrühe zufügen. Bei milder Hitze garen, bis das Gemüse noch Biss hat. Anschließend mit Zitronensaft und der gehackten Petersilie abschmecken. Zum Schluss den zerbröselten Schafskäse drüberstreuen.

Tipp
Dazu passt geröstetes Weißbrot und ein kühles Bier.

RAKOKAZANA SPEZIAL

Konstantinos' besonderes kulinarisches Erlebnis

Zutaten

400g Lammhoden, 2 große gewürfelte Fleischtomaten, 1 Zwiebel, 2 Knoblauchzehen, 1 Bund gehackte Petersilie, 10 Salbeiblätter, 100ml Fleischbrühe, Olivenöl, Zitronensaft, Salz, Pfeffer

Zubereitung

Olivenöl erhitzen und darin den gehackten Knoblauch andünsten. Danach zu dem heißen Öl die gewürfelten Fleischtomaten, die Petersilie, die Salbeiblätter und die Fleischbrühe zufügen. Das Ganze 15 Minuten köcheln lassen und mit Salz und Pfeffer abschmecken. Die Hoden häuten und klein schneiden. Olivenöl in einer Pfanne erhitzen und die gehackte Zwiebel glasig dünsten, dann Hodenstückchen dazugeben, mit Salz und Pfeffer würzen und anbraten. Anschließend die Zwiebel-Hodenmischung zu der Tomaten-Kräutermischung geben, den Zitronensaft hinzufügen und nochmals 10 Min. köcheln lassen.

Tipp

Dazu einen gut gekühlten Weißwein servieren.

GRIECHISCHE PIZZA
Zwischenmahlzeit in der Polizeidienststelle

Zutaten
1 Packung Pizzateig (kann man natürlich auch selber zubereiten), 1 rote Paprika, 1 Zwiebel, 1 Dose gewürfelte Tomaten, 200g Fetakäse, 75g Mozzarella, 100g entsteinte Oliven, 1 TL getrockneten Oregano, Olivenöl, Zitronensaft

Zubereitung
Den Backofen auf 220°C vorheizen. Zwiebel in Ringe schneiden und die Paprikaschote würfeln. Mit der Dose Tomaten mischen und mit Zitronensaft und Olivenöl vermischen. Anschließend mit Salz und Pfeffer würzen und gut durchziehen lassen. Den Teig auf einem Backblech ausrollen und im Ofen goldbraun backen. Die Gemüsemischung auf ein Sieb geben und gut abtropfen lassen. Auf dem abgekühlten Pizzaboden den Mozzarella-Käse zerteilen, dann die Gemüsemischung verteilen und die Oliven zugeben. Zum Schluss den Fetakäse zerbröseln und das Blech mit Oregano bestreuen. Das Ganze nochmal 15 Minuten in den Backofen, bis der Fetakäse goldbraun ist.

PAXIMADI TO MISTRATO
zum Ouzo von Morassi

Zutaten
2 Gerstenzwieback (Paximadi), 100g schwarze entsteinte Oliven, 1 gewürfelte Tomate, 1 Zitrone, 1 TL Thymian, Olivenöl, Salz, Pfeffer

Zubereitung
Die Oliven ganz fein hacken und mit den gewürfelten Tomaten mischen. 1 TL Zitronenabrieb zugeben und mit Zitronensaft, Olivenöl, Salz und Pfeffer würzen. Dann den Thymian ganz fein hacken und drunter heben und die Mischung ziehen lassen. Den Gerstenzwieback in kleine Stücke brechen und mit etwas Olivenöl beträufeln. Die Tomaten-/Olivenmasse auf die Zwiebackstückchen geben und auf einem Teller anrichten.

FETA TO MISTRATO
zum Ouzo von Morassi

Zutaten
200g Fetakäse, 100g getrocknete Tomaten, 1 EL gehackte, glatte Petersilie, 1 EL Zitronensaft, 1 Tasse Olivenöl, 1 EL Kapern, Pfeffer, Salz, 1 Sardellenfilet, 1 fein gehackte Knoblauchzehe

Zubereitung
Die getrockneten Tomaten mit kochendem Wasser übergießen und gut abtropfen lassen. Dann das Olivenöl mit dem Zitronensaft, den Kapern, dem fein gehackten Sardellenfilet, der Petersilie und dem Knoblauch gut vermengen. Mit Salz und Pfeffer würzen. Die noch warmen Tomaten zugeben und am besten über Nacht ziehen lassen. Den Feta in grobe Stücke schneiden und mit jeweils einer eingelegten Tomate anrichten.

GEMISTA
ein griechischer Klassiker

Zutaten
2 große Fleischtomaten, 2 große grüne Paprika, 2 Zwiebeln, 1 Bund Dill, 1 EL gehackte Minze, Olivenöl, 1 EL Tomatenmark, 100g Reis, 200g Hackfleisch, 1 Tasse Gemüsebrühe

Zubereitung
Die Tomaten und die Paprika waschen und einen Deckel glatt abschneiden. Das Fruchtfleisch aus den Tomaten mit einem Löffel herausholen und auf ein Sieb geben. Den Tomatensaft beiseitestellen. Die Paprika entkernen und aushöhlen. Tomaten und Paprika in eine Auflaufform stellen. Olivenöl erhitzen und das Tomatenmark zugeben, dann die feingeschnittenen Zwiebeln andünsten, anschließend das Hackfleisch zugeben und anbraten. Den Reis, die Minze, den Dill und die Hälfte des Tomatensaftes sowie die Brühe zufügen. Die Mischung mit Salz und Pfeffer abschmecken und 20 Minuten köcheln lassen. Danach die Mischung in die Tomaten und Paprika geben und mit den Deckeln verschließen. Den Backofen auf 180°C vorheizen und das Gemüse mit Olivenöl und der anderen Hälfte des Tomatensaftes übergießen. Das Ganze gut 1 Stunde garen.

COCKTAILS (FÜR 1 PERSON)

PARIAN DREAM

Zutaten

5cl Souma, Saft einer Limette, 2cl Zuckersirup, 4 Minzblätter, Mineralwasser, Crushed Ice

Zubereitung

Das Cocktailglas (300ml) halb mit Crushed Ice füllen, dann den Souma, Limettensaft, Zuckersirup und die Minzeblätter zugeben. Mit Mineralwasser auffüllen.

KITRON SPRITZ

Zutaten
4cl Kitron, 100ml Prosecco, 2 Minzeblätter, Mineralwasser

Zubereitung
2 Eiswürfel in ein Glas geben und mit 4cl Kitron, Prosecco und einem Schuss Mineralwasser auffüllen. Mit Minzeblättern verzieren.

RED NIGHT

Zutaten
4cl Ouzo, 2cl Crème de Cassis, Crushed Ice, Zitronen-limonade

Zubereitung
Das Cocktailglas (300ml) halb mit Crushed Ice füllen, dann den Ouzo und den Crème de Cassis zugeben. Mit Zitronenlimonade auffüllen.

Biographisches

Peter Pachel ist 1957 in Siegburg geboren und im Rheinland aufgewachsen. Nach der Lehre zum Chemielaboranten hat er in Köln Umwelttechnik studiert und viele Jahre in einem internationalen Unternehmen gearbeitet.

1981 reiste er zum ersten Mal auf die griechischen Inseln und war von Anfang an begeistert von dem faszinierenden Land und seinen Menschen. Besonders die Kykladen mit ihrem unvergleichbaren Licht haben es ihm angetan.

In Naoussa auf Paros fand er schnell Familienanschluss bei Flora & Dimitri, die er bis heute mindestens einmal im Jahr besucht. Dort trifft er seit vielen Jahren Menschen aus aller Welt, die ähnlich wie er dem idyllischen Ort erlegen sind – »Infected by the Paroan Virus« nennen sie das Verlangen, immer wieder auf diese ägäische Insel zu kommen. Neben Paros dienen weitere Inseln der Kykladen als Kulisse für seine neue Ägäis-Reihe.

Peter Pachel lebt seit über 30 Jahren in Köln und ist ein begnadeter Koch, inspiriert von der ägäischen Küche und den verführerischen Rezepten, die er von dort mit nach Deutschland bringt.

Danke!

Wie auch bei meiner Paros-Serie haben mich auch diesmal wieder viele Menschen bei der Umsetzung von „Brennender Sommer" tatkräftig unterstützt.
So danke ich Elke, Anne und Lisa dafür, dass sie mir ein erstes Feedback zu der Geschichte gegeben und mich bei meiner Arbeit bestätigt haben.
Ein großer Dank gilt auch der bekannten Kitron-Brennerei in Chalki auf Naxos, jener traditionsreichen Likörmanufaktur, deren Inhaberinnen es mir erlaubt haben, die Bezeichnung Kitron in meiner Geschichte zu benutzen.
Danke auch an meine beiden Lektorinnen Sarah Weber und Lilly Seidel sowie meine Verlegerin Sandra Thoms und die Programmleitung Katharina Breu für ihre zahlreichen Anregungen bei der Gestaltung und inhaltlichen Umsetzung des Buches.
Und wie immer, danke, danke, danke an alle Paros- und Ägäis-Fans, ohne die es alle meine Geschichten nicht geben würde.

Printed in Poland
by Amazon Fulfillment
Poland Sp. z o.o., Wrocław

38759825R00186